崔道斌　著

岁月留香

哈尔滨出版社

图书在版编目（Ｃ Ｉ Ｐ）数据

岁月留香 / 崔道斌著.—哈尔滨：哈尔滨出版社，
2023.4

ISBN 978-7-5484-6882-0

Ⅰ.①岁…Ⅱ.①崔…Ⅲ.①散文集-中国-当代.

Ⅳ.①1267

中国版本图书馆 CIP 数据核字（2022）第 216588 号

书　　名：**岁月留香**
SUIYUE LIUXIANG

作　　者：崔道斌　著
责任编辑：尉晓敏　孙　迪
封面设计：木铎文化

出版发行：哈尔滨出版社（Harbin Publishing House）
社　　址：哈尔滨市香坊区泰山路 82-9 号　　邮编：150090
经　　销：全国新华书店
印　　刷：三河市嵩川印刷有限公司
网　　址：www.hrbchs.com
E ‐ mail：hrbcbs@ yeah.net
编辑版权热线：（0451）87900271　87900272

开　　本：787mm×1092mm　1/16　印张：25.5　字数：280 千字
版　　次：2023 年 4 月第 1 版
印　　次：2023 年 4 月第 1 次印刷
书　　号：ISBN 978-7-5484-6882-0
定　　价：68.00 元

凡购本社图书发现印装错误，请与本社印制部联系调换。
服务热线：（0451）87900279

内容简介

　　国网湖北省保康县供电公司职工崔道斌散文集《岁月留香》，精选作者近年来发表在全国各地报纸文学副刊、文学期刊和网络文学平台125篇文章，约28万字，分为"红尘怡情""人间真情""山水寄情""乡风乡情"等4辑。

　　该散文集由中国作家协会会员、著名作家李叔德作序。《岁月留香》所选文章，围绕生活情、人间情、山水情、乡土情，或叙事、或抒情、或写景、或感悟，文章以小见大，以所见所闻，抒发亲情、感慨乡愁、记述人文、描写山水等为主题，注重突出艺术特色。

　　钟情文学，献身电力。崔道斌是国网湖北供电系统的一名基层职工，长期以来，该同志坚持业余写作，写家乡、写亲情，讲述自己的平凡故事，歌颂人间的真善美，文字朴实无华，感情纯粹真挚。

　　时光清浅，岁月留香。生命是一场旅行，脚下的路，无论怎么延伸，路过的都是风景。风景，无论迷人，还是凄迷，都是对未来的支撑。生命之旅，美丽是惊喜，凄苦是阅历。记住起点，不迷失自己；看准未来，不迷失方向。那些光阴浸染的情怀，终是停留在记忆深处，明媚了岁月，芬芳了生命。

序

保康作家崔道斌的散文集《岁月留香》即将出版，请我写个序。于是我就在虎年春节期间与此 28 万言书稿为伴，徜徉于保康的绿水青山之中，不亦乐乎！

一

说是散文集，此书给我的感觉却似一部意蕴深厚、情节曲折、背景苍茫、人物众多的长篇小说。保康，与华中脊梁神农架接邻，崇山峻岭，植被茂盛，号称"襄阳的青藏高原"。虽然山高地远，交通不便，文化底蕴却十分丰厚，历代文人层出不穷，尤其新时期以来，以中国作家协会会员、保康作家协会主席李修平为首的本土作家出版了一大批优秀的小说、诗歌、散文著作，蔚为大观。而崔道斌即为其中颇为活跃的业余作家，《岁月留香》即为他的最新力作。

就艺术感觉而言，该书宏观架构似乎由无数个同心圆组成。

中心点是作家的祖宅之地拐枣岭，由擅猎的祖父、军人出身的父亲和勤劳智慧的母亲以及家中兄弟姐妹们构成第一个同心圆。此后祖宅拆迁，建设新庭院，笔触范围稍稍扩大，由奋斗中成长的作家、支撑整个家庭的母亲、二宝、表哥、表姐等至亲组成第二个同心圆。然后，由村干部、单位同事、文友们组成第三个同心圆。接着，扩展到全县，有作为的企业家、高瞻远瞩的带头人组成第四个同心圆。最后，艺术之波扩展到神农架和鄂西北山区，呈现出华中广大山川林野的特殊风貌景观。这就是故事的背景，而主人公就是作家的母亲，一位没读过书，没走出过山区的地道的农村妇女。

二

一篇优秀散文，或是以深刻的思考引导读者在精神世界里漫游；或是以真挚的抒怀激发读者对生活的热情；或是以广博的学识提升读者的求知欲望；或是用优美的文字使读者得到审美的享受。《岁月留香》在这几方面做得都不错，其中又以知识性为其显著特色。保康是山区，雨量充沛，森林覆盖面大，中草药资源必然丰富。本书对百花、百草、百果树的介绍，几乎是百科全书式。比如艾叶的名字，别名艾、艾草、艾蒿、萧茅、香艾、冰台、遏草、蕲艾、艾萧、蓬藁、灸草、医草、黄草、艾绒等，令人叹为观止。又比如称蒲公英为"药草皇后"，是女人健康的保护伞。又比如对紫苏的描述，制成药丸可益脾、宣肺、利气、化痰、止咳，号称"汤饮第一"。还有在花果中对石榴的介绍，别名安石榴、山力叶、丹若、若榴木、金罂、金庞、涂林、天浆等。在花卉中对凌霄花的介绍，别名紫葳、五爪龙、红花倒水莲、倒挂金钟、上树龙、上树蜈蚣、白狗肠、吊墙花、堕胎花、芰华、藤萝花，真是一花变百花，让人应接不暇。真是开卷有益啊！

三

本书不仅知识性强，文化性也强，具体体现在三个方面。

其一，搜罗了大量民间传说。紫苏的传说，石榴的传说，凌霄花的传说，银杏树的传说，鱼腥草的传说，拐枣岭的传说，清溪河的传说，官山的传说等等。每草每树，每山每水，皆有来因去脉，诱人遐想。

其二，辞藻华丽，文采斐然。诗词佳句，如珍珠宝贝，闪耀在字里行间。比如咏紫薇：紫薇花对紫薇翁，名字相同实不同。独占芳菲当夏景，不将颜色托春风。咏月饼：小饼如嚼月，中有酥和怡。默品其滋味，相思泪沾巾。咏竹：竹叶青青不肯黄，枝条楚楚耐严霜。昭苏万物春风里，更有笋尖出土忙。咏九路寨枫叶：巴山一夜风，木叶映天红。色比桃花艳，秋如春意浓。

其三，对中国传统节日和节气的释义解惑。二十四节气中，有夏至、小暑、冬至、小雪等节气的介绍，以及七夕、中秋等节日的解惑，皆给人以恍然大悟之感。2022 年北京冬奥会开幕倒计时，正是启用了农历 24 个节气，很好地向世界宣传了中华民族文化的博大精深，看来小作家崔道斌和大导演张艺谋不谋而合呢！

四

如果把本书当作一部长篇小说，主人公当然是作家的母亲。母亲是一个亲切、温暖、伟大而神圣的称呼，她与故乡、祖国紧密相连。本书中有十几篇关于母亲的回忆，其中《玉米飘香忆母亲》《心香一瓣忆母亲》格外动人。"母亲出生在上世纪三十年代，没有上过学堂，却深知'耕读传家久，诗书继世长'的道理。尽管家贫如洗，母亲还是想尽办法，先后把我的三个姐姐和我都送进了学校读书，直到高中毕业。""母亲聪慧能干，我们姐弟四人，从小到大，身上穿的布衣，脚下穿的布鞋，都是母亲在煤油灯下，熬更守夜，一针一线亲手制作的。她不仅会飞针走线缝衣裳，而且还会画龙雕凤绣百花。"母亲心地善良，人缘很好，老家黄土岭整个一条山梁上的人家，都习惯叫她崔家二婶或二伯娘。记得小时候母亲总爱给左邻右舍、前村后院的大姑娘小伙子牵线说媒当红娘，在老家方圆百里，经母亲说合成功的美满婚姻，没有一百也有八十。尤其是母亲在孩子们漫长的成长过程中，屡屡用本地的中草药为他们治疗伤病的叙述，使读者深深体会到一方水土养一方人的道理。作者写道：母爱就像太阳，无论时间过去多久，无论走多远走到哪里，都会感受到母爱的照耀和温暖。

我的母亲跟本书中的母亲形象几乎完全重复，也是出身农村没读过书，也是用土法治疗保护自己孩子的健康，也是心灵手巧善于刺绣，也是心地善良乐于助人。所以读到书中有关篇章，我忍不住潸然泪落。

五

从一个写作人高标准的角度考虑，本书亦有些许不足，留下诸多可惜之处。

不想当将军的士兵不是好士兵，不想把文章写得更好的作家不是好作家。道斌出身山区，深得父辈耕读传家思想恩泽，来到城市兼学百家，视野开阔，个性沉稳大度，人脉契合，且供职于国企，衣食无忧，正当壮年，志向远大。灵感一旦触发，便会如春江之水，滔滔不绝，笔墨所到之处，落纸成金。虽然千里之行始于足下，但是不要满足于写一些小文章，那有的只是原始写作积累，就像原始森林的树木，只有经过砍伐、丈量、加工，才能成栋梁之材。要充分利用自己的天时地利人和之便，写出更加恢宏灿烂的作品来。

当然，文学领域的生态也很复杂，崇尚自然美的作家不一定非要改弦更张，每一个作家的探索之路各不相同。

李叔德

2022 年 2 月 11 日凌晨

李叔德，男，上世纪中叶出生，湖北襄阳人。中国作家协会会员，湖北省作家协会多届理事，襄阳市作家协会名誉主席，襄阳市小说学会名誉会长。发表、出版文学作品 500 多万字，曾获全国体育题材小说征文奖，全国优秀短篇小说奖，世界反法西斯暨抗日战争胜利五十周年华人文学奖，湖北屈原文艺奖、孟浩然文艺奖等。作品多次入选《小说选刊》《新华文摘》等。各类作品分别被《楚天都市报》《书法报》《姑苏晚报》《襄阳晚报》连载。

目　录

▶▶▶第二辑 人间真情

▶▶▶第三辑　山水寄情

▶▶▶ 第四辑　乡风乡情

第一辑　红尘怡情

艾叶又飘香

"清明插柳,端午插艾。"说起艾叶,大家都不陌生,每到端午,人们常把艾叶绑成一束,插在门楣之上或是门楣两端,以防蚊虫,辟邪祛病。

艾叶,别名艾、艾草、艾蒿、萧茅、香艾、冰台、遏草、蕲艾、艾萧、蓬藁、灸草、医草、黄草、艾绒等。艾,属多年生草本或略呈半灌木状,植株有浓烈香气,常生于路旁、荒地、河边及山坡等地,也见于森林及草原地区。

艾叶的命名与孙思邈颇有渊源。传说,名医孙思邈从小便对医学充满浓厚的兴趣,自五岁开始便跟随父亲走街串巷给人看病,经常独自到山上去采集药材。有一天,孙思邈和他的小伙伴在山上一起玩耍,有个小朋友不小心摔了一跤,脚一下子肿了起来,动弹不得。小朋友难以忍受疼痛,坐到地上哇哇大哭。面对这样的意外,孙思邈灵机一动将地上的一把草放在嘴里嚼烂,涂抹在小朋友的疼痛之处,不一会,小朋友擦了擦眼泪,肿痛也逐渐消失。身边的小朋友都感叹孙思邈的厉害,问这是什么药,孙思邈思考片刻,小朋友哭的时候总是哎哎的,不如把这种草药叫作"艾叶"吧。此后,艾叶的这个称呼便一直沿用至今。

艾叶,其实就是菊科植物艾的干燥叶,全株都可以入药。中药典籍记载艾叶性温,味辛、苦,具有温通阳气、驱寒止痛、温经、止血、安胎、降湿、杀虫等功效,被人们誉为"草中钻石"。艾叶中硒含量很高,是公认的抗癌植物。

在古代,艾叶被人们赋予了各种辟邪的说法,每到端午,人们便采摘艾叶悬挂于房屋门前或门窗之上,到后来逐渐形成了端午节悬挂艾叶的习俗,再发展到后来,甚至有了在端午节"悬艾叶、戴艾虎、食艾糕、饮艾酒、熏艾烟、洗艾澡"的多种用艾习俗。

民谣中有"端午节,天气热,五毒醒,不安宁"之说,这其中的"五毒"就是指蛇、蝎、蜈蚣、壁虎、蟾蜍。而人们认为艾叶具有防疫的功能,能够驱散"五毒"。现代医学研究表明,艾叶中的挥发油(香味成分)对多种致病细菌及病毒均有抑制或杀灭作用。

艾叶虽小,但全身都是宝。不仅可以入药治病、针灸去疾,还可制成艾叶茶、艾叶汤、艾叶粥、艾蒿馍馒、艾蒿糍粑糕、艾蒿肉丸、艾蒿饺子等风味独特的饮食享用。

在中国,艾叶不仅仅是一种植物,在人们心目中,艾叶更是一种传统延续的象征。

(2021年6月11日发表于河北邢台《牛城晚报》,2021年6月12日发表于贵州《黔西南日报》)

白露与养生

《月令七十二候集解》中释"白露"说："水土湿气凝而为露，秋属金，金色白，白者露之色，而气始寒也。"《孝纬经》中也有云："处暑后十五日为白露，阴气渐重，露凝而白也。"白露节气之后，气温开始下降，天气逐渐转凉，此时养生非常重要。

民间关于白露与养生的谚语、俗语很多。比如，"白露身不露，着凉易泻肚""处暑十八盆，白露勿露身"等，说的都是进入白露，昼夜温差逐渐加大，昼热夜凉，气候寒热多变，就不要打赤膊，以免受凉。

《难经》记载："人赖饮食以生，五谷之味，熏肤（滋养皮肤），充身，泽毛。"意指白露时节，秋燥伤人，容易耗人津液，常会出现口咽干苦、大便干结、皮肤干裂的现象。中医把四季当中出现的气候变化称为"风寒暑湿燥火"，秋季的气候变化便是"燥"。

白露时节"燥"正盛，可多吃含维生素的水果蔬菜，此时饮食宜减苦增辛，以养心肝脾胃。或采用中药食疗，西洋参、沙参、百合、杏仁、川贝等对缓解气候干燥有良好作用，还可用葱白、生姜、香菜预防治疗感冒。另外，若口燥咽干、干咳痰少，可用麦冬、菊花、沙参泡茶喝。

日常生活中，适宜的膳食有莲子百合粥、银杏鸡丁、香酥山药等，它们有清肺润燥、止咳平喘、补养气血、健脾补肾的功效。建议少吃或不吃鱼虾海鲜、生冷炙烩和辛辣酸咸甘肥之品，多吃富含维生素的食物。

从白露开始，凉意渐浓，有些人会出现手脚冰凉、怕冷、乏力等症状。坚持晚上用温水泡脚，水没过脚踝，泡到身体微微出汗最好，泡脚的同时可以搓搓耳朵和腰部。中医认为肾开窍于耳，腰为肾之府，肾以温为补，所以我们要经常搓一搓耳朵和腰部，以养肾气。

平时要经常开窗通风，让居室内外空气流通，以保持室内空气洁净新鲜。不要到空气污染严重的地方去，有晨雾的天气尽量不外出，更不能在晨雾中锻炼。

白露时节，阳气渐收，阴气渐长。民间还有句俗语叫"春捂秋冻"，就是提醒大家，白露之后可以增加一些耐寒训练，增加衣物的周期要相应拉长，为秋冬到来做好准备。

（2021 年 9 月 1 日发表于河北邢台《牛城晚报》）

春意盎然话雨水

"天街小雨润如酥，草色遥看近却无。"虎年的第二个节气——"雨水"扑面而来，此时北方阴寒未尽，一些地方仍然雨雪霏霏，而南方大多数地方则是春意盎然，一派早春的景象。

雨水来临，天气回暖，降雨开始，雨量渐增。元人吴澄的著作《月令七十二候集解》中说："正月中，天一生水，春始属木，然生木者必水也，故立春后继之雨水。且东风既解冻，则散而为雨矣。"换句话说，雨水节气的名称，源于冰雪消融。消融之后，一部分变成了地上流淌的水，一部分变成了由天而降的雨。所以雨水节气是立春"东风解冻"的续集，立春是开始解冻，雨水是全面消融。在《逸周书》中有雨水节后"鸿雁来""草木萌动"等物候记述。

《易·系辞》说，万物"润之以风雨"。所以，雨水是充满生命内涵的节气。人类自古就逐水而居，而水系的最佳给养便是雨水，雨水之于古人尤其重要，古称"天水"，充满神秘色彩。《释名·释天》谓："雨，羽也，如鸟羽动则散地，雨水从天下也，雨者辅也，言辅时生养也。"

"烟暖土膏民气动，一犁新雨破春耕。"雨水过后，泥土松动，地气升腾，对农业来说，雨水正是小春管理、大春备耕的关键时期。雨水渐多，有利于越冬作物返青或生长，因而要抓紧越冬作物田间管理，做好选种、春耕、施肥等春耕、春播准备工作，以实现"春种一粒粟，秋收万颗子"。

杨柳发青，百病滋生。早春天气乍暖还寒，早晚低温，要防"倒春寒"，注意"春捂"，重点"捂"头脚。但"春捂"并不是衣服穿得越多越好，而是强调脱衣要"递减"。

雨水期间，春寒料峭，初春的降雨会引起气温的骤然下降，此时病毒活跃，致病的细菌、病毒易随风传播，故春季传染病常易暴发流行感冒。因此，每个人应该保护好自己，注意锻炼身体，增强抵抗力，预防疾病的发生。

（2022年2月18日发表于《河南日报·农村版》，2月19日发表于《劳动午报》、山东《今日平度报》，2月24日发表于山西《芮城信息报》，2月28日发表于《菲律宾商报》）

多姿多彩绣球花

"纷纷红紫斗芳菲，争似团酥越样奇。"春去夏来，我家别墅小院里的绣球花次第绽放，一团团婀娜多姿的绣球花，簇拥在茂密的绿叶中，宛如一片流动的彩云，煞是好看。

绣球花，又称八仙花、紫阳花。紫色的高贵神秘，白色的纯洁无瑕，粉紫色的典雅华丽，淡蓝色的素静大方……特别是红色的绣球花，更是惹人喜爱，既像火红的云霞，又像绯红的胭脂，还像孩子那苹果般的脸蛋。

"八仙花"的来历，源于一个神话传说。相传八仙到瑶池参加王母娘娘的蟠桃会，龙王七太子看见八仙中的何仙姑容貌美丽，趁机把何仙姑抢到龙宫。其他七位大仙勃然大怒，化作七条赤色鳞甲火龙，对着海面喷出烈焰。霎时间，海水滚滚沸腾起来。东海龙王在龙宫中觉得酷热难熬，听见外面震耳欲聋的巨响，龙宫摇晃得更加厉害，问明缘由后，怒斥七太子，亲手将他绑起来，又请何仙姑坐上龙轿，将七太子升到海面向众仙请罪，并向八仙献花表示歉意。之后，八仙把鲜花带到人间，那花儿团团锦簇，宛如一个大绣球。人们知道这种花儿是八仙带来的，便亲切地叫它"八仙花"。

"紫阳花"的名称，则是唐代大诗人白居易所赐。话说白居易游历杭州招贤寺时，看到寺中长着一棵花树，芳香袭人，花繁色紫，问庙里的和尚此为何花？和尚不知。白居易因此题诗一首："何年植向仙坛上，早晚移栽到梵家。虽在人间人不识，与君名作紫阳花。"白居易还注曰："招贤寺有山花一树，无人知名，色紫气香，芳丽可爱，颇类仙物，因以紫阳花名之。"

绣球花每年入夏开花，花开花谢，此起彼落，反复数次，花期持久。绣球花盛放时，一瓣瓣组成一朵朵，一朵朵又组成一个个大花球，如同雪花压树，妩媚动人。绣球花，是花中奇品。李渔在《闲情偶寄》中描述道："天工之巧，至开绣球一花而止矣。"明代张新也有诗云："散作千花簇作团，玲珑如琢巧如攒。"

令人称奇的是，绣球花的颜色居然会变化，初开带绿色，后转为白色，慢慢变成粉红色或淡蓝色，还有紫色的。我查了资料才知道它们的这种特性，除了和花的品种有关外，还与土壤的酸碱度有关。酸性强时就开出蓝色的花，碱性强则开出红色的花。中性的土壤，就开出蓝色和粉色相间的花。

夏天到了，许多花儿已经老去，成了泥土的被子。而绣球花却应时而开，花团锦簇，犹如一只只秀丽的"花蝴蝶"，充满活力，五彩缤纷，多姿多彩，装点着炎炎夏日。真可谓："万紫千红披锦绣，尚劳点缀贺花神。"

（2021 年 5 月 17 日发表于广西《贺州日报》）

古诗词里劳动美

　　"布谷飞飞劝早耕，春锄扑扑趁春晴。千层石树遥行路，一带山田放水声。"翻开我国古典诗歌史，里面有许多歌颂劳动者辛勤劳动的诗篇。

　　记载劳动的古诗词，最早可追溯到《吴越春秋》中的《弹歌》："断竹，续竹，飞土，逐肉。"描写了我国远古渔猎时代人们砍竹、接竹、制作弹弓，并发射弹丸捕猎禽兽的全过程。

　　《诗经》中的《伐檀》是一首关于劳动的不朽诗篇。"坎坎伐檀兮，置之河之干兮，河水清且涟猗。不稼不穑，胡取禾三百廛兮？不狩不猎，胡瞻尔庭有县貆兮？彼君子兮，不素餐兮！"写出了伐檀造车的劳动场景，痛斥了奴隶主的不稼不穑和坐享其成。

　　"七月流火，九月授衣。一之日觱发，二之日栗烈。无衣无褐，何以卒岁？三之日于耜，四之日举趾。同我妇子，馌彼南亩，田畯至喜！"《诗经·七月》则描写了农夫一年四季的劳动生活，这首诗不仅是一幅男耕女织的风俗画，而且是一幅场面热烈的农耕图，带我们回到三千年前，见证先民真实的劳动场景。

唐代诗人白居易在《观刈麦》中写道："田家少闲月，五月人倍忙。夜来南风起，小麦覆陇黄。"辛勤劳动换来的丰收果实让人欣喜。陶渊明《归园田居》"种豆南山下，草盛豆苗稀。晨兴理荒秽，带月荷锄归"，描摹出诗人的劳作之趣和对田园生活的热爱。

"富贵本无根，尽从勤里得。"宋代诗人范成大《四时田园杂兴》："新筑场泥镜面平，家家打稻趁霜晴。笑歌声里轻雷动，一夜连枷响到明。"写出了农人通宵打谷的繁忙景象，同时也描述了他们通过劳动收获五谷的喜悦心情。

"田夫抛秧田妇接，小儿拔秧大儿插。笠是兜鍪蓑是甲，雨从头上湿到胛。唤渠朝餐歇半霎，低头折腰只不答。秧根未牢莳未匝，照管鹅儿与雏鸭。"读宋代杨万里的《插秧歌》，那热火朝天的劳动场面，跃然纸上。

唐代诗人李绅的《悯农》，更是家喻户晓。"锄禾日当午，汗滴禾下土。谁知盘中餐，粒粒皆辛苦。"这首诗生动形象地阐述了"一粒米一口粥"都是通过艰辛劳动得来，对后人具有深远的教育意义。

"勤劳一日，可得一夜安眠；勤劳一生，可得幸福长眠。"从钻木取火开始，劳动点燃永恒。华夏儿女是勤劳的民族，劳动让浩瀚的荒原变成千亩的良田，劳动让曾经的险滩恶水变成青山绿水，劳动让万丈高楼平地起，幸福的生活甜如蜜。

"劳动的手，能够把石头变成金子；不劳动的手，能够把金子变成石头。"耕耘有收获，劳动结硕果。让我们握紧拳头，在生生不息的血脉里，创造最美的幸福生活！

（2021 年 5 月 13 日发表于安徽《芜湖日报》）

寒风乍起说立冬

"细雨生寒未有霜，庭前木叶半青黄。小春此去无多日，何处梅花一绽香。"眨眼间，我们在诗意美丽的秋末里，迎来了二十四节气中的第十九个节气立冬。

古籍《月令七十二候集解》中对"冬"的解释："冬，终也，万物收藏也。"意思是说秋季作物全部收晒完毕，收仓入库，动物也已藏起来准备冬眠。看来，立冬不仅仅代表着冬天的来临，完整地说，立冬是表示冬季开始，万物收仓，归避寒冷的意思。

立冬与立春、立夏、立秋合称为"四立"，昭示不同的季节。古代到了立冬这一天，天子亲率三公九卿大夫，以隆重的仪式迎冬。立冬是在北郊迎接，立春、立夏、立秋则是在东、南、西郊迎接。这个方位跟古代的四象说有关。四象（木、火、金、水）用于对应一年四季时，分别可以对应春、夏、秋、冬。

立冬时，一般还不太冷，我国古时民间习惯以立冬为冬季的开始，正如元代诗人陆文圭所写"秋深渐入冬"那样，这时正处于秋冬交替之际，既有秋的黄花红叶，又有冬的寒冷衰懒。

"秋风吹尽旧庭柯,黄叶丹枫客里过。"立冬时节之后,寒冷将如约而至,树木开始凋零,多地将被皑皑白雪覆盖,刺骨寒风也会一阵阵来袭。

小时候,尽管家里贫穷,但母亲总会想方设法做一碗饺子给我吃,说是饺子的外形像耳朵,吃了饺子,冬天耳朵不受冻。民间有立冬补冬的习俗,在寒冷的天气中,应该多吃一些温热补益的食物,这样不仅能使身体更强壮,还可以起到很好的御寒作用。

立冬时节北方已是冬天的气候,南方也天气渐冷,流感病毒横行,近期新冠病毒又呈多点散发之势,大家应小心防范。

(2021 年 10 月 30 日刊发于山西《芮城信息报》)

荷花诗话

"风蒲猎猎小池塘，过雨荷花满院香。"每逢仲夏，荷花盛开，采莲的男女，泛着一叶轻舟，穿梭于荷花丛中，那种"乱入池中看不见，闻歌始觉有人来"的情景多么美妙。

荷花，又名莲花、水芙蓉，其出淤泥而不染之品格很为世人称颂，也是古往今来诗人墨客歌咏绘画的题材之一。

"出淤泥而不染，濯清涟而不妖。"说到荷花，不得不说北宋周敦颐和他的《爱莲说》，作者以莲喻人，通过对莲花的爱慕与礼赞，表明自己对美好理想的憧憬，对高尚情操的崇奉，对庸劣世态的憎恶。

"毕竟西湖六月中，风光不与四时同。接天莲叶无穷碧，映日荷花别样红。"宋代诗人杨万里的《晓出净慈寺送林子方》（其二），被后人广为传诵。此诗着力表现在一片无穷无尽的碧绿之中那红得"别样"娇艳迷人的荷花，将六月西湖那迥异于平时的绮丽景色，写得十分传神。

"燎沉香，消溽暑。鸟雀呼晴，侵晓窥檐语。叶上初阳干宿雨，水面清圆，一一风荷举。故乡遥，何日去？家住吴门，久作长安旅。五月渔郎相忆否？小楫轻舟，梦入芙蓉浦。"《苏幕遮·燎沉香》是宋代词人周邦彦创作的一首词，全词写景写人写情写梦皆语出天然，池塘中清圆的荷叶上残留着昨夜的雨珠，在红艳的初阳照射下渐渐地晒干了。一阵清风吹来，亭亭玉立的荷花一团团地随风飘动。一个"举"字，生动地刻画出水上荷花的绰约姿态。

"菱叶萦波荷飐风，荷花深处小船通。逢郎欲语低头笑，碧玉搔头落水中。"这是唐代诗人白居易的一首七言绝句《采莲曲》。此诗写采莲少女的初恋情态，喜悦而娇羞，如闻纸上有人，呼之欲出。尤其是后两句的细节描写，生动而传神，如灵珠一颗，使整个作品熠熠生辉，使人百读不厌。

三国时期曹植在他的《芙蓉赋》中称赞"览百卉之英茂，无斯华之独灵"，把荷花比喻为水中的灵芝。由于"莲"与"怜"音同，所以古诗中有不少写莲的诗句，借以表达爱情。如南朝乐府《西洲曲》："采莲南塘秋，莲花过人头；低头弄莲子，莲子清如水。"表达了一个女子对所爱的男子的深长思念和爱情的纯洁。晋《子夜歌四十二首》之三十五："雾露隐芙蓉，见莲不分明。"写出一个女子隐约地感到男方爱恋着自己。

在中国花文化中，荷花是最有情趣的咏花诗词对象和花鸟画的题材，是最优美多姿的舞蹈素材，也是各种建筑装饰、雕塑工艺及生活器皿上最常用最美的图案纹饰和造型。

荷花，不愧为中国的传统名花。

（2021年6月8日发表于湖北电力《文学天地》）

红了樱桃　美了生活

"红珠斗帐樱桃熟，金尾屏风孔雀闲。"眼下正是樱桃成熟的季节，我家别墅小院里的樱桃次第飘红，似玛瑙，如珍珠，让人垂涎欲滴。

樱桃是传统精美果品之一，又名莺桃、荆桃、楔桃、英桃、含桃等。在我国有着悠久的栽培历史，很早就有记载，先秦著作《礼记·月令》记载："是月（仲夏之月）也，天子乃以雏尝黍，羞以含桃，先荐寝庙。"东汉郑玄注释说，"含桃"为樱桃。而关于樱桃的诗句，现存最早的大概是西汉辞赋大家司马相如的名篇《上林赋》，其中有"樗枣杨梅，樱桃蒲陶（葡萄）"的诗句。

"红了樱桃。绿了芭蕉。送春归、客尚蓬飘。昨宵谷水，今夜兰皋。奈云溶溶，风淡淡，雨潇潇。银字笙调。心字香烧。料芳惊、乍整还凋。待将春恨，都付春潮。过窈娘堤，秋娘渡，泰娘桥。"宋代蒋捷的《行香子·舟宿兰湾》，是一首咏诵樱桃的不朽诗篇。尤其"红了樱桃，绿了芭蕉"两句，是整首词情的凝聚，给人的印象饱满而鲜明。

　　唐朝诗人云集，群星闪烁，几乎所有的诗词大家都有关于樱桃的诗词，李白的《久别离》有"别来几春未还家，玉窗五见樱桃花"诗句，杜甫在寄居成都时，也有关于樱桃的诗："西蜀樱桃也自红，野人相赠满筠笼。"

　　"孔雀眠高阁，樱桃拂短檐。画明金冉冉，筝语玉纤纤。细雨无妨烛，轻寒不隔帘。欲将红锦段，因梦寄江淹。"樱桃因为唐代温庭筠的这首《偶题》诗，格外艳丽浓情。我想也一定打动了当时很多的贵族女子。因为谁不愿意邂逅一段燃烧自己的爱和美，醉如樱桃。

　　"倒流映碧丛，点露擎朱实；花茂蝶争飞，枝浓鸟相失。已丽金钗瓜，仍美玉盘橘。宁异梅似丸，不羡萍如日；永植平台垂，长与云桂密。徒然奉推甘，终以愧操笔。"这是南北朝时期梁简文帝萧纲关于樱桃的诗，萧纲对樱桃不吝溢美之词，认为用笔触无法描绘。

　　"华林满芳景，洛阳遍阳春；朱颜含远日，翠色影长津。乔柯啭娇鸟，低枝映美人；昔作园中实，今来席上珍。"唐太宗李世民是个文武全才的帝王，对樱桃也是赞不绝口，称之为珍品。他的《赋得樱桃》可见其文采斐然。

　　如果就写樱桃的七言绝句，窃以为唐朝诗人张祜的《樱桃》比较更有意境："石榴未拆梅犹小，爱此山花四五株。斜日庭前风袅袅，碧油千片漏红珠。"

　　沏一壶酽茶，坐在樱桃树下，诵读着古典诗词，我仿佛看见一位美艳仙女翩翩降临人间，红了樱桃，美了生活。

（2021 年 6 月 23 日发表于湖北电力《文学天地》）

花草四雅话菖蒲

溪流沟河多菖蒲，而在我的家乡，菖蒲却是稀罕之物。那天，我在一个叫板仓河的溪流边，偶然幸运地发现了一蔸长势繁茂的菖蒲。

当地村民告诉我，这里山高谷深，菖蒲很多。移步近前观察，原来偌大的一蔸菖蒲，兀自生长在一块沙石上，郁郁葱葱，蓬蓬勃勃，让我喜不自胜，瞬间产生了将它移植回家的想法。于是，我脱鞋下水，用力拔之，起初竟然纹丝不动，再用力有所松动，再三用力，菖蒲的根须，竟然连带着一块石头，整个菖蒲被我拔了出来。

我欢天喜地地将菖蒲携带回家，忙不迭地购买花盆，修剪少许枯萎的黄叶，乐陶陶地移栽、浇水，犹如捡到宝贝似的高兴了好一阵儿。

菖蒲是我国传统文化中可防疫驱邪的灵草，与兰花、水仙、菊花并称为"花草四雅"，其中菖蒲为四雅之首。

菖蒲也叫作白菖蒲、藏菖蒲。菖蒲的品种很多，比较常见的有五种。李时珍曰:"菖蒲凡五种,生于池泽,蒲叶肥,根高二、三尺者,泥菖蒲,白菖也;生于溪涧,蒲叶瘦,根高二三尺者,水菖蒲,溪荪也;生于水石之间,叶有剑脊,瘦根密节,高尺余者,石菖蒲也;人家以砂栽之一年,至春剪洗,愈剪愈细,高四五寸,叶如韭,根如匙柄粗者,亦石菖蒲也;甚则根长二三分,叶长寸许,谓之钱蒲是矣。"

菖蒲属多年生草木,根状茎粗壮。叶基生,剑形,中脉明显突出,基部叶鞘套折,有膜质边缘。菖蒲喜冷凉湿润气候,阴湿环境,生长于沼泽、溪流、沟渠或水田边。

先民崇拜菖蒲,把它当作神草。菖蒲气味清香且不招虫,历史上就是文人雅士放置在案头,用来疏解心绪。菖蒲伴石而生,闲适自然,拥之怡然自得,修身养性。从西汉时起,菖蒲就被文人珍视。六朝有《三辅黄图》中记载:"汉武帝元鼎六年破南越,起扶荔宫以植所得奇草异树,有菖蒲百本。"到了宋代,书画,雅斋,闲情逸致更是盛行,苏东坡尤其喜爱菖蒲,诗云:"斓斑碎玉养菖蒲,一勺清泉渍石盂。"陆游也撰诗曰:"今日溪头慰心处,自寻白石养菖蒲。"

菖蒲有香气,可以提取芳香油。端午节,有把菖蒲叶和艾蒿捆在一起,插于檐下的习俗,寓意吉祥和幸福。有幅对联这样形容:"艾叶如旗招百福,菖蒲似剑斩千妖。"

水陆草木之花,各有其美,各得其趣。而在草本之中,我又偏爱于菖蒲。希望自己是那么一株扎根在泥土中的菖蒲,迎着风,坦然而率真,洁净一生,不作媚世之态,孤独一隅,质朴而无华。

(2021年1月27日发表于河北《邢台日报》)

金银花开竟妖娆

"有藤名鸳鸯，天生非人种。金花间银蕊，翠蔓自成簇。"在我的家乡，有一种生长在乡间野地里的藤蔓花，初开时则色白，经一二日则色黄，黄白相映，似金如银，故名金银花。

金银花，也称忍冬花，有忍受冬天的严寒、茎蔓倔强而生之意。因为它一蒂二花，两条花蕊探在外，成双成对，形影不离，状如雄雌相伴，酷似鸳鸯对舞，又称"鸳鸯藤"。有民间情歌云："天地氤氲夏日长，金银两宝结鸳鸯。山盟不以风霜改，处处同心岁岁香。"

金银花不仅是美丽的观赏花木，也是古老的中医药材。据《本草纲目拾遗》记载：金银花气芳郁而味甘，开胃宽中，解毒消火，以之代茶，尤能散暑，享有"药铺小神仙"之美誉。

有则民间传说，演绎了它名称的由来。据说在很久以前，有一个村子闹瘟疫，患者上吐下泻，不几天便死去了。村子里有一个药师的女儿名叫金银花。金银花见村里的老百姓为瘟疫所折磨，便把自家祖传的秘方献了出来，为村民送药，不久，瘟疫就得到了控制，从此，金银花远近闻名。有个财主知道了这件事以后，看到金银花，就仗势抢亲，金银花一头撞死在石柱上。人们为了报答金银花的恩情，便把她埋在了村里风景最好的地方。后来，她的坟上长出来许许多多金黄色和银白色的花朵，鲜艳秀丽，清香扑鼻，大家便常常给它浇水、施肥。为了纪念金银花姑娘，人们便给这花取名"金银花"。

小时候体弱多病，经常舌苔起白，妈妈说我身体热性大，便找来陈年晒干的金银花，煮一壶金银花茶给我喝，说金银花"退心火"。妈妈对金银花的习性了如指掌，"金银花要趁着没开的时候采才好。"妈妈说，最好在花苞未绽时采摘，吐蕊最浓，香味和药效最好。

人之于花，观其形色，嗅其芬芳，总会产生无穷遐想……恍惚间，我仿佛又回到了家乡的山野，回到了一个沾满露珠的清晨，回到了一片若有若无的薄雾里，回到了一丛丛金褐色的藤蔓间。

张恨水曾说："金银花之字甚俗，而花则雅……每当疏帘高卷，山月清寒，案头数茎，夜散幽芳。泡苦茗一瓯，移椅案前，灭烛坐月光中，亦自有其情趣也。"

花的世界，五彩缤纷。我似乎看到了那一簇簇金银花擎起鹅黄的花茎，晶莹剔透，娇嫩可爱，就像刚出生的婴儿；只见它慢慢伸开手脚，舒展腰身，钟灵毓秀，倏忽间长成了妙龄少女；眨眼间，它又披上了金黄的纱衣，轻歌曼舞，摇曳生姿。

（2021 年 4 月 21 日发表于湖北电力《文学天地》）

凌霄花又开

有一座农家小院真好，四季花开，满庭芬芳。你瞧，我家凌霄花又开了，绿叶满墙花枝伸展，一簇簇橘红色的花朵，远看好像一把把小喇叭，缀于枝头，迎风飞舞，显得格外绚烂逗人喜爱。

凌霄花，别称紫葳、五爪龙、红花倒水莲、倒挂金钟、上树龙、上树蜈蚣、白狗肠、吊墙花、堕胎花、芰华、藤罗花。凌霄早在春秋时期的《诗经》里就有记载，当时人们称之为陵苕，"苕之华，芸其黄矣"，说的就是凌霄。凌霄花之名始见于《唐本草》，该书在"紫葳"项下曰："此即凌霄花也，及茎、叶具用。"

凌霄花的得名，源于一个美丽的传说。从前闽西山村有个董财主，家有一个美貌双全的女儿，名叫凌霄，爱上勤劳善良的长工柳明全，两人山盟海誓生死相随。

此事被财主发现反对成婚，毒打柳明全致死，乡亲们将柳明全埋葬在村外河边，过了几日坟地边长出一棵柳树，枝繁叶茂迎风摇摆诉说着悲伤。

凌霄得知冲出家门，一头撞死在柳树旁，霎时变成一株藤蔓，缠绕着柳树攀爬，柳树藤蔓依偎在一起，藤枝上开放金红色的花朵，凌霄姑娘变成了凌霄花。

后来，人们发现凌霄姑娘变成的花，可以活血化瘀、解毒消肿，能医治风湿性关节炎、跌打损伤等疾病。为了纪念凌霄姑娘，人们就把这种花叫"凌霄花"，并一直沿用至今。

民间传说故事孕育着老百姓朴素的愿望，生不能同行，死也要相依，这或许就是我最早听到的关于凌霄花的故事了。

凌霄花的不凡，还在于它寓意慈母之爱，经常有人与冬青、樱草放在一起，结成花束赠送给母亲，以表达对母亲的热爱之情。当然，也有人把它说成是"攀援的凌霄花"，成为攀附高枝的代名词。我却不以为然，凌霄花自有它的血性与精神，一直蓬蓬勃勃地向上生长延伸。宋人杨绘诗赞："直饶枝干凌霄去，犹有根原与地平。不道花依他树发，强攀红日斗鲜明。"

凌霄花又开，花冠朵朵，花簇团团，光艳四溢，妩媚动人，不仅装点了我的庭院，而且美化了我的生活。

生生不息、美丽不败，是凌霄花芬芳的花语。你来，或者不来，凌霄花都在这里盛开。正是："披云似有凌霄志，向日宁无捧日心。珍重青松好依托，直从平地起千寻。"

（2021 年 7 月 20 日发表于湖北电力《文学天地》）

流年碎影里的小年

"大人盼种田，小孩盼过年。"小时候，每当进入腊月，小孩子们就会一天一天地盼望着过年。

小年祭灶，新年来到。每逢腊月二十三，是民间传统的祭灶日，又称"小年"。家家户户都要在灶台上摆上糖瓜、米酒等各色供品。

民间祭灶，源于古人拜火习俗。如《释名》中说："灶。造也，创食物也。"灶神的职责就是执掌灶火，管理饮食，后来扩大为考察人间善恶，以降福祸。灶神信仰是民间百姓对"衣食有余"梦想追求的反映。晋代《风土记》载："腊月二十四日夜，祀灶，谓灶神翌日上天，白一岁事，故先一日祀之。"宋代范成大所作的《祭灶词》："古传腊月二十四，灶君朝天欲言事……送君醉饱登天门，杓长杓短勿复云，乞取利市归来分。"

由于各地风俗不同，被称为"小年"的日子也不尽相同。在清朝中期之前，北方的祭灶日是腊月二十四。《清嘉录》卷十二《十二月·念四夜送灶》说："俗呼腊月二十四夜为念四夜，是夜送灶。"《清朝野史大观·清宫遗闻》中也说，乾隆一朝，每年腊月二十四晚上，祀灶神于坤宁宫。从清朝中后期开始，帝王家就于腊月二十三举行祭天大典，为了"节省开支"，顺便把灶王爷也给拜了。因此，上行下效，北方地区百姓也提前一天在腊月二十三过小年。

古人云："民以食为天。"所以小年祭灶是大江南北共同的习俗。

可以说"小年"是"大年"的前奏或序曲。从小年开始，人们开始筹办年货、扫尘、祭灶等，准备干干净净过个好年，表示新年要有新气象，表达了人们一种辞旧迎新、迎祥纳福的美好愿望。

"二十三，糖瓜粘。二十四，扫房子。二十五，炸豆腐。二十六，炖猪肉。二十七，宰公鸡。二十八，把面发。二十九，蒸馒头。"唱着儿歌，除夕就到了。中国人重家庭，重团聚，其实，只要一家人在一起，和和美美，就是最大的年味了。

（2022 年 1 月 25 日发表于河南《京九晚报》、甘肃《甘肃农民报》）

龙抬头话剃头

"二月二龙抬头，家家男子剃龙头。"民间把二月二这天理发，称之为"剃龙头"，说在二月二理发，人就会像龙一样从冬眠中醒来，会使人生龙活虎、鸿运当头、福星高照。所以每到二月二这天，理发的人络绎不绝。

旧时民间有"有钱没钱，剃头过年"的说法，寓意"理发去旧"。也就是在小年之后春节之前理发，把上一年的尘埃晦气除去，把新一年的好运带来。除夕之后，整个正月都不能理发，一直等到"二月二龙抬头"才开始剃头。

说到理发，我的家乡有很多讲究，老人们都说，正月不宜理发。说是"正月剃头，死舅舅"。究其源头，正月不剃头，原是"思旧"。即说清军入关，强行要求汉人剃发留辫，而汉人则由于心怀故国，相约正月里不剃头，以示不忘旧君，成为"思旧"。时间久了，"思旧"便谐音成了"死舅"，最终以讹传讹，成了"正月里不剃头，剃头死舅舅"的民间禁忌。

而"正月里不剃头"，还与古代汉人对头发的重视有关。《孝经》载："身体发肤，受之父母，不敢毁伤，孝之始也。"古代汉人认为"头发"是父母给的，因此自己无权"处置"自己的头发，而头发也被认为跟自己的生命一样重要，所以古代人常束发为髻。古人不理发，也有缅怀祖宗的意味。古人认为头发的重要性几乎和头相等，因此"剃发"就是"剃头"，而今人管"剃头""剃发"叫"理发"，仅是整理头发而已，可见随着时代的变迁，在"理发"这件事的观念上可是有着天壤之别的。

二月初二"龙抬头"，这天理发，又叫"剃喜头"。记得小时候，每到二月二，母亲就给我剃个"锅铲头"，在囟门处留一小撮胎发，形似炒菜时用的铁锅铲。其实，"锅铲头"不是单纯为了好看，而是为了保护尚未闭合的囟门和大脑，起到一个保暖、防晒的作用。当不小心受到外力撞击的时候，有了这层头发保护，可以减轻外力的伤害。

"二月二剃龙头，一年都有精神头。"对这一天理发的人来说，重要的不是理发本身，而是讨个吉利。人们常借"龙抬头"这一吉时，希望通过理发来与"龙抬头"相衬，也能给自己"抬抬头"，预示着辞旧迎新，新的一年好运连连。

（2022 年 3 月 5 日发表于《劳动午报》、苏里南《中华日报》）

民谚俗语看惊蛰

"春雷响，万物长。"惊蛰是雷声引起的，平地一声春雷，惊醒蛰伏于地下冬眠的昆虫。惊蛰时节，正是大好的"九九"艳阳天，气温回升，雨水增多，万物生长。

惊蛰，古称"启蛰"，惊蛰标志着仲春时节的开始。民间自古很重视惊蛰节气，把它视为春耕开始的日子。唐诗有云："微雨众卉新，一雷惊蛰始。田家几日闲，耕种从此起。"农谚也说："惊蛰春雷响，农夫闲转忙""过了惊蛰节，春耕不能歇""九尽杨花开，农活一齐来。"

"未到惊蛰先打雷，四十九天云不开。"现代气象科学表明，"惊蛰"前后，之所以偶有雷声，是大地湿度渐高而促使近地面热气上升或北上的湿热空气势力较强与活动频繁所致。

惊蛰节气，正处乍寒乍暖之际，根据冷暖预测后期天气的谚语有："冷惊蛰，暖春分""惊蛰刮北风，从头另过冬""惊蛰吹南风，秧苗迟下种"。

俗话说："麦沟理三交，赛如大粪浇""要得菜籽收，就要勤理沟"。必须继续搞好清沟沥水工作，早稻播种应抓紧进行，同时要做好秧田防寒工作。随着气温回升，茶树也渐渐开始萌芽，应进行修剪，并及时追施"催芽肥"，促其多分枝、多发叶，提高茶叶产量。桃、梨、苹果等果树要施好花前肥。

"惊蛰节到闻雷声，震醒蛰伏越冬虫。"温暖的气候条件利于多种病虫害的发生和蔓延，田间杂草也相继萌发，应及时搞好病虫害防治和中耕除草。"桃花开，猪瘟来。"家禽家畜的防疫也要引起重视了。

"一声大震龙蛇起，蚯蚓虾蟆也出来。"所有冬眠中的蛇虫鼠蚁，家中的爬虫走蚁都会应声而起，四处觅食。

小时候，家住农村，每到惊蛰当日，母亲就会手持清香、艾草，熏燎家中墙角柜落、旮旯旯旯，驱赶蛇虫鼠蚁。并说，惊蛰香熏，既可驱散霉味，还能赶走霉运。

在惊蛰这天，母亲还要拿一些石灰粉，洒在门槛外。母亲说，一洒石灰，虫蚁一年内都不敢上门。这和闻雷抖衣一样，都是在百虫出蛰时给它一个"下马威"，这样害虫就不会来骚扰自家。

"今朝蛰户初开，一声雷唤苍龙起。"惊蛰时节，春回大地，一切都预示着新的开始，希望疫情早日结束，真正的春天赶紧到来。

（2022年3月4日发表于湖北电力《文学天地》）

品读古诗话寅虎

"猛虎潜深山，长啸自生风。"南朝宋谢惠连所写的《猛虎行》一诗，生动再现了老虎凶猛彪悍、虎虎生威的习性，即使潜藏在深山中，也会"怒吼千山震，一鸣百兽惊"，而被称为"兽中之王"。

虎在十二生肖中位居第三，与十二地支的寅相配，"寅"字恰如一头迎面而来的猛虎形状，威风凛凛，虎视眈眈，甲骨文最初的"寅"字如箭矢。据《说文》中解释："寅"字表明春之将至，阳气上升，虽然冻土也一定能破土而出，"寅"字配虎正表明阳刚之威不可挫。虎被当作权力、力量和高尚威望的象征，自古君王敬之为神，祈借神威，以保国泰民安。长期以来，虎受到汉族的崇拜，自汉代以后虎一直成为劳动人民喜爱的保护神，经过漫长的历史演化与发展，崇虎的文化意识已成为中华民族共同的文化观念。

老虎古时称"於菟"，又称"山君"，兽中之王。古往今来，无数的文人墨客对虎更是推崇备至，留下了许多脍炙人口的诗篇。

宋代梅尧臣："人烟将新郭，松竹不知秋。夜虎林间啸，溪泉舍下流。"清代金志章："双睛睒睒射惊电，耸尻竖尾如竿枪。咆哮踞地地欲裂，百兽走匿山魈藏。"

汉代应劭在《风俗通义》中说："虎者阳物，百兽之长也，能执搏挫锐，噬食鬼魅。"说的是作为兽中之王的老虎，威猛、坚强、勇敢，专食恶鬼。在十二生肖中，人们对虎似乎特别钟爱，民间把虎视为"吉祥物""保护神"，许多人家喜欢在年节悬挂虎画，以驱逐邪恶，趋吉避凶。有"镇宅""驱邪"的虎年画、虎剪纸；有贴在门户、窗口、灶头上保护阖家平安的虎字画；有小孩子用的可保佑吉祥安康的虎头帽、虎头鞋、虎形枕等。清代文人舒位《黔苗竹枝词·红苗》诗："织就班丝不赠人，调来铜鼓赛山神，两情脉脉浑无语，今夜空房是避寅。"

白云苍狗，转瞬即逝。一转眼，牛年驮着累累硕果默默而去，虎年和着铿锵步伐虎啸而至。在虎年岁月里，期待每个人更显虎威、更有虎气、更添虎胆，虎虎生威干事业，虎跃龙腾创佳绩。

（2022年1月26日发表于山东《今日平度报》，1月28日发表于河南《京九晚报》）

秋虫声声

"凉风至，白露降，寒蝉鸣。"白露之后，正是鸣虫忙于求偶、繁衍的季节，也是它们叫得最欢的时候。

我国园林绿化专家、昆虫爱好者林海伦说，在城市里比较常见的鸣虫主要有蟋蟀科和螽斯科昆虫，螽斯科昆虫中又以纺织娘和蝈蝈最为人们所熟悉。

鸣虫的生命周期很短暂，一般只有四季。这一年中的大部分时间，它们都是以卵或若虫的形态存在。从若虫长成为成虫，其间要经过六到七次蜕皮，有的种类甚至要经过十几次蜕皮，才能渐渐长大。当最后一次蜕皮完成，长出完整的翅膀，它们才算是成长为真正能鸣叫的虫子。

鸣虫的成虫一般能活三个月，从它们蜕皮成为成虫的三至十天后开始计算，一般七月开始产卵，八月达到壮年，九月末到十月上旬陆续死亡，因此鸣虫也被很多人称为"百日虫"。

虫鸣嘹亮，鸣声各异。在这短短百天的生命旅程中，鸣虫并不是总在鸣叫，一旦找到伴侣交配成功，它们的叫声也就随之停止。发出嘹亮鸣叫声的多半是鸣虫中的雄性，雌性则"默默无闻"地承担了繁衍后代的责任。外界温度的变化也会影响虫的鸣叫，一般在秋分过后，此起彼伏的虫鸣声也就渐渐告一段落。

还有一些昆虫的命运同样和白露息息相关。民间有句谚语"喝了白露水，蚊子闭了嘴"，是对蚊子再也无法嚣张的生动描写。

上中学时，读过一篇叫《促织》的文章。促织就是蟋蟀，雄虫能鸣善斗，秋夜振翅发声，凄凉清脆，声音悦耳。据说唐代天宝年间，入秋之后，内宫的妃嫔常用小金笼装蟋蟀，放在枕边，晚上听蟋蟀的鸣叫，民间也加以仿效。当时长安的富人，用象牙镂空做成蟋蟀笼蓄养蟋蟀，以万金之资，换一声之鸣。唐代以后，南北各地都有蓄养，以求比赛相斗的乐趣。

小时候，最喜欢捉蟋蟀。捕捉蟋蟀的时间也大有讲究，一般分日捕和夜捕。日捕选多云天气，光线亮度高，光照均匀，易捕捉。夜捕以听鸣叫声为主，因为蟋蟀整夜至黎明鸣声不断，可手持电筒寻声觅踪，判定虫品的优劣。听爷爷说过，上品佳虫的鸣声短暂、快捷、有力，通常声音响亮，偶尔叫几声者，或间隔时间较长者为上品；声音低沉无力，连续不断鸣叫者定是劣品。

"声闻促织草苍茫，燕去巢空别旧堂。鸟宿疏林知白露，一朝觉醒已秋凉。"白露时节，天高云淡，气爽风凉，悦耳的虫鸣声带来别样的秋天。你听，草间虫鸣，唱着老歌谣；你闻，拂面清风，吹着山花香。

（2021 年 9 月 13 日刊发山东《今日平度报》）

秋分与耕种

"白露早，寒露迟，秋分种麦正当时。"秋分时节，既是收获季又是耕种时，"三秋"农忙正式拉开"序幕"，田野处处呈现一派繁忙景象。

很早以前，人们就把"秋分"当作耕种的标志。汉末崔寔在《四民月令》中写道："凡种大小麦，得白露节，可种薄田；秋分种中田；后十日种美田。"

按《春秋繁露·阴阳出入上下篇》云："秋分者，阴阳相伴也，故昼夜均而寒暑平。"秋分之后，太阳直射的位置移至南半球，北半球得到的太阳辐射越来越少，而地面散失的热量却较多，气温降低的速度明显加快，使得秋收、秋耕、秋播的"三秋"大忙显得格外紧张。

秋分时节，南方以收割水稻为主，北方以收割玉米、花生为主。秋收之后，就要根据田地墒情耕地。当田地耕种好之后，就要准备好农家肥和庄稼种子开始秋播。南方秋播以油菜为主，中部油菜、小麦都可以播种，而北方则以冬小麦为主。

秋分时节的干旱少雨或连绵阴雨，是影响"三秋"正常进行的主要不利因素，特别是连阴雨会使即将到手的作物倒伏、霉烂或发芽，造成严重损失。

"三秋"大忙，贵在"早"字。及时抢收秋收作物，可免受早霜冻和连阴雨的危害，适时早播冬作物，可争取充分利用冬前的热量资源，培育壮苗安全越冬，为来年奠定下丰产的基础。

"秋分不露头，割了喂老牛。"南方的双季晚稻正抽穗扬花，是产量形成的关键时期，早来低温阴雨形成的"秋分寒"天气，是双晚开花结果的主要威胁，必须认真做好预报和防御工作。

"秋分时节两头忙，又种麦子又打场。"秋分节气，是农业生产上重要的节气，也是广大农民朋友的专属节日。自 2018 年起，国务院将每年秋分，设立为"中国农民丰收节"。正所谓："秋分到，丰收至。"

（2021 年 9 月 24 日发表于山东《广饶大众报》）

秋意渐凉话霜降

早年，听说过一个关于霜降节令的神话传说。说是霜降这一天，太阳公公要晴天，雨水婆婆要下雨，互不相让，天就一直阴着，太阳出不来，雨也下不来，公公和婆婆双双犟着，所以叫"双犟"。这一天，如果太阳公公犟晴了，那么整个节令都是晴好天气，如果雨水婆婆犟雨了，整个节令中将会阴雨连绵。

《月令七十二候集解》关于霜降说：九月中，气肃而凝，露结为霜矣。"霜降"，是秋季的最后一个节气，天气由此渐凉，露水凝结成霜。

霜是水蒸气凝成的，水蒸气怎样凝成霜呢？南宋诗人吕本中在《南歌子·旅思》中写道："驿路侵斜月，溪桥度晓霜。"陆游在《霜月》中写有"枯草霜花白，寒窗月影新"。说明寒霜出现于秋天晴朗的月夜。秋晚没有云彩，地面上如同揭了被，散热很多，温度骤然降到 0℃ 以下，靠地面不多的水蒸气就会凝结在溪边、桥间、树叶和泥土上，形成细微的冰针，有的成为六角形的霜花。霜，只能在晴天形成，人说"浓霜猛太阳"就是这个道理。

气象学上，一般把秋季出现的第一次霜叫作"早霜"或"初霜"，而把春季出现的最后一次霜称为"晚霜"或"终霜"。从终霜到初霜的间隔时期，就是无霜期。也有把早霜叫"菊花霜"的，因为此时菊花盛开，北宋大文学家苏轼有诗曰："千林扫作一番黄，只有芙蓉独自芳。"

在我的家乡，有"霜降摘柿子，立冬打软枣。霜降不摘柿，硬柿变软柿"的说法，也就是说，这个时候是吃柿子的季节了。小时候，母亲告诉我，"霜降吃了柿，寒冬不流鼻涕"。说在霜降多吃柿子，冬天就不会感冒、流鼻涕。

随着"霜降"的到来，作物、草木开始泛黄、落叶，进入晚秋，冬季的脚步声也在最后一缕秋风和一抹残阳中渐行渐近，应及时关注天气，按时增减衣服，以免湿邪、寒邪入侵，导致生病。

(2021年10月29日发表于湖北电力《文学天地》)

石榴花开红胜火

"微雨过，小荷翻，榴花开欲然。"初夏时节，我家别墅小院的石榴花开了，绿叶荫荫之中，燃起一片火红，灿若烟霞，绚烂之极，煞是好看。

石榴，别称安石榴、山力叶、丹若、若榴木、金罂、金庞、涂林、天浆。石榴是石榴科落叶小乔木或灌木，树高一般只在三四米。它不是中国的原生树种，其原产地在波斯及邻近的中亚。

波斯古称安息国，故石榴又被称作安石榴。晋张华在《博物志》说："汉张骞出使西域，得涂林安石国榴种经归，故名安石榴。"张骞出西域，带回来的石榴种，就植于古都长安最负盛名的皇家苑囿上林苑中。

时光的瓦砾，将上林苑掩埋。但石榴的种子，却在这片土地上生根发芽。西晋时，石榴已不是宫苑中的一抹孤影，寻常人家的庭院也赏到一片流晖俯散。西晋著名的文学家潘岳，在他的《河阳庭前安石榴赋》中这样写道："榴者，天下之奇树，九州之名果。华实并丽，滋味亦殊。商秋受气，收华敛实，千房同蒂，千子如一。缤纷磊落，垂光耀质，滋味浸液，馨香流溢。"

古代妇女着裙，多喜欢石榴红色。而当时染红裙的颜料，也主要是从石榴花中提取而成。南北朝时，梁元帝《乌栖曲》中，有"芙蓉为带石榴裙"一句。"石榴裙"的典故，便由此而来。

传说杨贵妃非常喜爱石榴花。唐明皇投其所好，在华清池西绣岭、王母祠等地广泛栽种石榴，每当石榴花竞放之际，这位风流天子即设酒宴于"炽红火热"的石榴花丛中。一天，杨贵妃向皇上道："这些臣子大多对臣妾侧目而视，不施礼，不恭敬，我不愿为他们献舞。"唐明皇闻之，感到宠妃受了委屈，立即下令，所有文官武将，见了贵妃一律施礼，拒不跪拜者，以欺君之罪严惩。众臣无奈，凡是见到杨玉环身着石榴裙走过来，无不纷纷下跪施礼。于是"拜倒在石榴裙下"的典故流传千年，至今成了崇拜女性的俗语。

中国人视石榴为吉祥物，人们借石榴多籽，象征多子多福，来祝愿子孙繁衍，家族兴旺昌盛。古人称石榴"千房同蒂，千子如一"。民间婚嫁之时，常于新房案头置放切开果皮、露出浆果的石榴，亦有以石榴相赠祝吉者。

中国人向来喜欢红色，满枝的石榴花象征繁荣、美好、红红火火的日子，所以很多中国人喜欢在自家庭院里种植一两棵石榴，以祈求生活如石榴花般红红火火。

石榴花开于初夏，赏过了花，再过两三个月，红红的果实又挂满了枝头，恰若"果实星悬，光若玻础，如珊珊之映绿水"。正是"丹葩结秀，华（花）实并丽"。

（2021 年 5 月 27 日发表于湖北电力《文学天地》）

谈古说今话七夕

农历七月初七，是七夕节，也有人称之为"乞巧节"或"女儿节"。

七夕节由星宿崇拜衍化而来，为传统意义上的七姐诞，因拜祭"七姐"活动在七月初七晚上举行，故名"七夕"。拜七姐，祈福许愿、乞求巧艺、坐看牵牛织女星、祈祷姻缘、储七夕水等，是七夕的传统习俗。

七夕节起始于上古，普及于西汉，鼎盛于宋代。经历史发展，七夕被赋予了"牛郎织女"的美丽爱情传说，使其成为象征爱情的节日，从而被认为是中国最具浪漫色彩的传统节日，在当代更是产生了"中国情人节"的文化含义。2006 年 5 月 20 日，七夕节被中华人民共和国国务院列入第一批国家级非物质文化遗产名录。

如今，七夕节的"易感人群"以年轻人居多，年轻有活力，对七夕节本身而言，这本无可厚非。但是一个值得重视的问题在于，在商业的炒作之下，七夕节正一步步地演变为"消费节""掘金节"。人们对七夕这个传统节日缺少文化层面的关注，过节仅仅单一地体现在吃喝玩乐等休闲生活方式上，这已经偏离了七夕节的本质内涵。

在我看来，"牛郎织女"的故事之所以能流传至今，一个重要的原因就在于，发源于农耕时代的民间传说不仅情节曲折、内容凄婉，而且集中体现了忠贞不渝的婚姻爱情观和强烈的责任感，表达了人们对美好生活的追求和向往，这是对中华民族传统美德有效的传承和弘扬。

不同于西方文化中更多浪漫色彩的爱情观，七夕这种岂在朝朝暮暮的爱情观于责任心的驱使下，即使相隔万里，即使长期分离，也能相互理解，相互支持，保持婚姻的稳定性和长久性，在七夕文化中责任与爱情达到统一。

无论在古代社会，还是在现代社会，家庭是社会最基本的一个单元，七夕文化倡导的夫妻恩爱、家庭和睦，直接影响着社会的稳定和发展。

从古至今，中华民族因为有这样的文化传承，才能屹立在世界民族之林。同时，七夕文化中乞巧习俗刺激人们追求聪明才智，不断创新，追求更加美好的生活，而祈福习俗从根本上将是祈求平安、幸福、和平，是中华文化精神的精髓。因此，倡导七夕文化就是在倡导对追求美好生活和家庭和谐，在当下"洋节"泛滥、西方文化冲击下，具有极强的现实意义。

（2021年8月11日发表于江西《贵溪报》、9月10日发表于美国《海华都市报》）

唐诗宋词里的生肖牛

"赢赢老牯牛，默默数春秋；田里禾苗壮，一步一点头。"每每读起这首《吟牛》诗，我便想到生肖牛。

牛，忠厚老实，值得人们信赖，是十二生肖之一。在中国文化中，牛是吃苦的符号、高尚的象征、任劳任怨的代名词。唐诗宋词中，有很多描写牛的名篇佳作。

牛不仅是人的亲密朋友，而且还能助人建功沙场。唐代李峤在《牛》中写道："齐歌初入相，燕阵早横功。欲向桃林下，先过梓树中。在吴频喘月，奔梦屡惊风。不用五丁士，如何九折通。"牛在这里充当了冲锋陷阵的勇士角色，功劳非同一般。

正因为牛勤劳诚实、任劳任怨，即使拖垮了病倒卧在残阳之下，也在所不辞，具有神奇的忍耐力，所以宋代·李纲对《病牛》称赞道："耕犁千亩实千箱，力尽筋疲谁复伤？但得众生皆得饱，不辞赢病卧残阳。"

宋代王安石诗曰："朝耕及露下，暮耕连月出。自无一毛利，主有千箱实。"这首五言绝句，不仅写出了牛耕作的勤劳，还赞扬耕牛虽然对众生贡献很多，而自己却一毛不取的无私奉献精神。读这首诗，很自然地联想到王安石的身影，或许他是借赞颂耕牛来表白自己的心曲。

正因为牛具有勤劳淳朴的美德，富于自我牺牲精神，唐宋诸多文学家才赞美牛，喜欢牛。宋代黄庭坚在《题竹石牧牛》写道："野次小峥嵘，幽篁相倚绿。阿童三尺箠，御此老觳觫。石吾甚爱之，勿遣牛砺角。牛砺角犹可，牛斗残我竹。"唐代李涉《牧童词》写道："朝牧牛，牧牛下江曲。夜牧牛，牧牛度村谷。荷蓑出林春雨细，芦管卧吹莎草绿。乱插蓬蒿箭满腰，不怕猛虎欺黄犊。"

南宋大诗人陆游的《饮牛歌》："门外一溪清见底，老翁牵牛饮溪水。溪清喜不污牛腹，岂畏践霜寒堕趾。舍东土瘦多瓦砾，父子勤劳艺黍稷。勿言牛老行苦迟，我今八十耕犹力。牛能生犊我有孙，世世相从老故园。人生得饱万事足，拾牛相齐何足言。"表达出对牛的关心。

宋代雷震《村晚》诗云："草满池塘水满陂，山衔落日浸寒漪。牧童归去横牛背，短笛无腔信口吹。"田园山野幽趣，牧童骑跨牛背，横吹竹笛，扩大了诗人的表现天地和浪漫的诗兴。

阅读唐诗宋词，我发现，历代文人墨客就是通过描绘和赞美牛的美好形象，歌颂了劳动、奋斗和奉献精神。

（2021年2月8日发表于新疆《乌鲁木齐晚报》、2021年2月19日发表于山东《夏津大众报》）

闲话夏至

　　小时候，不喜欢夏天，尤其是每到夏至，天气就开始闷热，身上长满痱子。这时，母亲总会做一碗馄饨让我吃，并且告诉我说："馄饨一吃，不长痱子。"

　　夏至，意即炎热的夏天来临。古时又称"夏节""夏至节"。夏至这天，太阳直射地面的位置到达一年的最北端，几乎直射北回归线，此时北半球各地的白昼时间达到全年最长，夏至以后，北半球的白昼日渐缩短。

　　夏至是二十四节气中最早被确定的一个节气，公元前 7 世纪，先人采用土圭测日影，就确定了夏至。据《恪遵宪度抄本》："日北至，日长之至，日影短至，故曰夏至。至者，极也。"

　　中国有"冬九九"歌和"夏九九"歌。其中"冬九九"歌流传较广，它是以冬至逢壬那天为起点，每九天为一个九，每年九个九共八十一天。三九、四九是全年最寒冷的时候。

　　夏至也有九九歌。如：夏至入头九，羽扇握在手；二九一十八，脱冠着罗纱；三九二十七，出门汗欲滴；四九三十六，卷席露天宿；五九四十五，炎秋似老虎；六九五十四，乘凉进庙祠；七九六十三，床头摸被单；八九七十二，子夜寻棉被；九九八十一，开柜拿棉衣。

夏至后，第三个庚日至第四个庚日的十天为初伏，第四个庚日至立秋后初庚的十天为中伏，立秋后初庚起的十天为末伏，这首歌形象生动地描述了入伏后从炎炎酷暑到逐渐秋凉的天气变化。

"不过夏至不热"，"夏至三庚数头伏"。夏至虽表示炎热的夏天已经到来，但还不是最热的时候，夏至后的一段时间内气温仍继续升高，再过二三十天，一般是最热的天气了。

夏季阳气盛于外，民间有"消夏避伏"等习俗。《吕氏春秋·尽数》说："凡食无强厚味，无以烈味重酒。"在夏至后，饮食要以清泄暑热、增进食欲为目的，因此要多吃苦味食物，宜清补。

（2021年6月25日发表于湖北电力《文学天地》）

小暑与养生

　　民间有"小暑大暑，上蒸下煮"之说，意思是到了小暑大暑时节，雨水多，天气闷热且潮湿，就像在火炉上蒸煮一样，俗称"桑拿天"。

　　东汉刘熙在《释名·释天》中写道："暑，煮也；热如煮物也。"此时正是进入伏天的开始。"伏"即伏藏的意思，所以人们应当少外出以避暑气。

　　按照中医理论，小暑是人体阳气旺盛的时候，春夏养阳，人们在工作劳动之时，要注意劳逸结合，保护人体的阳气。

　　嵇康《养生论》中说："更宜调息静心，常如冰雪在心，炎热亦于吾心少减，不可以热为热，更生热矣。"意为我们应当使心神安静，不可让外界的燥热扰乱心神。高温天气下，心脏排血量明显下降，各脏器的供氧力明显变弱，一定要注意养"心"。

　　《素问·四气调神大论》曰："使志无怒，使华英成秀，使气得泄，若所爱在外，此夏气之应，养长之道也。"就是说，夏季要神清气和，快乐欢畅，心胸宽阔，精神饱满，如万物生长需要阳光那样，对外界事物要有浓厚的兴趣，培养乐观外向的性格，以利于气机的通泄。

炎热酷暑，要保证充足的睡眠，并利用午睡弥补夜晚睡眠之不足。起居有常，适当运动，多静养。晨练不宜过早，以免影响睡眠。夏季人体能量消耗很大，运动时更要控制好强度，运动后别用冷饮降温。

日常饮食宜清淡，基本原则就是清淡、清爽、清苦，不肥腻、有营养、易消化。因此在饮食上应注意清热祛暑，宜多食用荷叶、土茯苓、扁豆、薏苡仁、猪苓、泽泻等材料煲成的汤或粥，多食西瓜、黄瓜、丝瓜、冬瓜等蔬菜和水果。

"小暑过，每日热三分。"如果您身有燥热，不如就"偷得浮生一日闲"；如果您心有烦闷，不如就"心静自然凉"。愿您小暑过后，以更好的姿态去迎接热烈的光阴。

（2021年7月7日发表于湖北《今日钟祥报》）

学典籍话冬至

"天时人事日相催，冬至阳生春又来。"冬至，是我国农历中一个非常重要的节气，也是一个传统节日。《清嘉录》甚至有"冬至大如年"的说法，而且有庆贺冬至的习俗。

冬至，俗称"冬节""长至节""亚岁"等。冬至是北半球全年中白天最短、黑夜最长的一天，过了冬至，白天就会一天天变长。《月令七十二候集解》注解冬至："十一月中，终藏之气，至此而极也。"《通纬·孝经援神契》诠释冬至："大雪后十五日，斗指子，为冬至，十一月中（夏历/农历）。阴极而阳始至，日南至，渐长至也。"

早在二千五百多年前的春秋时代，我国已经用土圭观测太阳测定出冬至来了，它是二十四节气中最早制订出的一个。时间在每年的阳历 12 月 21 日或者 23 日之间。《晋书》上记载有"魏晋冬至日，受万国及百僚称贺……其仪亚于正旦。"

冬至，在古代是仅次于春节的重大节日。殷周时期，规定冬至为岁首，相当于如今的春节，所以，要举行隆重的祭祀活动。

到汉代，冬至节和春节一分为二，但每逢冬至，仍要举行贺节活动，其内容非常丰富。天、地、君、亲、师一体敬重。"冬至，族党亲友拜贺，略同年节，谓之新冬"（《定襄补志》）。"冬至，谓之亚岁，隆师，送节。"

《汉书》中说："冬至阳气起，君道长，故贺。"人们认为：过了冬至，白昼一天比一天长，阳气回升，是一个节气循环的开始。《史记·律书》说："气始于冬至，周而复始。"

由于冬至特定的节气和自然环境，民间还用冬至日到来的早晚及天气好坏来判断来年的天气，有"冬至在月头，要冷在年底；冬至在月尾，要冷在正月；冬至在月中，无雪也没霜"的说法。

中国的传统节日几乎都有着丰富有趣的饮食习俗，冬至自然也不例外。独特的"冬至亚岁宴"就曾盛极一时。此外，冬至吃馄饨（饺子）的风俗流传较广，民间有"冬至馄饨（饺子），夏至面"。北方一些地区，还有在冬至吃狗肉、羊肉的习惯。

叩拜岁月，今又冬至。冬至来到，也就意味着人们要开始面对所谓的"数九寒天"。但人们相信，冬至到了，春天也就不远了。

（2021 年 12 月 22 日发表于湖北电力《文学天地》）

养生珍馐鱼腥草

爱吃鱼腥草，不为别的，只因它能清火润肺，止咳化痰。每天早晨泡一杯鱼腥草清茶，对于常年抽烟的人来说，不仅能减轻抽烟对健康的损害，还可以预防慢性咽炎、气管炎甚至肺癌，可谓益处多多。

鱼腥草被称为"春天里的仙草"。曾被唐代诗人苏颂称赞道："生湿地，山谷阴处亦能蔓生，叶如荞麦而肥，茎紫赤色，江左人好生食，关中谓之菹菜，叶有腥气，故俗称鱼腥草。"

鱼腥草，又名狗腥草、折耳根，还有叫岑草、蕺、紫蕺、野花麦等，为三白草科多年生草本植物蕺菜的干燥水上部分。全株有腥臭味；茎上部直立，常呈紫红色，下部匍匐，节上轮生小根。叶互生，薄纸质，有腺点，背面尤甚，卵形或阔卵形。

鱼腥草是较常用的一种药食两用的植物，有人喻之为"堪比人参的保健品"。现代中医学认为，鱼腥草性寒凉，归肺经，主要作用是清热解毒、消痈排脓和利尿通淋。

这个植物对我来说印象比较深刻，上小学的时候，有几天一侧耳朵里面特别胀疼，感觉里面压力很大，当时去趟医院是很奢侈的事情，母亲把鱼腥草捣碎，把汁液挤到耳朵里，两天之后竟然完全不疼了，幼小的我就对鱼腥草产生了感情，觉得这种草特别神奇。记忆犹新的是每当我风热感冒初起，母亲总会煮一壶鱼腥草的汤汁让我喝，既可退烧又能抗病，这一招特别管用。

作为一道养生珍馐，越来越受到人们的青睐，吃的方法也越来越多、越来越讲究。如把鱼腥草的根茎洗净切段，拌上烤香的辣椒粉、生姜、芫荽、葱蒜、味精、香料、食醋等，就吃出了一种传统美味，吃出了药食同源的佳肴。

早春的鱼腥草尤其鲜嫩，纤维细致不塞牙。刚长出来的鱼腥草嫩叶是独属于春天的珍馐，鱼腥草嫩叶的味道相比根茎有过之而无不及，且更有一种类似紫苏和鱼腥草根混合的风味，佐以酱汁稍加凉拌，想想都要流口水。

鱼腥草确实是菜中奇葩，口味特异张狂，有不少朋友受不了它的味道，有道是："喜欢的人嗜之如命，讨厌的人深恶痛绝。"我就属于"嗜之如命"一类，如果有一盘凉拌鱼腥草摆在我面前，白米饭都能吃下三碗。

作为一道爽口小菜，刚开始吃起来也许感觉很难吃，但是后面……一股鱼腥味在嘴里扩散开，久久散不去……嘿嘿，既"好吃"，又养生，这就够了！

（2021年4月9日发表于《河南科技报》）

"药草皇后"蒲公英

　　说起蒲公英，人们的第一印象肯定是吹一吹漫天飞雪一样的花絮，分外美丽。其实，除了观赏价值，蒲公英还被誉为"药草皇后"。

　　蒲公英是多年生宿根性植物，别名黄花地丁、婆婆丁、华花郎、黄花苗等。春初生苗，叶如苦苣，断之有白汁；中心抽一茎，茎端出一花，色黄如金钱。

　　蒲公英性味甘，微苦，寒。具有清热解毒、消痈散结、消炎利尿三大功效。清末至民国时期医学家张山雷在《本草正义》中写道："蒲公英，其性清凉，治一切疔疮、痈疡、红肿热毒诸证，可服可敷，颇有应验，而治乳痈乳疖，红肿坚块，尤为捷效。鲜者捣汁温服，干者煎服，一味亦可治之，而煎药方中必不可缺此。"

　　蒲公英是野草，又是野菜，更是一味良药。有一则故事讲述了它名称的由来。相传在很久以前，有个十六岁的大姑娘患了乳痈，疼痛难忍。但她羞于开口，只好强忍着。这事被她母亲知道了。封建社会，从未听说过大姑娘会患乳痈，以为女儿做了什么见不得人的事。姑娘见母亲怀疑自己的贞节，又羞又气，更无脸见人，便横下一条心，在夜晚偷偷逃出家门投河自尽。事有凑巧，当时河边有一渔船，上有一个蒲姓老翁和女儿小英正在月光下撒网捕鱼。他们救起了姑娘，问清了投河的根由。第二天，小英按照父亲的指点，从山上挖了一种小草，洗净后捣烂成泥，敷在姑娘的乳痈上，不几天就霍然而愈。以后，姑娘将这草带回家园栽种。为了纪念渔家父女，便叫这种野草为蒲公英。

虽然只是故事，但蒲公英的药用价值却不容置疑，利用蒲公英制成的验方有很多。蒲公英有疏通乳腺与促进乳汁分泌的功效，用蒲公英煎水洗脸，可以改善痘痘、红疹、皮炎瘙痒与皮肤油腻问题。另外，冬季吃火锅、吃辣怕对皮肤有影响，可以喝蒲公英茶。女性的乳腺炎、乳房肿块，可用蒲公英来调理。正因为如此，蒲公英还被喻为"女人的保护伞"。

蒲公英对感冒发热、扁桃体炎、胃炎等具有良好的疗效。记得小时候，经常扁桃体发炎，母亲就把晒干的蒲公英与金银花一起用纱布包了，放冰糖煮绿豆粥喝，喝过之后扁桃体炎症慢慢地就好了。长大后才知道，蒲公英原来还是"天然的抗生素"。

"至贱而有大功。"蒲公英全身都是宝，它的叶子、花朵、肉根以及白色绒球都是天然的灵药。我每年都要采挖一些蒲公英，晒干贮藏起来，留着夏天泡茶喝，既清火又解暑。

惠风吹拂，春情萌动。大片的蒲公英又将从暖暖的春光中莲步款款、轻轻盈盈而来，让我们一起走进春天，循百药真颜，吮仙草珍味，品健康人生吧！

（2021 年 3 月 22 日发表于山东《广饶大众报》，2021 年 4 月发表于广东《杨美文化报》）

迎冬小雪诗意美

"夜深烟火尽，霰雪白纷纷。"立冬之后，小雪翩然而至，为人间带来浓浓的诗意。雪，洁白无瑕，在中国浩如烟海的诗词中，咏雪诗词非常多，也特别美。

"新年都未有芳华，二月初惊见草芽。白雪却嫌春色晚，故穿庭树作飞花。"韩愈笔下的雪，清新灵动，饶有情味。"千山鸟飞绝，万径人踪灭。孤舟蓑笠翁，独钓寒江雪。"柳宗元笔下的雪，则清冷孤绝，在一片苍茫雪色、无边静寂里，那独自垂钓的老翁，却显出生命昂扬的魄力。

"雪净胡天牧马还，月明羌笛戍楼间。借问梅花何处落，风吹一夜满关山。"唐代边塞诗人高适笔下的雪，则带着一股浑厚的苍茫，与胡天、牧马、月明、羌笛相得益彰。郑板桥写有一首咏雪诗，将十个数字嵌进诗里，读来朗朗上口，独具一格，别有诗意："一片两片三四片，五六七八九十片。千片万片无数片，飞入梅花总不见。"

"迎冬小雪至，应节晚虹藏。"小雪是寒冷天气的开始，唐代诗人戴叔伦的《小雪》云："花雪随风不厌看，更多还肯失林峦。愁人正在书窗下，一片飞来一片寒。"全诗平淡、自然却不失轻盈。随风飞舞的雪花让人百看不厌，消失在山林之中。

小雪时节的户外运动也别有情趣。"满城楼观玉阑干，小雪晴时不共寒。润到竹根肥腊笋，暖开蔬甲助春盘。眼前多事观游少，胸次无忧酒量宽。闻说压沙梨已动，会须鞭马蹋泥看。"宋代黄庭坚在《次韵张秘校喜雪三首》中描述道，下雪后，满城的楼阁都粉妆玉砌，天气晴朗，不觉寒冷，此时观游、喝酒、骑马，好不快哉。

冬日里的第一场雪，总是叫人格外期待。农谚道："小雪雪满天，来年必丰年。"初冬时节百姓往往盼着下雪，以祈求来年有个好收成。唐代诗人陆龟蒙的《小雪后书事》云："时候频过小雪天，江南寒色未曾偏。枫汀尚忆逢人别，麦陇唯应欠雉眠。更拟结茅临水次，偶因行药到村前。邻翁意绪相安慰，多说明年是稔年。"

雪与梅，总是相伴相生。梅不惧雪的严寒，雪更喜梅的清香，当它们一道出现在冬日时，霎时整个世界就多了几分诗意。宋代卢梅坡诗云："有梅无雪不精神，有雪无诗俗了人。日暮诗成天又雪，与梅并作十分春。"

（2021年11月19日发表于广西《今日永福报》、2022年1月20日发表于江苏《灌云报》）

咏农诗词别样美

"百里西风禾黍香，鸣泉落窦谷登场。老牛粗了耕耘债，啮草坡头卧夕阳。"这是宋代孔平仲写的一首描写农事、农村生活的诗歌《禾熟》。全诗无一点儿雕琢气息，犹如行云流水随意写来，风格清新自然而用意深远。其景致的野朴，其风韵的淡远，其写照的传神，让我们仿佛置身其中，也被眼前这温馨美好的画面所吸引。

在中国浩如烟海的诗词中，咏农诗词非常多，也特别美。不论是王维"农月无闲人，倾家事南亩"（《新晴野望》），元稹"农收村落盛，社树新团圆"（《古社》）；还是欧阳修"田荒溪溜入，禾熟雀声喧"（《陪府中诸官游城南》），朱熹"农家向东作，百事集柴门"（《残腊》）等，都是描写农事的诗歌，就如同潺潺流水润泽着心田，让我们感受到"诗中有画，画中有诗"的美妙；就如同习习春风拨动着思绪，让我们走进了"诗是无形画，画是有形诗"的天地。

"春种一粒粟，秋收万颗子。"转眼已是深秋，漫步田野，沉甸甸的稻穗随风摆动，如同掀起层层金浪。宋代辛弃疾在《西江月·夜行黄沙道中》写道："明月别枝惊鹊，清风半夜鸣蝉。稻花香里说丰年，听取蛙声一片。七八个星天外，两三点雨山前。旧时茅店社林边，路转溪桥忽见。"秋天的田野中，饱吸阳光的稻谷，簇拥成一片金色海洋，在秋风中哗哗作响，弯如新月的镰刀，收拢着丰收的喜悦。那整齐的稻茬是大地的琴弦，伴着蛩鸣浅吟低唱，一半洒落秋阳，一半沐浴星光。

农村的生活就是这样朴实自然，并且今天在农村地区依然可以看到这样的画面："鹅湖山下稻粱肥，豚栅鸡栖半掩扉。桑柘影斜春社散，家家扶得醉人归。"（唐代王驾《社日》）社日，是古时祭祀土地神的日子，村民观社的兴高采烈，畅怀大饮，才能"家家扶得醉人归"。

久居城市的人，都有一个田园梦。想要摆脱城市的喧嚣，回归到山村的平静，听鸟语，闻花香，看恬淡的山村风物。"霜草苍苍虫切切，村南村北行人绝。独出前门望野田，月明荞麦花如雪。"（唐代白居易《村夜》）乡村的夜晚，不闻杂声，只有虫鸣月色。

赏读咏农诗，韵味永流转。乡村的生活中，总是充满了美丽的风景、淳朴的乡民、温馨的情感。

（2021 年 9 月 6 日发表于湖北电力《文学天地》）

悠悠艾蒿情

周末回乡下老家看看，田边地角竟长满了艾蒿，一丛丛一根根地开叶沁绿，闻着散发着浓郁芳香的艾蒿，我不禁又回忆起了儿时的艾蒿往事。

小时候，每到端午节，我和邻居家的几个伙伴事先约好，早晨早起去山坡上割艾蒿，每次天还没亮，便相互叫喊起来，提上麻绳往山坡上跑。等到大人们起床时，我们已经背着大捆的艾蒿跑回家。父亲把艾蒿分成一把一把的，插在门楣之上或是门楣两端，母亲还要把陈年艾蒿叶和苍术、柴胡等中药材捣碎，用花布包裹起来做成香包，再用红线绳穿起来，给我们姐弟每人一个佩戴在胸前，又香又好看。

当我问妈妈为何要给我们佩戴香包时，妈妈说，用艾蒿做的香包，能够祛病免灾，驱邪避晦，保佑平安。

有一次，我和邻居家的小伙伴去树上掏鸟窝，不小心从三米多高的树上摔下地，左腿被一根树桩扎了一个窟窿，顿时血流如注。情急之下，我抓起一把细土撒在伤口止血，又用葛根皮简单包扎了一下，然后把裤子往下拉拉遮掩住伤势，抬头看看小伙伴，霸道地命令："这件事，回去不准告诉我妈！"

我独自面对这突发事件，淡定自若地掩伤，任由伤口肆意流血化脓，疼死都不说半句，怕挨骂。两天后，妈妈看着我走路有些异样，喝令我站住，掀开我的左腿，由于天气炎热，伤口已经严重感染，溃烂的伤口让妈妈大吃一惊。妈妈旋即匆匆忙忙地找来一大把干艾蒿，拿火柴点着，把我托在腿上横架着，感染的伤口对着艾蒿烟熏烤……就这样，妈妈用干艾蒿连续熏烤几天，我的伤口竟然奇迹般地痊愈了。若干年后，我发现腿上受过伤的地方，连疤痕都没有留下。

妈妈告诉我，艾蒿不仅可以驱蚊防虫、清火消炎，还能理气血、通阳气、驱寒湿。记得小时候，每当我风寒感冒了，妈妈就会用晒干的艾蒿熬茶，再放一点儿冰糖，让我连续喝上几天，感冒不几天就好了。记忆犹新的是，每到寒冷的冬天，我的双脚总会被冻伤，看着长满冻疮的小脚，妈妈就把端午保存下来的艾蒿熬成浓浓的艾蒿水，让我把双脚浸泡在热气腾腾的艾水里，反复浸泡几天，冻疮不治而愈，效果甚是神奇。

又到端午艾飘香，每逢佳节倍思亲，悠悠艾香再次萦绕在我的心头，缕缕艾烟之中，我仿佛又躺进了母亲温暖的怀抱，感受着母亲对于儿女那浓浓的情和爱。

（2021年6月12日发表于江苏《张家港日报》，2021年7月2日发表于美国《海华都市报》）

月到中秋诗意浓

中秋之夜，月色皎洁。古人把圆月视为团圆的象征，因此又称八月十五为"团圆节"。古往今来，人们常用"月圆月缺"来形容"悲欢离合"，客居他乡的游子，更是以月亮来寄托深情，留下了许许多多流传甚广的旷世诗篇。

唐代诗人李白的"举头望明月，低头思故乡"，杜甫的"露从今夜白，月是故乡明"，宋代王安石的"春风又绿江南岸，明月何时照我还"等诗句，都是千古绝唱。

据载，"中秋"一词最早出现在《周礼》一书中。民间中秋赏月活动始于魏晋时期，直到唐朝初年，中秋节才成为固定的节日。据宋朱翌《曲消旧闻》说："中秋玩月，不知起于何时？考古人赋诗，则始于杜子美。"浏览唐诗，中秋赏月诗确有多篇，如王建有诗云："月似圆来色渐凝，玉盆盛水欲侵棱。夜深尽放家人睡，直到天明不炷灯。"徐凝的诗云："皎皎秋空八月圆，常娥端正桂枝鲜；一年无似如今夜，十二峰前看不眠。"

在唐代，中秋赏月、玩月颇为盛行。有诗道："明月四时好，何事喜中秋？瑶台宝鉴，宜挂玉宇最高头；放出白豪千丈，散作太虚一色。万象入吾眸，星斗避光彩，风露助清幽。"欧阳詹在《长安玩月诗》序中说："八月于秋，季始孟终，十五于夜，又月之中。稽之大道，则寒暑匀，取之月数，则蟾魄圆。"南宋孟元老在《东京梦华录》中写道："中秋节前，诸店皆卖新酒，贵家结饰台榭，民家争占酒楼玩月，笙歌远闻千里，嬉戏连坐至晓。"北宋苏东坡有"小饼如嚼月，中有酥与饴"的佳句。

从科学观察来看，秋季地球与太阳的倾斜度加大，华夏大地上空的暖湿空气逐渐消退，而此时，西北风还很微弱。如此，湿气已去，沙尘未起，空气即显得格外清新，天空特别洁净，月亮看上去既圆又大，是赏月的最佳时节。恰如古诗所云："光辉皎洁，古今但赏中秋月，寻思岂是月华别？都为人间天上气清澈。"

中国人历来把家人团圆、亲友团聚，共享天伦之乐看得极其珍贵，历来有"花好月圆人团聚"之谓。唐人殷文圭在《八月十五夜》中写道："万里无云镜九州，最团圆夜是中秋。"

碧空如洗，圆月如盘。人们在尽情赏月之际，会情不自禁地想念远游在外、客居异乡的亲人。因此，许多古诗表达了人们此时的思念之情。唐代诗人王建《十五夜望月寄杜郎中》诗云："中庭地白树栖鸦，冷露无声湿桂花。今夜月明人尽望，不知秋思落谁家。"

（2021 年 9 月 16 日发表于江西《鹰潭日报》）

仲夏话苦瓜

夏日炎炎，又到苦瓜成熟时节，我家别墅小院里的篱笆架上，绿油油地挂满了苦瓜。那一根根苦瓜，翠翠的，沾着露水，泛着绿光，甚是惹眼。

从苦瓜藤架上摘一枚新鲜苦瓜，切成丝片，或清炒鸡蛋，或爆炒肉丝，或冰镇凉拌，那清翠欲滴的颜色，沁人心脾的清香，苦中微涩的鲜味，令人爱不释口。

苦瓜，别称癞葡萄、凉瓜、锦荔枝、癞瓜。苦瓜是舶来品，明朝时方有记载。郑和下西洋与郑和同行的费信写的《星槎胜览》中有："苏门答剌国一等瓜，皮若荔枝，未剖时甚臭如烂蒜，剖开如囊，味如酥，香甜可口。"苦瓜引入中国后，广泛栽培于全国各地。李时珍《本草纲目》中记载："苦以味名。瓜及荔枝、葡萄，皆以实及茎、叶相似得名。"

在民间传说中，苦瓜有一种"不传己苦与他物"的品质，就是与任何菜，比如鱼、肉等同炒同煮，绝不会把苦味传给对方，所以有人说苦瓜"有君子之德，有君子之功"，誉之为"君子菜"。

苦瓜药用价值颇高。明代李时珍撰写的《本草纲目》中记载苦瓜具有"除邪热，解劳乏，清心明目"的功效。清王孟英《随息居饮食谱》载："苦瓜清则苦寒；涤热，明目，清心。可酱可腌。……中寒者（寒底）勿食。熟则色赤，味甘性平，养血滋肝，润脾补肾。"

苦瓜营养丰富，所含蛋白质、脂肪、碳水化合物等在瓜类蔬菜中较高，尤其是维生素 C 含量。苦瓜的苦味，是由于它含有奎宁，能抑制过度兴奋的体温中枢，达到清热解毒的功效。

小时候，我不喜欢苦瓜。不仅因为苦瓜周身疙疙瘩瘩，隆起许多卵形的凹凸小包，像癞蛤蟆一样难看，而且苦瓜吃起来很苦。可是，我的母亲却喜欢种植苦瓜，成熟的苦瓜自家吃不完，除了拿去市场卖，母亲还送给左邻右舍。母亲告诉我，苦瓜虽苦，浑身上下全是宝。有一次，我不小心被烫伤了，母亲就赶紧跑到菜园中，摘几片苦瓜叶，边揉碎边往回跑。将苦瓜叶敷到烫伤处，灼痛感渐渐消失，清凉清凉的，也不起泡，红肿很快就消退。

俗话说，夏季吃苦，胜似进补。苦瓜虽苦，却是夏天最好的"养心瓜"。苦瓜作为瓜类的一种，在夏季发挥着它独特的食药功效，夏天经常吃苦瓜的人，不但能清热解火，还能开胃健脾、更能清心明目、利尿活血，着实对人们健康有着极大的好处。

（2021 年 6 月 21 日发表于广西《贺州日报》）

仲夏话紫苏

　　夏天来临，又到了紫苏疯长的时节，我家菜园里一畦紫苏，绿中带紫，嫩叶泛光，透着浓郁的芳香。掐一把紫苏凉拌，那滋味真叫人馋涎欲滴。

　　紫苏，别称白苏、桂荏、荏紫苏子、赤苏、红苏等，有特异芳香。看似寻常的紫苏，除了食用，其实还是流传千年的名药。宋仁宗时曾被翰林医官院定为"汤饮第一"，可解毒、养胃、安胎，叶子、梗、种子，三味都是常用的中药。

　　紫苏叶味辛性温，具有解表散寒、行气和胃的功效，常用于治疗风寒感冒、咳嗽、妊娠呕吐等症，紫苏叶中的紫苏醛具有强力杀菌和解毒作用。

　　传说有一年夏天，华佗带着徒弟在一条河边采药，忽听河湾里哗哗啦啦水响，掀起一层层波浪。走近一看，原来是一只水獭逮住了一条大鱼，水獭把大鱼叼到岸边，嚼吃了好一阵，把大鱼连鳞带骨通通吞进肚里，肚皮撑得像鼓一样。水獭撑得难受极了，一会儿在水边躺，一会儿往岸上蹿，一会儿躺着不动，一会儿翻滚折腾。后来，只见水獭爬到岸边一块紫草地边，吃了些紫草叶，又爬了几圈，跳跳蹦蹦地回到了河边，一会儿便舒坦自如地游走了。

为什么水獭吃了紫草就逐渐舒服了呢？华佗对徒弟说："鱼属凉性，紫草属温性，可解鱼虾蟹之毒。"此后，华佗把紫草的茎叶制成丸、散。给人治病中，又发现这种药还具有表散功能，可以起到益脾、宣肺、利气、化痰、止咳的作用。

因为这种药草是紫色的，吃到腹中很舒服。所以，华佗给他取名叫"紫舒"，后来人们把它叫成了"紫苏"。

我的母亲是个种菜能手，菜园里总会种些紫苏，每到夏天鱼虾肥美，母亲烹饪鱼虾时，就会放一些紫苏在里面。母亲说，紫苏既可去除腥味，又能解毒杀菌。小小紫苏，全身都是宝，炎热的夏天，母亲还常常把紫苏做成紫苏粥、紫苏圆子、紫苏姜汤等美味佳肴，让我大饱口福，口齿生香。

岁月不居，时节如流，母亲虽已驾鹤西去，但留存在我脑海里母亲与紫苏的那些温馨记忆，却永生难忘。

（2021 年 8 月 2 日发表于湖北电力《文学天地》）

最是温情腊八粥

"小孩小孩你别馋，过了腊八就是年。"伴着甜美的儿歌，腊八节如约而至，年味也越来越浓。

腊八节是我国民间重要的传统节日，最不可缺少的就是腊八粥。腊八粥又称"七宝五味粥""佛粥""大家饭"等，是一种由多样食材熬制而成的粥。

腊八节喝腊八粥的习俗来源于佛教。农历十二月初八是佛祖释迦牟尼成道之日，人们为了不忘佛祖成道之前所受的苦难和在腊月初八悟道成佛，便在这天以吃"杂拌粥"作为纪念。

自从佛教传入中国，各地寺院都用香谷和果实做成粥，赠送门徒和善男信女。到了宋代，民间逐渐形成在腊八当天熬粥、喝粥的习俗，并延续至今。

南宋吴自牧《梦粱录》载："此月八日，寺院谓之腊八。大刹等寺，俱设五味粥，名曰腊八粥。"清《房县志》卷十一《风俗》称："腊八日，以米和麦豆及诸蔬果作粥，谓之腊八粥。"

儿时的记忆中，每当迈进了腊月的门槛，母亲便开始扳着手指数起日子来，念叨着："快到腊八了，又该熬腊八粥喝了……"

在我很小的时候，乡村比较贫困，粥是庄户人家的主食。那年头，黏粥是不敢奢望的，生活不宽裕的家庭，因为舍不得多放米，有时稀得能照得出人影儿，只有富裕点儿的人家，那粥才会浓些，是真正的大米粥。

腊八节这天，母亲会把平时省吃俭用积攒下来的大米、小米、玉米、薏米、红枣、莲子、花生、桂圆、红豆、绿豆、黄豆、黑豆、芸豆等，全都拿出来，放在太阳下晾晒，然后烧一锅开水，把这些五谷杂粮淘洗干净，放在一起慢火熬煮，不一会儿，整个屋子里就会弥漫着腊八粥的浓郁香味。

吃了腊八粥，母亲还会带着我，将剩下的腊八粥拿到果树下，把果树砍开一个切口，每个切口里喂一勺腊八粥，一边喂一边说："结不结，枝压折。"母亲说，这叫"喂树"，喂过腊八粥的果树，来年就会枝繁叶茂，果满枝头。

千年腊八节，古今故事多。母亲给我讲，古时候有一个懒汉，平素游手好闲，坐吃山空。到了年末的腊月初八，家里断炊了，懒汉饥肠难熬，遍搜米缸、面袋和家里的坛坛罐罐，将剩粒遗粉连同可食的残碎杂物，过洗入锅，煮了一碗糊状粥喝下。从此，懒汉痛改前非，靠勤劳过上好日子。母亲说："吃了腊八粥，来年大丰收。"腊八吃粥，既表示腊祭日不忘祖先勤俭之美德，又盼神灵带来丰衣足食的好年景。

腊八熬粥，室外寒风凛冽，室内温暖如春，家人围坐，品美食，话家常，喝上一碗软糯香甜的腊八粥，驱散腊月的寒意。热气腾腾、香气飘渺中，我仿佛看见了母亲的笑脸……

（2022 年 1 月 10 日发表于河南《京九晚报》）

第二辑　人间真情

常忆父亲"植树经"

"沾衣欲湿杏花雨，吹面不寒杨柳风。"一场春雨过后，大地回春，万物复苏，我又想起了父亲常常念叨的"植树经"。

父亲说，房前屋后栽花植树，既美化环境，又延年益寿。还说，门前一棵柳，珍珠玛瑙往家走；门前有棵槐，金银财宝往家来。

父亲喜欢栽树。打我记事起，父亲就一直在黄土地上耕耘。但父亲又跟别的农人不一样，房前屋后都种上了树。庭院里是枇杷树、梨树和蜡梅，晒场前是一排桃树，厨房边是水杉树，屋后是柿子树和柳树。村里的人都说，我们家被各种树木包围着，像个世外桃源。春日，桃花灼人，梨花赛雪；夏日，枇杷亭亭如伞盖；秋日，水杉叶缤纷飞舞；冬日，蜡梅飘香沁人心。父亲栽种的树，把我们家打扮得五彩斑斓，营造出静谧的四季美景。

无荫不成庐。父亲说，地闲着也是闲着，有几株树就不同了。树苗儿小的时候，它不仅仅是一棵小树苗儿，还是一株株"希望"。再难熬的日子，让人觉得有盼头。等树长高了长大了，不单带来喜庆与生机，日子紧巴的时候还可以卖钱贴补家用，苦日子的一个个坎儿就会爬过去了。

父亲说，树也是人的伴儿。小时候，在老家院子里摸爬滚打，小树是我们成长的见证人。有时候，人是树，树也是人，人和树成了互相依存的朋友。我们长大了背着书包去上学，放学回家我们就在院子里大树下，放上一桌子围在一起写作业，树给我们撑起一面最无私的华盖。

父亲说，树又不单是人的伴儿，树还是鸟儿的天堂和乐园。鸟儿在树上搭窝，人在树下盖房，大自然又给了我们一片和谐。

就像云朵追月，蝴蝶恋花，父亲懂得树的语言。历练风雨，才能挺拔；足够光照，才能繁茂；除去杂枝，才能秀颀。父亲种的每一棵树，他都仔细摩挲过。每一片叶子的经络，他都熟悉。看着零星的绿，一点一点展开，盛大成林，父亲常常陶醉在林子里。有人曾问父亲种树的原因，父亲笑而不语，只是指了指树，又指了指我们。在父亲心里，树和子女一样，需要精心栽培。

父亲说，种一棵小树，绿一方净土。如今，父亲虽然已经离开我们驾鹤西去，但父亲种下的树，却仍然顶天立地地生长着。在我的心里，父亲就是那棵顶天立地的大树。

栽下一株花，开出一片绿；植下一棵树，收获一片林。植树造林不仅可以绿化和美化家园，同时也可以起到扩大山林资源、防止水土流失、保护农田、调节气候、促进经济发展等作用，是一项利在当代、造福子孙的宏伟工程。

春风春暖春雨季，植树造林正当时。让我们扛着铁锹，抱着树苗去植树吧，种下希望，收获未来。

（2021 年 3 月 9 日发表于《山西工人报》、山东《渔都石岛报》，2021 年 3 月 12 日发表于山东《金胶州报》《济南日报·新平阴报》，2021 年 3 月 13 日发表于江苏《邳州日报》，2021 年 3 月 15 日发表于山东《广饶大众报》）

吃汤圆忆母亲

小时候，家里穷，难得吃一回汤圆。每到元宵节，母亲总是想方设法做一簸箕汤圆。当我眼巴巴地看着锅里的汤圆，一点点膨胀起来，那便是最幸福的时刻了。

母亲说，汤圆是吉祥之物，代表着生活甜蜜。正月十五，一定要吃一碗甜汤圆，吃了汤圆生活才会甜美圆满。

母亲有一双巧手，会做各种面食，尤其汤圆做得好。每年元宵前一天，母亲就会先去磨好米浆，然后用麻布口袋把米水多次过滤，留下细细的米粉，悬挂在家里的梁上。直到次日，把过滤完的米粉搓成一个个小圆团，待锅里的水烧沸腾了，一个个放入锅里，等到小圆团一个个浮在水面时，就可以舀到碗里吃了。

这样的汤圆是没有任何味道的，说白了就是清水煮汤圆。虽然索然无味，那时候却是满怀期待，还会争着抢着再来一碗。我是家里的幺儿，母亲会额外给我碗里加一勺白糖，让我吃到的是糖水汤圆。

后来，家里条件好了一些，母亲会变戏法似的弄来白糖、芝麻、核桃、花生等做成馅，这样汤圆就变成了糖馅汤圆，吃的时候，靠在嘴边吹一吹，送进嘴里再一咬。啊！软软的，香香的，甜甜的，里面那饱满的浓汁都流了出来。那味道，软糯香甜，简直太美味了。有时候，母亲还把汤圆和甜糟混合一起煮，让我在元宵节大饱口福。

每年做着汤圆，我便会情不自禁地想起母亲。2008 年，母亲驾鹤西去。至今已有十余年没吃过母亲做的汤圆，或许这辈子再也吃不到那样口味的汤圆了。但是，留在我心里的甜蜜味道，是一辈子都难以忘怀的。

因为母亲做的汤圆，已经永远铭刻在我的记忆里……

（2021 年 2 月 23 日发表于重庆《武陵都市报》，2021 年 3 月 1 日发表于内蒙古《呼伦贝尔日报》）

春天的馈赠

参加工作后，每次回乡下老家，母亲总不忘给我捎带点儿野菜回城，每次拿回这些"礼物"，老婆都满心欢喜，比收到鸡鸭鱼肉还高兴。

粮食不够，野菜来凑。出生于20世纪六七十年代的人，骨子里都有饥饿的记忆。小时候，我尝够了野菜的"苦"，一到缺粮的时节，母亲就让我提一个小篮子，拿着剜菜刀子，跟着采野菜。

采得最多的就是苦菜，苦菜是农村地里最常见的一种苦味野菜，田边地头，大路旁，河沟边或杂草丛里，常常长满了开菊状小花的苦菜。苦菜叶子细长根系发达，揪断叶子或它的根会有乳白色液体流出，吃起来比苦瓜还难以下咽。

再就是苦碟子菜，苦碟子又叫苦叶菜、苦丁菜，苦麦菜，抱茎苦荬菜。从这些名字就可以知道它的味道是有多苦了。苦碟子叶片圆润，边缘有波状锯齿和细小的毛刺。苦碟子是一种有个性的植物，植株独自生长，即便是长成一片，它的地下根也是独立生长。还有就是蒲公英、蕨菜、香椿等等。

　　在我的记忆里，小时候春天吃得最多的，是香椿。那时吃香椿，基本上是用刀切切，撒上点盐，便直接上桌。它虽然名字中带个"香"字，可顿顿吃它，也让我到现在仍然记忆犹新。

　　母亲有一双勤劳的巧手，采来的香椿多到吃不完，母亲就把它们切好，放在一个大盆里，放些盐，腌起来，一直吃到麦收。还有黄花菜，她会把采回来的黄花菜焯水后，一串串晾在院子里，晾干后收藏起来，到了冬天没菜的时候，再用温水泡发一下，切碎，用葱花、辣椒一炒，美味无比。初春时节，母亲还会把柳树上的柳穗勒下来，在开水里一焯，捞出来用蒜泥凉拌，清爽无比。现在想到这些东西，就觉得满口留香。

　　俗话说："三月三，野菜赛灵丹。"阳春三月，正是野菜生发的最盛时节，老家的小河边、田地里、小山上，长着各种野菜。随便走进哪块地里，绿油油的野菜到处可见。这些野菜，绝大多数都能吃。

　　每年春天，我都要带上从小就在城里长大的孩子，一起回到乡下老家，让孩子动手挖挖野菜，体验一下采摘踏春之乐，也让自己沾一身的泥土。

　　如今，生活富裕了，物质丰富了，逐渐成为记忆的野菜，又成了人们餐桌上的"香饽饽"。有时我就想，那些生长在尘埃里，不择水土，生命力顽强，只是奉献不求索取的野菜，多么像勤劳朴实的母亲啊！

　　（2022 年 2 月 25 日发表于《今日保康报》，3 月 15 日发表于湖北电力《文学天地》）

儿时的小书包

　　"小么小儿郎,背着那书包上学堂,不怕太阳晒,也不怕风雨狂……"每当我听到这首歌,就会想起小时候背过的小书包。

　　小时候家里穷,上学买不起书包,妈妈就想方设法给我做书包。我背过的第一个小书包是在上小学一年级时。记得那时,妈妈找来装过化肥的袋子,裁剪成小书包的样子,然后用布条绲边,再用布条做个带子,一个"土洋结合"的小书包就做成了,书包上不仅有汉字,而且还有洋码字和拼音字母,背在身上真好看。

　　妈妈心灵手巧,书包做得很漂亮。上小学三年级时,妈妈在街上捡到一块汽车用的帆布篷布,如获至宝,马上用帆布给我做了一个小书包。天色渐渐暗了,妈妈点燃了煤油灯,一针一线为我缝制小书包。我趴在桌上看着妈妈,看着看着就睡着了。第二天醒来,一睁开眼就看见一个漂亮的帆布书包,周围有一圈花布做成的花边,书包盖上绣着一个五角星。

　　可是,新书包给我带来的惊喜没持续多久。有同学笑话我,说我的书包像讨饭的"叫花子包",而他们背的都是商店里买来的黄书包。回家后，我委屈地哭了。妈妈告诉我，书包仅仅是一个装书的工具，咱只管好好学习，把头脑里装满知识，就不怕人家笑话了。

记得小学升到初中，要到公社中学去读书，妈妈说，儿子长大了，要去很远的地方读书，必须要有一个好书包。于是，妈妈就把攒了好长时间的鸡蛋，拿去供销社卖了，给我买回一个当时很时髦的黄书包。

我的妈妈虽然不识字，但她把我培养成了一个知书达理的读书人。每每想起妈妈做的小书包，我的心里便充满了温馨。

（2021 年 12 月 10 日发表于海南《海口日报》）

父亲的军旅情

我的父亲当过十年兵，骨子里浸染了浓厚的军旅情。我一出生，父亲就给我取乳名为"兵"，学名最后一个字也是"兵"，后来到我读中学时才改"兵"为"斌"。

打我小时候起，父亲就把他在军队操练过的兵器，一样一样地用木头仿制了给我当玩具，最先做的是一把木头手枪。父亲找来一块泡桐树木板，用铅笔画出手枪的样子，然后又用锯子锯出手枪的轮廓，再用锉刀一点点地打磨光滑。不到半天时间，一把小巧玲珑、形象逼真的手枪就做好了。枪把儿还拴了个红穗穗儿，拿在手里显得那么英气。从父亲手中接过手枪，我高兴得就像真的当了兵。

父亲告诉我："一名军人，兵以枪勇。"有了那把木头手枪，我整天爱不释手。在与小伙伴们玩打仗的游戏时，我就成了当然的领导。手里举着木头手枪，身后跟着两个"警卫员"，心里别提有多自豪了。而我"部队"的"士兵"也都个个异常勇猛，每每打仗都把那树杈做手枪的"敌方军官"率领的队伍打得落荒而逃。

　　在我的印象里，父亲给我做过木头手枪、冲锋枪、坦克、解放牌汽车和望远镜，除了给我做军事玩具，父亲还教给我很多军事知识。比如，我喜欢和小伙伴玩打仗的游戏，父亲就教我如何打伏击战。父亲告诉我，先熟悉好伏击地点的地形，并要做好情报工作，了解对方的人数、火力配置、敌方最近援兵离伏击地点的距离，计算好时间，在敌方援兵到达前结束战斗；或者在敌方援兵来的路上设阻，以达到拦截援兵的目的。父亲说，解放军打伏击战很厉害，总是以少胜多，以弱胜强，或者集中优势兵力打伏击歼灭战，以多吃少，以强击弱。

　　父亲还教过我怎样把被子叠好，他说在部队叠被子还得过奖哩。父亲告诉我，叠被子有个"五字诀"：一压，用手掌或者小臂反复来压被子，把被子压平；二量，用拇指和食指张开来拃就行，把尺寸记住，以后只要用手一拃就行；三切，切就是用手掌的肉厚部分来切被子，把被子的印切出来；四塞，就是把手指沿折痕伸进去，把被子往里塞，这样被子看起来才有支撑感；五抠，抠就是用食指把被子的角抠出来。这样叠出来的被子，看上去干净利索又整洁。

　　十年的军旅生涯，父亲获得过很多奖。回乡后，他把各种军功章、荣誉证书等放在卧室的床头柜里，一个一个挨着，一层一层叠放，擦得整整齐齐。每隔一段时间，父亲都要把军功章、证书拿出来擦拭一遍。如今父亲虽然不在了，每每看到父亲留下的军功章和各种奖励，我的心里便充满温情、感动与自豪。

（2021 年 7 月 30 日发表于新疆《塔里木日报》，2021 年 7 月 31 日发表于江苏《响水日报》，2021 年 8 月 1 日发表于江苏《邳州日报》）

家有二宝

在我 48 岁的时候，喜添二宝，身边的同事同学亲戚纷纷发来祝贺祝福之声，老来得子，乐煞老夫。

自从有了二宝，人也就像打了鸡血，生活与工作充满亢奋与激情，整天乐乐陶陶，沉醉其中，悠然自得。偶尔遇到多年不见的亲友熟人，突然见到我和二宝，自以为是地热情打招呼："带孙子哩！""呀，孙娃这么大啦！"尴尬之余，呵呵了之。

二宝出生那天，农历腊月初四，白天晴天丽日，夜晚天降大雪，二宝于夜晚九点五十九分降临。产科医生把孩子从产房抱出来，面带笑容，交给我说："恭喜你，是个大胖小子哩，七斤重。"

天降瑞雪，吾添二宝。我给二宝起名梓淳，希望二宝健康快乐成长，就像冬之瑞雪一样，纯洁而淳朴。

俗话说，有苗不愁长。二宝一天天长大，我与二宝相伴相生，快乐多多，乐趣多多。

一日，我带着二宝去超市，约定只能买一样东西，要么买好玩的，要么买好吃的。走到玩具区，二宝看上了一个恐龙玩具。

二宝："爸爸，我想买这个恐龙玩具。"

我说："好的，宝宝，等会儿再买，我们先去看看好吃的。"

走到食品区，二宝看上了熊仔饼。他看着我眨了眨眼睛，小声地说："爸爸，我想买这个熊仔饼，看，这里面还有奥特曼卡片呢！"

我对二宝笑了笑说："好的。不过恐龙玩具和熊仔饼干，只能买一样。"

二宝："我想买这个熊仔饼，哦不，还是买那个恐龙玩具吧。"

我说："宝宝，你到底想买啥呢？"

二宝："爸爸，我两个都想要。"

我说："不行，只能买一样。除非你想个办法让爸爸同意。"

二宝低头想了一会儿，然后抬头看着我说："爸爸，我天天听话，每天学习认识一个字，这次买两样，下次只买一样，这样可以吗？"

我低头看着他摇了摇头说："这个理由不充分，不行，再想个别的办法。"

二宝用小手挠了挠脑袋："爸爸，等我长大了，你变老了，你看到了好玩的与好吃的，我也给你买两样。"

我看着二宝沉静了片刻："好吧，同意！"

又一日，我带着二宝去游乐园，约定只能玩两个小时就回家，要么玩空中蹦床，要么玩沙滩积木。

二宝说："我玩这个空中蹦床吧，蹦蹦跳跳好刺激啊！"

我说："好的，只能玩两个小时就回家。"

二宝："爸爸，那里有书，你去图书角看书等我吧。"

我笑了笑说："好啊，宝贝真乖，快去玩空中跳床吧。"

二宝："好嘞，爸爸，待会儿见！"

两个小时，一百二十分钟，七千二百秒，时间转眼就到了。

我来到二宝身边说："宝宝，时间到了，我们回家吧。"

二宝：好嘞，爸爸，我还想玩一会儿沙滩积木，可以吗？

我说："不行。我们约定只能玩一样，除非你回答爸爸一个问题，回答正确了，让你再玩一会儿沙滩积木。"

二宝说："好嘞，爸爸，你快说什么问题吧？"

我想了一下说："来，宝宝，我们到沙滩积木这儿来。你把这儿的沙子，变成方的和圆的，我就让你玩一会儿。"

二宝："好嘞，爸爸你看，我用这个方盒子装沙子，再用这个圆筒子装沙子，就把沙子变成方的和圆的了。"

我笑了笑说："好的，宝宝真聪明，同意！"

二宝："哦耶，爸爸真好！"

又是一日，我带着二宝去动物园，约定只能看一个动物馆，要么去亚洲馆看熊猫，要么去非洲馆看狮子。

二宝："熊猫是中国的国宝，我要去亚洲馆看熊猫！不过，狮子也好好看，我看过动画片《狮子王》。"

我说："熊猫和狮子，你最想看哪个？请选一个吧！"

二宝："还是看狮子吧？哦不，还是看国宝大熊猫吧！"

我说："好的，宝宝，走，我们去亚洲馆看熊猫。"

动物园亚洲熊猫馆，两只大熊猫，两只小熊猫，一会儿攀爬翻滚嬉戏，一会儿撕扯箭竹吃叶，二宝看得津津有味。

我说："好啦，宝宝，我们回家吧。"

二宝："好嘞，大熊猫真好玩，小熊猫真可爱！"

路过动物园非洲狮子馆，二宝又动心了，蠢蠢欲动。他拉着我的手小声地说："爸爸，我还想去看狮子，求求你了，带我去看看狮子吧！"

我说："不行，我们说好只能看一种动物。真想去看狮子，我得考考你，答对了问题才能去。"

二宝："好嘞，爸爸，你快说出你的考题吧。"

我说："假如说，你在马路边，捡到了一百块钱，是交给爸爸呢，还是上交给妈妈？"

二宝："钱是我捡到的，我哪个都不给！"

我看着二宝皱起了眉头问："宝宝，为什么？"

二宝看着我调皮地唱道："我在马路边，捡到一分钱，交给警察叔叔手里边！"

我对二宝笑了笑说："宝宝，回答得非常好，走，我们去非洲馆看狮子！"

二宝："哦耶，爸爸真好！"

家有二宝，是很多家庭的幸福向往，也是很多六零七零八零后的心之梦想，更有不少大龄夫妻正行进在孕育二宝的人生之路上。父母情深，大爱无疆，祝愿家家户户添丁进口，心想事成，金童玉女，美梦成真。

有人说我，枯木逢春，洪福齐天。我要朗声回谢大家的金口玉言，祝福我家二宝吉祥安康。

转眼间，我家二宝已经五岁啦！春花秋月，现世安稳，与妻儿相伴相娱，怡情养性，二宝健康活泼，聪明伶俐，我也仿佛回到了梦幻般的童真年代。

嘿嘿，家有二宝，我亦年少；家有二宝，快乐逍遥；家有二宝，时光不老；家有二宝，岁月静好。

（2019 年 11 月 22 日发表于湖北《襄阳周刊》）

快乐的小木匠

　　我家别墅小院装修前，朋友向我推荐了小宋，说他手艺好，木工活儿做得板正，不仅工艺质量好，而且价格还比别人低，人也特别忠厚诚实。

　　找到小宋，他正在忙活。气钉枪的气泵轰轰地响着，见有人来了，小宋停下手中的活儿，关了气泵，拍打了一下落满灰尘的衣服。一头灰尘的小宋，戴的白口罩也变成了土灰色，取下口罩，一脸笑意地看着我。那张脸上，被口罩遮住的地方是白白的，口罩勒痕之外却是黑黑的，一脸稚气未脱的样子。

　　见到我，小宋开口便叫叔叔。我说明意图，小宋二话不说，就拿着一个钢卷尺和一个小本子，紧跟着来到我家。从一楼到三楼，我说哪儿做衣柜，哪儿做飘窗，哪儿做电视墙，小宋手脚麻利地丈量着尺寸，还时不时地给我一些建议，说哪儿可以做个鞋柜，哪儿适合做个博古架，哪儿应该做个隔栏，一看就是一个行家里手。

　　一周后，我从市场拉回一车各种板材、门窗和电工电料，小宋见了，马上叫来他的木工伙伴，爬上跳下地帮忙抬下车，一趟一趟地搬进屋，分门别类，码放得整整齐齐。小宋无声地行动，我看在眼里，一股暖流顿时涌上心头。

俗话说，起屋造船，昼夜不眠。还有人说，三分建房，七分装修。装修开始，我三天两头跑回家，看进度，看质量，看工艺，看细节，时不时地还与小宋和他的伙伴们聊聊家长里短。

从木工们的嘴里，我了解到小宋更多的信息。原来小宋是个苦孩子，从小家里很穷，勉强读完中学，就回家创业。先是跟着师傅当小工，慢慢地又跟着做木工，还学会了水电工，很快他就把装修工程整个环节的工艺都学到了家，然后就承接小工程自己做，凭借诚实守信、工艺质量和谦虚谨慎，再加上价格优惠，很快建立了自己的人脉关系，活儿一个接一个。

小宋有一帮木工好哥们，一接工程，就会搭伙帮忙，加班加点地干，没日没夜地干，当成自家活儿干。这样一来，他承接的工程，工期短，质量优，口碑好。

不到两个月，我家别墅小院就装修好了。不仅我非常满意，老婆大人也连声说好，还赢得亲戚朋友们的交口称赞。

小宋靠着自己勤劳的双手，发家致富了，但其为人做事的本色一点儿也没有改变。谁家里有个小维修的事儿，说一声，小宋都会立马跑来帮忙，忙完说啥也不肯收工钱。如今，小宋年创收一二十万，还带富了一帮木工伙伴们。

前几天，看到小宋，他欣喜地告诉我，最近一次考试，儿子考了双百；还有一个小秘密，老婆怀上二胎啦！时至运来，双喜临门，小宋心里那个乐啊，走路都带着一股风。

（2021 年 8 月 26 日发表于广东《珠江时报·丹灶有为周报》）

理发轶事

从去年开始，我忽然发现头上和鬓角长了许多白发，于是决定去理发店剪个板寸，既简单大方，又精神矍铄，还看不到白发。板寸虽好，可是过不了几天，头发楂楂就如野草般噌噌地冒了出来。后来，我就与美发店的年轻老板商量，包年理发，不计次数，小伙子当时没有多想，就爽快地答应了。

也许是初次遇到包年理发的顾客，美发店老板还暗自高兴呢。哪知我平均十天就去理一次发，包年费用算下来，理一次发才合十元钱。年轻老板虽然明知吃了亏，却仍然对我热情如初、笑脸相迎，每次给我理发，依然一丝不拘、精益求精。

小时候，母亲曾给我讲过"剪发待宾"的故事，说的是晋代陶侃对母亲十分孝顺，他的母亲也以信义严格要求他发奋上进。一次来了客人，因家里贫困，无钱购买食物招待。陶母就剪掉自己的头发，卖钱招待宾客，给儿子做了榜样。

讲完故事，母亲对我说，做人要以信义为本，宁可吃亏，不贪便宜。还说，人心不能惯，人情不能欠。

正月十三，当我走进定点美发店时，我便毫不犹豫地掏出事先准备的大红包，双手奉送给美发店老板，诚心诚意地表达了我的谢意。几番推拒之后，小伙子开心地收下了红包，我心里压着的一块石头终于落地了。

有一句话说得好，心向阳光，温暖不老。青丝白发转眼间，唯愿世间所有的美好，都能被岁月温柔以待。

（2022 年 2 月 22 日发表于江苏《金陵晚报》，2 月 25 日发表于江苏《邳州市报》，3 月 3 日发表于江苏《溧阳日报》，7 月 6 日发表于甘肃《民主协商报》）

母亲的打糖

小时候，家里穷，免不了常常忍饥挨饿，偶尔有点儿好吃的东西，便会记忆永存，印象最深的就是母亲做的打糖。

之所以叫打糖，是因为这个糖，凝固后坚硬无比，非得用铁锤敲打，才能变成小块。否则，不管你用牙咬，还是用手掰，都无法吃到嘴里。

制作打糖，原料首选红薯。红薯是家乡保康农村普遍种植的一种农作物，也是我小时候的日常主食。

每逢冬至，母亲就会用小麦生麦芽，先将颗粒饱满的小麦用温水浸泡半天，再撒到垫有纱布的箩篼里，稍稍盖上，定期洒水，整个过程就和制豆芽一样，在小麦芽长到四五厘米高时就可以取出等用了。

制作打糖，可是一项技术活儿。母亲说，红薯糖熬制得好不好，原料很关键。必须选用新鲜的红薯，用清水将其淘洗干净，去掉红薯表面粘着的泥巴。淘洗沥干后，再用菜刀或者菜刮将红薯的皮给去掉。

　　在准备好红薯后就要制麦芽汁。母亲这时会将之前培养的麦芽放入碓窝里舂碎，最后用纱布过滤得到麦芽汁。

　　母亲说，把去皮的红薯放入大锅中，水不宜掺得太多，盖住红薯即可，加木柴烧大火蒸煮。待红薯煮熟煮融后，用瓢将红薯和水一起舀出放入木盆，再倒入适量麦芽汁，而后用木棍捣成红薯泥。

　　在红薯泥中加入温水，并静置发酵一段时间。然后，母亲就要制作一个大大的纱布口袋，把固液混合物倒入吊着四角的纱布口袋，反复摇晃挤压，红薯渣就留在了纱布口袋上，而糖水原液就沥到了下面的容器里。

　　母亲告诉我，糖水原液要用文火加热挥发的方法来浓缩，浓缩时的火不能太大，还要不断翻炒搅拌，所以极费时间。母亲还说，浓缩要一气呵成，中间不能中断。柴锅里的糖水原液随着水分不断蒸发，颜色逐渐变为红褐色，红薯糖就熬制好了。最后把黏稠的红薯糖舀到撒有炒面垫底的簸箩里，冷却后就变成了凝固的打糖。

　　每到年终，家乡保康县城的大街小巷，到处都有或提篮或挑担的农村大娘，沿街叫卖打糖。闻着飘荡着甜蜜味道的打糖，心里总有一种浓浓的亲情，总能唤起脑海中那一抹温暖而又甜蜜的回忆。

　　（2021 年 1 月 7 日发表于湖北《襄阳晚报》）

母亲的腊味

在我的家乡，有"无腊味，不年味"之说。每当进入农历腊月，我便想起了母亲的腊味，腊肉、香肠、腌鱼……这些因"年"而生的节令食物，随着腊月的印记一点点晒干，浓郁悠远的腊味，便丝丝缕缕地飘散出来。

腊月八，把猪杀。小时候，快要到过年的时候，杀年猪、熏腊肉、灌香肠，每一步都有固定的流程，烙肉、洗净、腌制、烟熏……烟熏火燎中传来阵阵香味，以及守在母亲身旁看那灌香肠的场景，是那样熟悉、美好。

老家的年味，就从母亲熏制腊肉开始。熏腊肉，是母亲的拿手戏。屠宰年猪后，除留够过年用的鲜肉外，其余趁鲜用来制作腊肉。

母亲说，腌腊肉，盐是重中之重，盐可以增加腊肉的味道，激发腊肉的香味，还能延长腊肉的保质期。但香料也是必不可少的，香料有去异增香的作用，可以去除猪肉的腥味，增加腊肉的香味。

　　母亲先在猪肉里放酒，再放一定比例的盐、花椒、茴香、八角、桂皮、丁香等香料，揉搓均匀后，放在盆里腌制一周，用棕叶绳索穿挂起来，沥干盐水。然后选用柏树枝、椿树皮等柴草火，慢慢熏烤。柏树椿树的香味顺着袅袅烟雾，慢慢渗透至猪肉的每一丝肌理，"自然"入味。待其色透黄、肉飘香时，腊肉就做成了。一整块腊肉，脂肪金黄似腊，润泽如琥珀，肉质棕红，熏香浓郁。

　　灌香肠也是必不可少的"年味"。母亲说，制作香肠，除了在选用猪肉上有讲究，肉的肥瘦比例也很重要。灌香肠大多选用后腿肉或前肘肉，将大块的猪肉剁成肉丝后，加葱、姜、五香等配料调味拌匀腌制，然后将肠衣套在用塑料瓶制作的简易"灌肠机"上，将腌好的肉均匀地灌进去。再用线绳缠绕打结，分成一段段，最后用针或牙签在灌好的香肠上扎洞，放掉多余的气泡和空隙，然后挂在阳光下晾晒。

　　阳光是腊味最好的发酵剂，母亲告诉我，香肠的美味不仅取决于猪肉和调料，更取决于晾晒的程度。挂个十天半月，风干后的香肠变得紧致，红白分明，上笼屉一蒸，弥漫满屋子的香气。

　　小的时候，看到院子里的竹竿上挂着一排排一串串的香肠、腊肉、腊鱼，在阳光下沉淀着迷人的色泽，仿佛是迎接新年的一种仪式，还有那飘进鼻子里的一股股咸香，我就知道，"年"就在跟前了。

　　参加工作后，吃过无数民间菜品，尝过各种佳肴。春节的餐桌上，腊味从来不是最显眼的那道菜，但却是最回味无穷的那道菜，因为那道菜里有母亲的味道，承载了无限亲情与母爱。

　　（2022 年 1 月 17 日发表于江苏《邳州市报》）

母亲的老面馍

　　记忆里，老家的小麦收割完毕，脱粒晾晒归仓后，家家户户都会磨面做馍馍尝尝新。一时间，蒸腾的热气，让整个村庄都飘逸着独特的麦香味。我的母亲做的老面馍，尤其令人馋涎欲滴。

　　小时候，家里穷，一年到头难得吃上一次白面馍馍，母亲将白面看得非常金贵，只有逢年过节，才舍得把珍藏的白面拿出来做馍馍。

　　"老面"，又称老酵头、面肥、面头、酵子等，是让面团置于空气中，让空气中的野生酵母菌吸附进去繁殖，形成含有一定数量酵母菌的干面团或半干面团，在下次发面时，将其作为引子加入到新面团中，这样可以使馒头膨松多孔。

　　母亲说，做老面馍看似简单，其实里面大有学问。面酵子要加水稀释成面浆，水不要放多了，如果着急的话，可用手抓一下稀释，不着急的话放那里自行稀释。把稀释后的面酵子放入面粉，用筷子搅拌成絮状，面粉不要一下子放多了，要一点点地往里加，用手搅和成光滑的面团，然后盖上锅盖或用温湿的纱布覆盖，放置温暖处发酵。

发酵也有技巧，母亲说发酵时间依气温而定，一般三小时左右，夏天短一些，冬天长一些，只要看到发酵面团的体积涨大到原来的两到三倍，即表示发酵成功。母亲告诉我，还有一个测试发酵是否成功的技巧，就是用手指沾一些面粉，在面团上戳孔，如果孔马上回弹，表示发酵不够。另外，还可撕开面团观看是否布满气孔，不能机械地根据时间确定是否发酵成功。

发酵好的面团，会有酸味，需用碱中和，用一点点水化开碱面，把碱水一点点加入面团，一边加一边用手和面，然后扯开面团闻闻是不是有酸味，如果有酸味再放碱水。

拿出面团用手揉搓排气，要使劲儿多揉一会儿，把碱揉均匀，然后用湿纱布覆盖，醒半个小时。趁醒面的工夫，母亲把蒸锅里添适量的水，蒸屉刷干净，抹上一层薄油。然后把面团分成均等的面剂子，揉光滑，整理成馒头生胚，放蒸屉上，盖上锅盖，二次发酵二十分钟左右。先小火加热，蒸锅上汽后改中大火，蒸十五到二十分钟，停火后闷三到五分钟。

起锅喽，母亲慢慢平移拿开锅盖，热气一下子涌了上来，一个个色泽淡黄的老面馍就做好了。

小时最喜欢围着灶台，等着馍馍开盖的时候，闻着馍馍特有的香味，心里美得像花儿一样。刚出锅的馍馍，母亲都会给每个孩子掰一块，那会儿就觉着刚出锅的馍馍特好吃。

如今，我们的生活越来越好，不管是超市还是街边小吃，各式馍馍、包子、煎饼，应有尽有，唯有母亲做的老面馍，却铭刻在我的记忆里，回味悠长。

（2021年10月22日发表于美国《海华都市报》）

母亲的年夜饭

"开饭喽，快去放鞭炮！"听到母亲一声喊，我抱着一挂"大地红"，急忙跑到堂屋门外，撕开鞭炮，快速点燃，急速躲闪……在大红鞭炮噼里啪啦的喜庆声中，我家的年夜饭开席啦。

坐上八仙桌，一盘盘升腾着热气、一碗碗氤氲着香味的饭菜端上桌，我看得眼花缭乱，拿起筷子，竟然不知道从哪里下手。

年三十那天，母亲天不亮就起床，开始煮、炸、蒸、炖，准备"年夜大餐"。每到这时候，我便会言语谨慎，生怕不经意间说出什么不中听的或是不吉利的话，招来母亲的责骂。对我家而言，这一年一度的年夜饭，已经不只是一顿简单的晚餐，更是全家都要参与的仪式。我家的年夜饭讲究分工合作，各司其职。母亲是总设计师，负责人员调度。父亲帮母亲打小工，负责清洗白菜萝卜、葱姜佐料，大姐是母亲的得力助手；二姐、三姐则要各自烹饪几个拿手菜；我嘛，就负责"偷吃"，在每道菜做好后，总以尝尝菜的咸淡为由，来偷吃做好的菜肴。

看我迟缓发呆的傻样，母亲指着一盘红烧鲤鱼说："这是年年有余!"小时候，家里穷，只有过年才舍得买鱼。而我家年夜饭桌上的鱼，却是一道"看菜"，是不能立马吃的。在我的家乡，有一条约定俗成的风俗，不管大人还是小孩，吃年夜饭时，都不能真正动筷子吃鱼，而是要让鱼剩余着，放在下顿饭才能吃，意味着"年年有余"。

缘于习俗，母亲知道我不会夹鱼吃，随即又喜笑颜开地指着红烧鸡说："这是吉祥如意!"鸡是一定要吃的，母亲说，吃了红烧鸡，吉祥又如意。记忆里，母亲每年都会养几只母鸡，靠母鸡下蛋卖钱，维持一家人的油盐酱醋。平时，母亲舍不得杀鸡，只有过年时，才会挑选一两只不再下蛋的老母鸡，或红烧，或清炖，让一家人解解馋。

母亲喂养的土猪肉，当之无愧地成为年夜饭的主菜。猪肉在我们农村称为"百家菜"，无论蒸、煮、炒、炖、炸，都能与其他菜类完美搭配。清蒸猪蹄、糖醋排骨、梅菜扣肉，都是我的最爱。记忆犹深的是母亲做的梅菜扣肉，制作材料有五花肉、梅菜、葱白、姜片等。通常是将五花肉上汤锅煮透，加老抽，油炸上色，再切成肉片。之后加葱、姜等调料炒片刻，再下汤用小火焖烂，五花肉盛入碗里，上铺梅菜段，倒入原汤蒸透。走菜时，把肉反扣在盘中。成菜后，色泽油润，肉烂味香，吃起来咸中略带甜味，肥而不腻。

其实无论大年、小年，过年是一种仪式，也会沉淀一些记忆，更是孩子们的盛典乐宴。唯有母亲的年夜饭最令人难忘，因为那是家的味道，充满着暖暖的幸福和温馨的感觉。

（2022年1月29日发表于《甘肃农民报》、1月31日发表于苏里南《中华日报》）

母亲的柿子

霜降时节，老家的柿子红了，看着一个个红彤彤的柿子，像灯笼一样挂满枝头，我便想起了母亲的柿饼，那颜色橙红敦厚，那口感软糯香甜，那滋味真是盖了帽了。

老家的田坎下，母亲栽有一棵柿子树，到我出生时已经长成了参天大树。小时候，家里穷，凡是能够果腹的东西，都被母亲视若珍宝。柿子长成小孩拳头大时，母亲就会摘一篓子柿子回家。这时柿子是青色的，又苦又涩，母亲便使出"沁柿子"绝招。先烧一锅开水，然后从田边地角割一把辣蓼草，把辣蓼草切成一截一截的，用一个泡菜坛子，在坛子底铺一点儿辣蓼草放一层柿子，铺一层辣蓼草，再放一层柿子，直到放满，然后兑入温盐水，然后把坛子口用玉米包衣密封，用重物压实，放在阴凉避光的地方，半个月时间就能吃到脆甜可口的沁柿子了。

霜降到了，树上的柿子由青变黄时，母亲用叉杆把柿子叉下来，长在树梢的柿子，叉杆够不着，我还会自告奋勇地爬上树，帮母亲把剩余的柿子"扫荡"回家。柿子采收回家后，母亲用刨子将选好的鲜柿子的外表硬皮刨净，逐个整齐地摊放在晒席上用太阳炕晒。母亲说，晒席要放在离地面的架子上，摊晒时柿果的屁股要朝下，夜晚放在露天里让其霜冻。晒至半干时，装在木箱内，木箱四周与上下铺干净的白纸，慢慢地柿饼表面就会出现白霜。带霜的柿饼，饼肉就像蛋黄一样色泽橙红，既好看，又好吃。但晒好的柿饼，母亲是舍不得吃的，除了让我们姐弟尝尝新，大多拿到县城集市去卖掉，换回油盐酱醋和我们的书本钱。

在闹粮荒的年代，母亲还会做柿子窝窝头给我们充饥。首先把柿子洗干净碾碎，然后加入玉米面粉搅拌，做成窝窝头的形状，放进蒸笼蒸熟。柿子窝窝头吃起来木喳喳的，口感粗糙且难以下咽。我不喜欢吃柿子窝窝头，但母亲总是背着我，把我吃剩下的窝窝头掰碎，放进碗里兑水一起吃。

每当看到柿子，有关母亲的记忆就会汹涌而至，涓涓细流一般的母爱就会围绕着我，温暖着我。

（2021年10月21日发表于广东《珠江时报》，2021年10月23日发表于香港《文汇报》，2021年11月8日发表于河北《牛城晚报》）

母亲的手擀面

我的母亲是一个地道的农家妇女，在她的食谱里有一道重要的主食——手擀面。小时候，家里穷，生活清苦，手擀面却是一种陪伴我长大的美食，虽然它很常见，可在我的心里，母亲做的手擀面才是最好吃的。

"软饺子硬面"，母亲说，手擀面关键是在和面上，面要和得硬一点儿，嚼起来才劲道。记得上小学时，一放学我便迅速跑回家，吃一大碗母亲擀的面条是最大的满足。每次放学回家，见到母亲也刚从地里回来。她麻利地洗洗手，系上围裙。左手舀水，右手在面盆中来回快速地扒拉着，一盆干面粉很快就与温水和成了软硬适中的面团了。和好之后，母亲还在案板上用力地来回揉。我好奇地问："干吗要麻烦地揉来揉去？直接擀不就得了吗？"母亲抬起头说："傻孩子，面团不揉匀就擀不好，即使硬擀出来，吃起来口感也很差。"

揉好的面团放到宽大的案板上，母亲用擀面杖反复碾压，慢慢变成一张大大的、圆圆的面皮，然后把面皮对折，再层层叠加起来。接下来，就是切面条，只听得"笃笃笃""笃笃笃"，菜刀与案板的接触，发出连续而有节奏的声音，均匀整齐的面条就切好了。然后，母亲从中间抄起面条，在空中用力一抖，随着干面粉落下来，一根根粗细均等的面条，听话地排列在案板上。

在我很小的时候，还处于大集体时代，凭工分在生产队分得的小麦少得可怜，磨成面粉并不能敞开了吃。每次做手擀面，母亲总是掺进去一些芝麻叶或者青菜，每次都是母亲碗里面条最少或没有，只有菜、汤以及泡进去的剩饭。

每次做手擀面时，母亲都会叫我去扒一把蒜瓣，扯几根香葱，掐一些香菜，切碎加油盐酱醋辣椒拌匀，腌制一会儿，当作吃面条时的下饭汤汁。母亲擀的面条入锅一煮，捞起来一碗，面嫩丝滑，泛着柔光，再把下饭汤汁浇进碗里，霎时香味四溢，随着热气弥漫在空气中，深深地吸一口，还没吃手擀面，五脏六腑仿佛已经满足了。

年轮到了20世纪80年代，家里条件逐渐好转，日子比以前宽裕了许多，白面也能天天吃了，母亲擀起面条来也格外带劲儿。尤其是一家人围坐在炉火前，每人端上一碗手擀面，"吸溜吸溜"吃面时那温馨的画面，总是让人心里暖暖的。

母亲的手擀面，一直陪伴我长大。后来，我吃过挂面、拉面、刀削面、饸饹面，但是都不及母亲做的手擀面。如今母亲已不在了，可母亲做的手擀面，却永远定格在我的脑海里，回味悠长，永志难忘。

（2021年7月20日发表江苏《新沂市报》，2021年7月22日发表于广东《珠江时报》）

那件绿棉袄

我有一件军绿色的小棉袄，压在箱底将近四十年了，至今仍然舍不得丢弃，每年都要拿出来晾晒，然后再小心地叠起来收好。因为那件绿棉袄里，留存着母亲对我浓浓的爱。

那是 20 世纪 80 年代初，我从大队小学考上了公社中学，需要在学校寄宿。上学两个多月后，天气渐凉，一天比一天寒冷，而我随身携带的只有两件薄薄的单衣。正在我为如何抵御寒冷而发愁的时候，母亲徒步十余公里，来到我的学校，给我送来了一件棉袄。当我穿上厚厚的、温暖的棉袄时，我的泪水情不自禁地奔涌而出。

小时候，家里穷，一家人过着捉襟见肘的日子，更别说换季过节能置换上应时的服装。于是，我们姐弟几个的衣服总是大姐穿完给二姐，二姐穿小给三姐。每当我盼星星盼月亮般地从三姐手里接过她替换下来的衣物时，那些偏大的衣裤和鞋袜，已被母亲在昏黄的灯光下补了又补。

人常说："富人怕夏，穷人怕冬。"当我考上寄宿学校后，母亲时刻挂念着我的冷暖，一心想着要为我添置一件新棉袄，无奈家里经济实在拮据，拿不出多余的钱来为我添置新棉袄。正当母亲百般忧愁时，突然看到父亲拿出来晒秋的军大衣，母亲灵机一动！对，就用它，改制一件棉袄。

我的父亲当过十年兵，除了奖状和军功章，唯一的纪念就是这件军大衣。母亲要用这件军大衣为我改制一件棉袄，当母亲把想法告诉父亲时，虽然父亲万分不舍，但为了我还是忍痛割爱，把他那心爱的、伴随了他多年的军大衣交给了母亲。

当天，母亲就把父亲的军大衣，小心翼翼地掏出棉花，又把里外棉布和内衬拆洗了，放在太阳下晾晒。待到夜阑人静，母亲坐在煤油灯下，一针一线地为我缝制棉袄。整整一个通宵，母亲硬是用她那双布满老茧的手，为我缝制了一件似旧却新的棉袄。

冬风乍起，寒意渐浓。在今天看来，那件绿棉袄或许模样陈旧落俗看似臃肿，局外人抑或会不屑一顾。于我，它却是温暖更多从容更多的陪伴。在我心里它没有丝毫丑陋之感，相反，它是镌刻在记忆里永远的温暖与美丽。它有来自母亲太多的慈爱与呵护，一直温暖在我的生命里。

（2021 年 11 月 16 日发表于湖北电力《文学天地》）

童年的秋千

　　我家二宝天真淳朴，活泼好动，尤爱秋千。经不住二宝的软磨硬缠，我在别墅小院的绿树下，做了一个小秋千。看到心仪的秋千，二宝欣喜连连，跳上秋千，狂欢如猴，忽上忽下，荡个不停，口中竟然还念念有词地背起了童谣——

　　荡啊荡啊荡秋千，忽上忽下飞上天；

　　摘下白云一片片，做件冬衣软绵绵；

　　送给卖火柴的小女孩，欢欢喜喜过新年……

　　看着二宝悠哉乐哉地荡着秋千，我脑海里的童年记忆，瞬间被激活。

　　小时候，老家有一棵粗壮的歪脖子老树。大约五岁生日那天，父亲找来一块木板，在院子里敲敲打打，把木板两头钻上孔，再拴上绳索，往树上一挂，就成了一个既简朴又实用的秋千。自从有了秋千，歪脖子树下，便成了我的"儿童乐园"。

　　歪脖子树下，我还清晰记得妈妈给我讲的《小猴荡秋千》的故事。妈妈说，很久很久以前，猴山上有一只小猴，它机灵活泼，可大家都不喜欢他，因为他最爱取笑别人。

一天，小猴正在荡秋千，瞎了一只眼的猴子走过来，想和他一块儿玩。小猴大声嚷道："走开，走开，我才不跟你玩呢！独眼龙，打灯笼，只见西来不见东。"独眼猴被气跑了。这时，一只跛脚的猴子正朝这边走来。小猴唱道："跛脚杆，跛脚杆，一脚长来一脚短。"跛脚猴瞪了他一眼，气得转身就走。一只驼了背的老猴子，正坐在树上给他的孩子抓痒，小猴子又唱开了："驼背驼，像骆驼，背上背着一大坨。"

驼背老猴睬都不睬他，小猴笑得更开心了。"扑咚！"乐得手舞足蹈的小猴从秋千上摔下来了。"哎哟，哎哟"，小猴痛得在地上直打滚儿。想到以前常取笑别人，小猴的心里又悔恨又愧疚……

讲完故事，妈妈告诉我，千万不要拿生理上的缺陷，去嘲笑和歧视他人。

小小秋千，历史悠久。上古时代，我们的祖先为了谋生，需要上树采摘野果或猎取野兽。在攀缘和奔跑中，他们往往抓住粗壮的蔓生植物，依靠藤条的摇荡摆动，上树或跨越沟涧，这是秋千最原始的雏形。古时的秋千多用树枝为架，再拴上彩带做成，后来逐步发展为用两根绳索加上踏板的秋千。王维诗云："蹴鞠屡过飞鸟上，秋千竞出垂杨里"；白居易诗曰："抱膝思量何事在，痴男騃女唤秋千。"

如今，虽然老家故土仍在，儿时荡过的秋千，仿佛别具风情的空中摇篮，虽已成往事，但却烙印着我少时成长的印记，承载着我幸福快乐的回忆，独留童趣在心间。

（2020 年 8 月 21 日发表于湖北《襄阳周刊》）

往事悠悠忆爷爷

小时候,我经常跟着爷爷去山里采药。爷爷是个"药草通",一年四季在大山里转悠,对山里的药草了如指掌,情有独钟。

那年夏天,爷爷背起背篓,叫上我,带着猎狗"阿黄"。爷爷说:"走,我们去横冲采药材,挖人参。"

爷爷所说的横冲,地处鄂西北大山深处,位于保康县中部,荆山山脉中段望佛山山脊,平均海拔 1800 米,最高峰海拔 1946米,是襄阳市第一峰。

我们天不亮就出发,爷爷背篓里放着锄头、绳索、十字镐,还有一把砍刀,手里提着"马灯"。我们一会儿爬山,一会儿趟河,在弯弯曲曲、层峦叠嶂般的林海里穿行。爷爷一会儿拉我一把,一会儿牵我一手,生怕我磕碰摔跤。"阿黄"一会儿跑前,一会儿窜后,跟着我们爷儿俩身前身后撒欢。

爷爷一边走,一边给我讲葫芦娃的故事。爷爷说,从前有一位老爷爷在葫芦山上采药,无意中进入了一个山洞,在洞中他救下一只穿山甲。穿山甲告诉老爷爷自己不小心穿破葫芦山,放走了蛇蝎二妖，从此百姓遭难。穿山甲帮助老爷爷取出了能降妖伏魔的宝葫芦籽，老爷爷种出了红橙黄绿青蓝紫七个大葫芦，七个葫芦成熟了，相继落地变成七个男孩，他们联合起来，终于打败妖精，把蛇蝎二妖收进宝葫芦里。

听着葫芦娃的故事，不知不觉天亮了。爷爷说："到了，这儿就是荆山中段的横冲。"这里地处荆山之巅，群峰竞秀，水清谷幽，植被丰富，森林茂密，有很多天然中药草，有的药草还通灵性，特别是野人参，是可遇不可求的灵物。

晨曦初露，树丛间散落着斑斑点点的阳光。一只灰黑的小松鼠在树枝间欢快地跳跃着，我跟在爷爷身后兴奋地四处张望，深一脚浅一脚地往前走。

周围全是密密麻麻的柞树，树上刚刚抽出来的嫩叶散发着淡淡的清香，偶尔可见地上散落的陈年橡子壳。我最喜欢柞树叶子的气味，有股竹子的清香。小时候家里大人上山采摘大而嫩的柞树叶，洗干净后，取一片片包上调好佐料的棒子面在锅里蒸，又清香又有嚼头，叫作"玻璃叶饼子"，那时觉得世上再没有比这饼子好吃的东西了。

"爷爷，快看，猴头！"我指着一棵粗大的柞树说，柞树离地四五米的树干上长着一个毛茸茸的黄色桃形菌，我欢喜地跑过去。爷爷快步走过来从地上捡起一根长树枝，去掉枝叶，将帽子摘下来一端绑在树梢上，举着树枝够到猴头下面，那帽檐正好盖住猴头，用力往下一拉，猴头叽里咕噜掉下来，我赶紧去捡。爷爷绕到树后，那里还有一个猴头，他照样把猴头钩下来。

"这猴头都是对称生的，一边有另一边肯定也有。"爷爷嘿嘿笑了。装好猴头，我们继续向树林深处走。

"爷爷，这个是啥呀？"我指着一个小拇指般大小像气球一样包着气的紫色花骨朵儿问，拿手一捏花骨朵儿爆了，瘪下来。

"这是桔梗，也叫白药、包袱花、铃铛花，能当药材的是地下白嫩嫩的根，专治咳嗽和嗓子疼的，咱山里人常挖它腌咸菜吃，脆生生的，那才好吃呢。"爷爷逗着我，细心给我讲。我仔细听了，觉得爷爷真了不起，这山里没有他不知道的东西。

"这个是黄芩，清火的，地下的黄根能卖钱。你看，这茎上一串串的紫花，晒干了冬天当茶叶喝最清火，咱家柜子里还有一包呢。甸子里的金莲花是最好的花茶，得工夫了爷爷领你去采。这个是党参……"

一路上，凡是见到药草，爷爷便停下来，一一教我认识。"爷爷，咱这荆山之上，还有这横冲大山里，有多少样药草啊？"

"那可老多了！咱这莽莽荆山山脉之中的大横冲，最是大方，你要是爱它敬它，它啥都舍得给你！可谁要是伤它不把它当回事，它啥都不给你还叫你遇见最可怕的豺狼、虎豹、狗熊、野猪、山鬼、马蜂，啥吓人叫你遇见啥！你害怕不？"我睁大眼睛不敢相信，心里想着我一定要做一个爱山敬山的人。

上古时候，五谷和杂草，药物和百花混杂，人们并不知道哪种可以食用，哪种又可以治病。神农尝百草后发现了五谷，也发现了药材，采药人晓以药理，施药救人。造物的神奇与人类的智慧，赋予了采药人的神秘与传奇。我爷爷就是这么一个尝草辨药、采药为生的神秘而又传奇的人。

清晨时分，太阳初升，我们来到了一片广袤的森林。斑鸠、鹧鸪、猫头鹰、蟒蛇……种类繁多的动物，时不时出现在我们的视线里。

　　爷爷告诉我，撞到这些动物，有危险的，我们就绕道走；没有危险的，我们也不要理睬它。

　　危险越大，收获越丰，深山中危险的指数很高，平时难得一见的药草也多了起来。爷爷和我有条不紊地把这些药草挖起来，放进背后的竹篓中，也小心翼翼地警惕着附近的动静。

　　"哎呀！那儿好像有一株人参?"又挖起一株药草放进背篓里的爷爷，用衣袖擦拭了一把脸上的汗水，可就在这个时候，爷爷发现前面一块小小的空地上，有一株植物的样子很像人参。对于一般的中药草，爷爷已经熟悉透了，爷爷从小就在山里挖药草，不止一次挖到过野人参，早已经对人参了如指掌，只要在大山中发现人参，相信自己能够辨认出来。

　　人参有"百草之王"之称，别名又叫黄参、棒槌、血参、人衔等，属多年生草本植物，喜阴凉、湿润的气候，多生长于山地缓坡或斜坡地的针阔混交林或杂木林中。

　　爷爷告诉我，人参茎直立，圆柱形，不分枝；一年生植株茎顶只有一叶，叶具三小叶，俗名"三花"；二年生茎仍只一叶，但具五小叶，叫"巴掌"；三年生者具有两个对生的五小叶的复叶，叫"二甲子"；四年生者增至三个轮生复叶，叫"灯台子"；五年生者增至四个轮生复叶，叫"四匹叶"；六年生者茎顶有五个轮生复叶，叫"五匹叶"。人参夏季开花，人参浆果扁圆形，成熟时鲜红色，内有两粒半圆形种子。

　　出现在我们眼前的这株植物，走近仔细一看，茎顶有五匹叶，是一株成年人参。我们喜出望外，心里很激动，这可是上年份的野人参，药用价值很高，经济价格肯定不菲，只要把这株人参挖回去，无论是给爷爷用，还是拿出去卖，都是一件让人兴奋的事情。

看着眼前的这株人参，爷爷没有迟疑，立刻拿出工具开始挖掘。中午的太阳虽然猛烈，但身处森林中的我们，太阳的光辉没有多少直射照到身上。不过，匍匐在地挖掘人参的爷爷，还是感觉异常闷热，不一会儿就汗流浃背，细密的汗珠渗透了衣背。

时间一分一秒地过去。"呼——"大约经过半个小时的苦心挖掘，爷爷终于把这株人参完好无损地挖了起来，并且用一块"羊肚毛巾"，轻轻包裹好放进了背后的竹篓里，这才呼出一口长长的气息，放松紧张的心情。

那天，我们满载而归。回家路上，明媚的阳光，洒满林间小路。"阿黄"一路欢喜跳跃，撒欢地跑着，远远地为我们带着路。

横冲是中华腹地的一座绿色宝库，不仅有连片野生紫斑牡丹，还蕴藏着丰富的中药材资源，有黄连、当归、党参、苍术、独活等数十种天然药材，20世纪50年代，保康县便在这里兴建了药材场，以生产黄连、三七、麦冬、柴胡、白芨、猪苓、七叶一枝花等中药材为主，兼营生漆、杜仲、木耳、香菇、天麻等土特产，商品远销海内外，久负盛名。

横冲采药，记忆犹新。爷爷虽然已经仙逝数十年了，但爷爷的音容笑貌，一直在我的脑际萦回。对爷爷的思念，常常使我陷入回忆。小时候，那个缺医少药的年代，我们的童年大多是在一碗碗褐色药汤里度过的。爷爷的药材背篓，还有药罐里冒出的中药草的袅袅烟雾，以及不断舔舐着罐底的蓝色火苗，都一一定格在时光碎片里。

记忆中，爷爷的背篓里，总是有不断从大山里采回来的各种各样的中草药，还有用中草药从县城里换回家的米面酱醋茶以及我爱吃的油条糖果，更有我喜爱的玩具和笔研纸墨、小人书。

在时间沧桑的河流里，我们总会忘却和铭记一些或近或远的记忆。镌刻在我的记忆里的那个夏天，以及大山林海里的采药奇遇，还有爷爷的背篓，装满了我的童年回忆，日久弥新，拙笔记之，以慰灵魂。

（2019 年 10 月 21 日发表于湖北《襄阳周刊》）

温暖的手套

"一九二九，冻脚冻手。"小时候特别怕冷，一双小手经常被冻得又肿又痒，严重的情况下甚至裂口溃烂，既难看又难受。每当寒冬来临，我便想起了母亲为我做的小手套。

在我出生的 20 世纪 60 年代，由于物资匮乏，手套可是稀有之物，拥有一双手套成了我心心念念的梦想。看着我的小手年复一年被冻伤，母亲的心比我冻伤的小手还疼。

那个年代，商店很少有手套出售，即便有售，也是价格昂贵的奢侈品，往往让人望而却步。我曾跟着母亲多次逛过县城最大的百货商场，看着里面那精致的小手套，踌躇再三还是空手而归。于是，为我做一双小手套也成了挂在母亲心头的忧虑。

母亲虽说是一个农家妇女，但却有一双灵活的巧手，不仅会缝制各种衣服，还会制作各种鞋袜。做手套，没有棉花，母亲便找来旧棉絮，细细地拉扯成一丝丝棉绒，放在太阳下曝晒，再找来布头拼接成巴掌大的布块，然后让我把手放在布块上比试，照着手的大小，裁剪成手掌形状的四个布块，再一条一条地铺垫棉绒，对折缝合起来，一双美观大方的棉手套就成了。母亲还编织了一根线绳把手套连起来，挂在我的脖子上，防止丢失。我快速接过棉手套，双手插进手套，一股暖流顿时流过我的全身。

戴上小手套，我的心里可美了。不仅在邻家小兄弟们面前炫耀，还在学校同学们面前显摆，惹得大家羡慕了好久。

棉手套虽然保暖不冻手，但有一个弊病，那就是不方便戴着写作业，每当做作业的时候，必须脱下手套。看着我一会儿脱下手套写字，一会儿戴上手套读书，母亲又找来旧的棉线袜子，拆开一根根棉线，清洗晾晒。待到夜阑人静，母亲坐在煤油灯下，一针一线地为我编织线手套。整整一个通宵，母亲硬是用她那双布满老茧的巧手，为我编织了一件似旧却新的线手套。

岁月飞驰，今昔对比，我们的物质生活早已脱离赤贫时代。如今的冬日，多了暖气和各种取暖设备，各种手套应有尽有，冻手之痛也一去不复返，但每当回想起母亲灯下为我缝制手套的时光，我的心里仍然充盈着无限温暖和甜蜜，因为小小手套里面，承载着满满的母爱。

（2021 年 12 月 15 日发表于湖北电力《文学天地》，2022 年 1 月 6 日发表于山西《芮城信息报》）

我的表姐

中午回家，客厅鞋柜上放了两双手工做的灯芯绒棉鞋。"快看，表姐刚刚送来的，一大一小，我俩一人一双，多好啊！"老婆笑靥如花，指着那双大一些的灯芯绒棉鞋说，"快试试，看看合脚不？"

"表姐，她人呢？""表姐放下鞋就走了，说是家里有事，忙得很，不得闲。"

看着灯芯绒棉鞋，我的心里特温暖。"不用试，表姐知道我的脚大脚小。"我边说边拿起棉鞋往脚上套，"呀，真的很合脚！穿着既暖和，又舒服哩！"

我高兴地穿着灯芯绒棉鞋，在客厅里走来走去，往事一幕幕闪现在脑海里。

表姐叫李兴莲，今年六十六七岁，是我大姑妈的女儿。表姐对我很好，几乎每年都要给我做一双手工布鞋，或单鞋，或棉鞋，从小到大，我不知道穿过多少双表姐手工做的布鞋。

"下班回了家，换上一双布鞋，多少能减轻一些疲劳。"表姐经常说，"只要我还活着，就有你的布鞋穿。"

表姐是个苦命的人，育有两个儿子，前夫是保康寺坪人。从小我就听说，表姐生活很苦。她的前夫比她年龄大十多岁，游手好闲，在生产队大集体时，不好好挣工分，口粮分得少，家里经常断炊，吃了上顿没有下顿。这个还是次要的，最主要的是表姐的前夫嗜酒如命，只要喝了酒，就要耍酒疯，对表姐非打即骂，经常把表姐打得身上青一块紫一块的，把表姐折磨得死去活来，惨不忍睹。小时候，我看到有很多次，表姐被打后，抱着小儿子来到我的父母家，向我的父母哭诉。

表姐是个闲不住的人，我的女儿出生时，正赶上表姐离了婚，无家可归。我叫妈妈把表姐接到我的工作单位，帮我照顾女儿。从此，表姐就把我的家当成了自己的家一样。我和老婆上班，表姐在家带女儿。我们下班接过女儿，表姐赶忙做饭，吃罢饭又赶紧收碗刷筷，然后洗衣拖地，抹桌擦窗，一刻都不停地里外忙碌，把家里打扫得窗明几净，一尘不染。有时趁女儿睡觉的空当，表姐又找来旧衣服，拆成一块一块的，用面粉做浆糊，粘在木板上，然后放在太阳底下晾干，做成布料壳子，为我们一家大小，做手工布鞋，做手工棉鞋，做绣花鞋垫，忙得不亦乐乎。

表姐是个勤劳的人。我的父母住在城郊农村，一到周末双休，表姐就叫我和老婆在家带女儿玩，她回到我的父母家帮忙种庄稼种菜地。一直忙到星期日下午太阳下山了，表姐才从我的父母家扛着五谷杂粮和各种新鲜蔬菜，赶回到我的工作单位，从我们手中接过女儿，就像时钟转轮一样，又开始了新一轮的忙碌。

表姐在我家，一直把我的女儿带到六岁。表姐觉得在我的家里再也没有什么事可做了，多次要求离开，我和老婆死活不答应。

直到女儿上学了，表姐离意已决，实难挽留。我们在好心人的帮助下，为表姐牵线搭桥，让表姐在县城安了家。表姐在县城有了自己的家，我们为表姐感到高兴。

现任表姐夫是个环卫工人，和我的表姐一样，敦厚老实，勤劳淳朴，关键是表姐夫对我的表姐好，知冷知热，拥有爱心。刚刚组建家庭时，表姐夫早出晚归在外扫大街，表姐就天天在垃圾场拾荒，一年又一年，表姐就像一只勤劳的小蜜蜂，又像一只不知疲倦的小蚂蚁，和表姐夫一起凭着两双柔弱而又勤劳的手，硬是在县城东沟隈塔路边，盖起了一栋三四百平方米的两层小楼。

表姐是一个宁让自己受苦受累、也不愿去麻烦别人或求乞别人为自己帮忙的人。记得那年表姐在新建楼房时，想节约一些资金，又不想打扰我，自己去城关供电所租了一块三相四线电表，用于砼搅拌机用电计量。当时按规定，电表每天租费5元钱。租表后，表姐怕用电多花钱，只在浇筑房屋地基和房屋楼面时，租赁了一台砼搅拌机用了两次。房屋建好，退还城关供电所电表，供电所一核算，仅用了29度电，电费不到30元，可租表费竟然高达1100多元。这时表姐才想起了在供电公司工作的我，不得已才来找我询问。供电所核实用电计量没错，主要是租用电表时间长达7个多月，电表空挂在那里，也要按天收费。后来，鉴于表姐建房用电实在太少，供电所免去了电表租用费。

这就是我的表姐，一个平凡得像大海里的一滴水、沙漠里的一粒沙一样的人。

人们常说，一滴水，可以折射出太阳的光芒。而我要说，一双布鞋，却折射出了表姐血浓于水的朴素情怀。

对于表姐，我从来没有当面说过一句"谢谢"，总觉得那样会太疏远了，会产生距离感。但在这里，我还是要由衷地大声说一句："表姐，谢谢你！"

（2020 年 4 月 19 日发表于《中国乡村》杂志）

我的入党记忆

时光回溯到 1994 年 6 月 30 日，我站在党旗下，高举右手，跟着党支部书记宣誓："我志愿加入中国共产党，拥护党的纲领，遵守党的章程，履行党员义务……"铿锵有力，掷地有声。

27 年过去了，当记忆的闸门打开，汹涌而出的，是那一天的神圣、肃穆、心潮澎湃，时至今日，仍然记忆犹新。

那一天，我当着全体党员的面，宣读了我的入党申请，面对全体党员的审查，我能感觉到自己跳到嗓子眼的心脏和抑制不住颤抖的声音，当全体党员一致通过我的入党申请时，我激动的眼泪再也止不住夺眶而出。

入党之前，我曾经有过彷徨与迷茫。当时书记与我进行过一次促膝长谈，语重心长地勉励我："人生是否出彩，关键就在年轻时期。"书记的话像一剂兴奋剂，当天夜里，我在日记本上写道："毛泽东投身革命在年轻时代，雷锋精神闪耀在青年之际，青春做伴，不负韶华，唯有奋斗。"

写完日记，我满怀激情地写下了人生第一份入党申请书。第二天，我把入党申请书送到书记手里，书记看着我，频频点头："年轻人积极要求进步，很好。"随后书记又问我："你为什么要加入党组织呢？"

书记一句话，当时把我问住了。是啊，我为什么要申请加入党组织呢？那天，我把入党申请书交给书记后，返回办公室，我在日记本上写道："从现在开始，我要脚踏实地，努力工作，以实际行动向党组织靠拢，别人能干好的事我也能干好，别人入党我也不能落后。"

次年底，评先表模时，我被授予"先进工作者"。我再次来到了书记的办公室，书记微笑着问："想知道你入党的事儿，是吗？"我点点头。"党组织已经把你作为考察对象，目前正是考察期。"

感觉自己的愿望和理想距离党组织的要求越来越近了，我高兴地给书记深鞠一躬，转身跑回了办公室。不久之后，我参加了入党积极分子培训，"七一"前夕党支部召开党员大会，一致通过了我的入党申请。

又过了一年，转为正式党员后，书记找到我，和蔼地告诫我：入党的过程实质上就是认识党、热爱党、发展党和捍卫党的过程，形式上的入党一生只有一次，而思想上的入党则是一辈子的事。我把书记的告诫写入了日记："入党是一种心灵的净化，如果说党员有什么超越常人的地方，那就是坚定的信念和崇高的觉悟。"

时光荏苒，岁月如歌，流转的时光与增长的年龄，总能冲淡脑海中的很多记忆，而唯有我的入党记忆，却永远珍藏在生命里，日久弥新，永志难忘。

（2021 年 7 月 2 日发表于新疆《塔里木日报》、新疆《天山建

设报》，2021 年 7 月 5 日发表于广东《茂名晚报》，2021 年 7 月 9
日发表于《中国审计报》）

屋檐下的风景

　　每次回到老家，看到屋檐下悬挂着金灿灿的玉米棒、红彤彤的辣椒串以及大蒜头、老南瓜、黄葫芦、丝瓜瓢、柿子饼……我就想说，母亲简直就是一位高超的民间绘画大师，那一串串丰收的果实，就是勤劳母亲挂在屋檐下的中国画。

　　老家有一栋明三暗五的土墙瓦房，历经风吹日晒，到我长大时，早已斑驳陆离，就像风烛残年的太婆，日渐衰老。那面老墙屋檐下，被母亲挂上一串串各色果实，就像老妇穿上了花衣裳，立马鲜活起来。

　　记得 20 世纪 80 年代初，土地承包到户，我家分到七八亩责任田，母亲高兴坏了。母亲说，万物土中生，黄土能变金。天不亮，母亲就把父亲和我叫起来"打早工"，把耕地的边边角角，细细地挖一遍，砍掉藤藤蔓蔓，刨去田坎上犁铧耕不掉的杂草，后来我才知道那活儿就是乡下人常说的"挖亩头"。

　　母亲告诉我，庄稼一枝花，全靠肥当家。"亩头"挖好后，就要"积肥"。积肥就是到树林或田边地角，砍伐杂树、青蒿之类的植物，俗称"打蒿"，再用铡刀把砍来的"蒿"，铡成四五寸左右的短截，然后在田地中间挖一个大坑，把铡好的"蒿"堆放在一起，掩上一层土，让其上承日晒雨淋，下接湿热蒸汽，在土里面"焐"，不出两月，就变成了上好的肥料。

母亲虽是农家妇女，但种地却是一把好手。七八亩土地，随坡就势，被母亲排列组合，都派上了用场。有水源的种稻谷，没水源的种玉米、小麦、黄豆、红薯、油菜、花生……季节不同，五谷杂粮，换茬播种，一分地都没闲着。种田种田，越种越甜。自从有了责任田，我家的生活就丰盈起来，逐渐告别了"吃了上顿没有下顿"的日子。

除了庄稼，还要种植各种蔬菜。母亲说，"菜园"就是农家的"脸面"，谁家"菜园"种得好，说明这家人勤快，脸上就有光。

清明前后，种瓜种豆。母亲告诉我，种菜看季节，什么季节种什么菜。春天种莴笋、包菜、菜苔、土豆、洋葱。夏天种黄瓜、豇豆、辣椒、茄子、苦瓜、南瓜、葫芦、西红柿。秋天种夏天二茬的瓜瓜豆豆，还有扁豆、丝瓜。冬天种萝卜、菠菜、白菜。除此之外，菜地里少不了葱、姜、蒜、香菜、荆芥、薄荷、紫苏、韭菜、芫荽、藿香，等等。

母亲常说，人勤地不懒，家里粮仓满。每次回家，看着屋檐下悬挂着一串又一串的五谷瓜果，我的心里就像喝了蜜一样陶醉。其实，老家的屋檐，就是母亲的展厅。年复一年，母亲用辛勤的汗水和布满老茧的双手，精心描绘着一幅幅五彩斑斓的丰收图画。如今，母亲虽已仙逝，但老家屋檐下的风景，却愈来愈深地镌刻在我的生命里，冰雕玉琢一般，永远无法抹去。

（2021 年 12 月 24 日发表于广东《羊城晚报》）

写给天堂母亲的一封信

亲爱的妈妈，近安！转眼间，人间又到清明了。春天的油菜花，也在孤寂地绽放着。没有您来欣赏，它们如同孤独的儿女，寂寞地开在春风里。那些微凉的露水，仿佛是生离死别过的亲人，多少年了，仍然饱含着泪水。

妈妈，一想起您，我就想和您聊聊天，想把这些年身边发生的变化告诉您，让您知道您的儿子，还有您的孙子，以及我的家庭生活，过得很好很幸福。

先说说穿吧。妈妈，记得小时候家里穷，您常说穿衣服要"新三年，旧三年，缝缝补补又三年。"现在我们穿着的衣服，逐渐讲品牌，讲款式，讲流行，衣饰再也不是遮羞避寒的破衣烂衫，以前"补丁摞补丁"的衣裳，在我们的记忆里已经一去不复返了。您孙子的衣服，几乎每天都要换一套新的，穿得天天都像过年一样光鲜。

再说吃。妈妈，小时候，我们常常忍饥挨饿，食不果腹。现在不仅儿时的梦想成了现实，吃的是大米白面、面包牛奶，香蕉、苹果、鸭梨，更有一些南方乃至国外的水果也进了寻常百姓家。

您的孙子，每天不仅鸡、鸭、鱼、猪、牛、羊肉任选进餐，而且生、熟花样繁多。现在我家的餐桌上，真可谓是食不厌精，更甭说隔三差五，见亲会友，还会到外边的大酒店、大宾馆搓一顿。

住的方面，小时候，家里真是家徒四壁。妈妈，您还记得吗？每逢下雨，屋里就要用脸盆接漏下来的雨水，"外面大下，屋里小下；外面不下，屋里滴答"。雨再大些，房子上和墙壁上的泥就会跟着落下来，很是吓人。前些年，我在老家的宅基地上盖起了小洋楼，买了新家具、新家电，儿时那个"楼上楼下，电灯电话"天方夜谭般的梦境，现在都变成现实啦。

妈妈，出行方面，变化也是日新月异。村里水泥公路已经修到了家门口，"晴天一脚灰、雨天一脚泥"的日子终于过去了。如今，交通路网四通八达，出门方便又安全。现在几乎家家都有了私家车，路上骑自行车的很稀少了。妈妈，以前出门好不容易等一趟班车，还是人挤人，现在私家车一开，想去哪就去哪。妈妈，我还要告诉您，我家已经换了第二辆小轿车啦。还有，外出旅游、走亲访友，高速、高铁、飞机、轮船……这些交通工具成了"家常便饭"。

妈妈，我亲爱的妈妈，我要告诉您，如今呐，我们穿时尚了、吃丰盛了、住宽敞了、行方便了。真是——党和国家政策好，家乡旧貌换新颜；衣食住行百般好，幸福生活比蜜甜！

纸短情长，真情难诉。妈妈，请您答应我，在天国您一定要照顾好自己，不要担心我们的生活，也不要让我们为您担心。

最后，让我再叫您一声：妈妈，我爱你！

（2021 年 3 月 24 日、3 月 30 日发表于湖北《楚天都市报》，2021 年 4 月 2 日发表于新疆《塔里木日报》）

心香一瓣忆母亲

转眼之间，母亲已经仙逝十二个春秋。母亲的祭日，我又一次来到母亲的长眠之地，焚香叩拜，祭奠哀悼，泣泪回首，追忆母恩。

人们常说，儿女都是母亲身上掉下来的肉，而我则是母亲的心头肉。我家姐弟四人，三女一男，我既是众星捧月般的男孩，又是掌上明珠似的老幺。如果说三个姐姐得到母亲十分的爱，那么我得到母爱则是十二分。

出生于 20 世纪六七十年代的人，脑海里一定会有两个深刻的烙印：一个是贫穷，另一个是饥饿。尤其是生长在那个时期的乡下农村人，常常是衣不蔽体，食不果腹。而且那个年代，医疗条件很差，又没有节育措施，家家户户子女多，少则三五个，多则七八个，有的家庭甚至多达十个孩子。生儿育女，屎一把尿一把，最遭罪的就是母亲，含辛茹苦，就像牛一样，吃的是草，挤出来的是奶。

人要生存，本能就是吃。小时候，村里实行的是大集体管理，每家每户都要凭劳力出工挣工分和口粮，不仅缺粮，而且少油，忍饥挨饿是常有的事。家人平时吃的，除了玉米糊糊（苞谷糁），就是杂粮野菜，清汤寡水，少有油荤。偶尔做一次白米饭，母亲为了让少得可怜的大米做出一大锅白米饭，也是想尽了办法，在米饭里加"掺货"，要么就把白萝卜切成丁垫锅底，要么用红薯土豆或南瓜垫锅底。开饭时，母亲总是先给我盛一碗没有"掺货"的白米饭，然后把锅里的米饭与"掺货"反复搅拌之后才轮到其他人。这样一来，父母和姐姐们盛到碗里的所谓的"米饭"，米的成分还不到三分之一。

人间疾苦，百味杂陈。在没有米的日子里，母亲也是想尽办法，让我碗里的饭有别于家里其他人。就说吃苞谷糁吧，母亲总是用慢火把苞谷糁熬熟熬香，盛给我碗里的，先是苞谷糁中间的"油子"，而后等其他人盛过之后，沉淀在锅底的锅巴，又是我的专享独食。

母亲出生在 20 世纪 30 年代，没有上过学堂，没有读过书，也不认识字，但母亲却深知"耕读传家久，诗书继世长"的道理。小时候，尽管家贫如洗，母亲还是想尽办法，先后把我的三个姐姐都送进了学校读书。待我到了上学的年龄，只好让刚刚小学毕业的大姐弃学回家，与父母一起参加生产队劳动挣工分与口粮，以供我们小姐弟三人继续学业，一直到我和二姐、三姐都读上了高中，母亲才了却心愿。

母亲说，我从小"有书性份"，在姐弟四人中，虽然对我娇生惯养，但我爱看书、爱学习的习惯，一直被父母称道。小时候，只要我想要的书或想看的书，母亲总是想方设法给我买。先是小人书，后是故事书和文学著作。在我十二岁那年，一个鸡蛋卖 3

分钱，买一套《三国演义》大约需要 10 元钱，母亲硬是攒了三个多月 300 多个鸡蛋卖了钱，给我买下这套书。后来，我看上一本厚厚的《林海雪原》，母亲起早摸黑，挑着箩筐到县城卖菜，用一个星期时间，将卖菜所得的 16 元钱交给我，让我如愿以偿地得到了这本书。

十八岁那年，我参加工作了，离家很远。隔一段时间，母亲就会到二姐当民办老师的学校给我打电话，说儿呀，还好吧？过节回来吗？回来我就给你包饺子做包子擀面条。说儿呀，你回来我给你用香椿炒腊肉给你炖猪蹄。参加工作之初，我体弱多病，体重不足 50 公斤。母亲总说，儿呀，我给你做了"公鸡面"补身体，你啥时回来拿？总是在繁华落尽，我们才能明白，比物质更重要的，唯情而已。想到母亲对儿子的疼爱，我止不住悲声大放，泪流满面。

母亲聪慧能干，我们姐弟四人，从小到大，身上穿的布衣，脚下穿的布鞋，都是母亲在煤油灯下，熬更守夜，一针一钱亲手精心制作的。母亲经常说她年轻时，不仅会飞针走线做衣裳，而且还会画龙雕凤绣百花，是方圆百里的"撩精"媳妇，她为此得意了几十年。

母亲不仅能干，而且心善，人缘很好。老家黄土岭整个一条山梁上的人家，都习惯叫她崔家二婶或二伯娘。记得小时候，母亲总是爱给左邻右舍、前村后院的大姑娘小伙子牵线说媒当红娘，在老家方圆百里，经母亲说合成功的美满婚姻，没有一百也有八十。那个时候物质匮乏，东家生小孩，西家盖新房，母亲总会想方设法，买 2 斤红糖，打 2 斤烧酒，去给人家送祝米，送恭贺。在老家，我的很多叔伯长辈，还有儿时的玩伴，说起我的母亲，虽然很多年过去了，都还一直记得母亲做的善事，记得母亲的好。

母亲六十六岁时，突然有返老还童青春期的症状，后来到市中心医院一检查，说是子宫癌，需要开刀。母亲听说要花很多钱，说老了老了，不用再花冤枉钱治疗，死活不愿去住院手术。后来在我的强行"挟持"下，母亲才不得已住进了医院。手术很成功，康复也很快。不到半年，母亲又能爬坡上岭，健步如飞，春耕秋收，忙里忙外，真有一股"返老还童"的劲头。手术次年，母亲还先后喂养了六头肥猪，卖了四头，过年杀了两头，家里越过越富裕盈实，还在城郊省道边建了一栋四层小楼。

母亲七十一岁那年，一个大雪飘飞的早晨，母亲说去老家请杀猪佬帮忙杀年猪，哪想在返回的路上，不慎摔倒，摔断了尾骨，导致癌细胞扩散，从此一病不起。

去世的前一天，母亲把我叫到床前，说儿啊，你到屋里打开一个木箱，箱底有一个手帕给我拿来。我诚惶诚恐地拿来手帕，母亲一层一层打开手帕，说儿啊，这是我平时零零碎碎攒下的钱，大约有7500多块，你好好收着，算是妈给你留下的最后的一点点念想。我手捧着一沓沓散发着母爱凝聚着母亲心血和汗水攒下的钱，顿时泪如雨下，背过母亲痛哭失声。

悲伤说不尽，哀思说不尽。写到这里，泪水又遮住了我的双眼。泪光里，我又一次想起了我的母亲。我的母亲，一位平凡而伟大的母亲，虽然已经仙逝多年，但是多少个夜晚，出现在我梦里的母亲，依然还是那么和善，依然还是那么亲切，依然还是那么仁爱。

有人说，母爱如山，为你撑起一片晴空；母爱如伞，为你遮挡人生的风雨；母爱如泉，为你送来一份甘甜。而我却要说，母爱就像太阳，无论时间过去多久，无论走多远走到哪里，都会让你感受到母爱的照耀和温暖。

（2020 年 4 月 14 日发表于人民日报数字平台，2022 年 1 月湖北电力 2021 年第 4 期《三弦琴》杂志）

幸福的滋味

　　小时候，玉米是家里日常生活的主食，母亲会变着法儿地给我们做各种玉米饭。玉米挂须半成熟时，母亲把鲜嫩的玉米搬回家，掰出饱含包浆的玉米粒，再用小石磨磨成玉米浆，然后把锅里的水烧开，倒入玉米浆，边倒入边搅拌，不一会儿就做好了一锅金黄色的玉米糊糊，这样的糊糊饭，既鲜香甜美，又营养丰富。

　　我最喜欢吃母亲做的黄金玉米饼，就是用玉米浆加入小麦面，然后放一点儿发酵粉，搅拌揉和到一起，充分发酵，让面团膨胀，之后把玉米面团压扁，放进刷了油的热锅里，一会儿就煎成了两面焦的黄金饼子。刚刚出锅的金黄饼，焦黄细腻，咬上一口，饼香顺着喉咙滑下去，心灵和肠胃一起跌至最妥帖处，别提有多带劲儿了。

　　那时候吃得最多的还是玉米糁，就是将玉米粒粉碎后煮的稀饭。母亲说，吃了玉米糁，长得胖墩墩。因为家大口阔，家里总是缺米少面，粮食不够吃，忍饥挨饿是常有的事。每次做玉米饭，母亲总是不得不掺进去一些红薯、南瓜或者青菜，而母亲碗里的，大都是红薯、南瓜以及掺进去的剩饭。

如今，每当吃着金黄的玉米糁，有关母亲和玉米的记忆便会汹涌而至，满满的温暖和甜蜜，我知道，那是幸福的感觉。

（2021 年 8 月 24 日发表于安徽《淮河早报》，2021 年 8 月 30 日发表于海南《海口日报》，2021 年 9 月 1 日发表于山东《沂蒙晚报》）

学会放弃

对于跑友圈来说，如果天气正常，甘肃黄河石林山地马拉松越野赛只是一场相对轻松的赛事。因为海拔不高，长度也只有百公里。

有选手表示，比赛难度系数不太高，还有高额的奖金，冠军可以拿到 15000 元，另外还有完赛奖，也就是跑完比赛就可以拿到 1600 元。但是，谁也没有想到，一场恶劣的天气袭来，致 172 名参赛人员中的 21 名遇难。

自驾去过西北省份旅游的人都知道，有时候翻一个山头，就像经历了四季，天气变化非常大。而这次甘肃的黄河石林百公里越野赛的海拔有 2000 多米，越往上走，气温越低，更何况又遭遇了冰雹、冻雨、大风等极端恶劣天气，选手们的难度可想而知。

21 条生命的消逝，是多么惨痛的代价！对于个体而言，再多的遗憾与追悔，也无法让他们复生。挑战极限，超越自我，是很多体育爱好者的追求，但不能让极限运动成为盲目的生命冒险。这时候，学会放弃，比拿冠军、得奖金更重要，毕竟生命才是第一位的。

　　曾经看到一个特别有智慧的小故事。有人买了一箱梨，因为天气太热，梨坏得很快。他怕坏了浪费，所以每天就捡烂的先吃，吃到最后，他吃的那一箱全是烂梨。事后他琢磨，才发现事情不对。为此，他写了一副对联，上联是：放着好的吃烂的，下联是：吃了烂的烂好的，横批：永远吃烂的。

　　人生亦如吃梨。正所谓小舍小得，大舍大得，不舍不得。人字有两笔，一笔是拿得起，一笔是放得下，拿得起叫英雄，放得下是豪杰。

　　伏尔泰说，使人疲惫的不是远方的高山，而是鞋里的一粒沙子。在人生的道路上，我们必须学会随时倒出鞋里的那粒沙子。这小小的沙粒就是我们需要放弃的东西。什么也不放弃的人，往往会失去更珍贵的东西。

（2021年7月13日发表于云南《怒江日报》）

学会弯腰

周末下班回到家，我高兴地对老婆说，快收拾收拾，晚上我们出去吃饭。老婆一脸愕然地望着我，啥？你怎么不早说呀，我把饭菜都做好了。

我说，先放冰箱吧，我这也是刚刚搞到的五折优惠券，今天不用就过期了。

老婆有点儿不情愿，问我在哪儿吃饭，我说在郊外，老婆不高兴了，说还是在家吃吧，麻烦死了，还那么远。

我有点儿生气，好心当成驴肝肺，不吃拉倒，说着就把优惠券撕了个粉碎，扔进了垃圾桶，转到阳台点燃一根烟。

半个小时后，我来到客厅，看到老婆要外出的样子，我说，这都大半夜了要干啥去？

出去吃饭呀，你不说要下馆子吗？

可那优惠券……我有点儿疑惑地说。

吃不到半价，我们吃全价，天天在家吃我做的饭菜，吃得也够腻的，偶尔换换口味，也挺好，我请你，走吧。

上车后，我向老婆道歉。我问老婆为什么每次都愿意迁就我，老婆告诉我，说有一种树叫作雪松，暴雪过后，很多树都压倒了，但是唯有雪松屹立不倒。

老婆问我为什么？我说，不知道。老婆告诉我，因为雪松懂得在适当的时候弯腰，家庭生活难免磕磕碰碰，也难免会遇到矛盾和分歧，学会弯腰，也许是经营婚姻最好的方式。家庭不是战场，没必要争个你死我活。家庭也不是赌局，没必要争个胜负输赢。只有两个人互相体谅，互相包容，彼此珍惜，生活才能越来越好。

养鼠趣事

我家养了两只可爱的小仓鼠，一个叫"布丁"，一个叫"银狐"。"布丁"黄似金，"银狐"白如雪。两只小家伙，去年8月入住我家，相亲又相爱，10月喜添两只白茸茸的"银狐"幼鼠，两鼠变四鼠，其景乐融融。

其实，我对老鼠并无好感。小时候老家土屋里，老鼠特别多。一会儿在阁楼楼板上百米赛跑，一会儿在卧室床底下挖掘隧道，一会儿在厨房旯旮里外翻箱倒柜，一天到晚，闹腾得很。记忆犹新的是，在我八九岁的时侯，一天晚上，十二点左右，我刚刚进入甜蜜的梦乡，忽然感觉到有什么东西，一会儿在我的脚背爬上爬下，一会儿在我的脚底舔舐脚趾，或许感觉到我没有动静，也没有反击，老鼠不耐烦地发威了，"呲"的一口，突然袭击撕咬，我的脚趾顿时鲜血淋漓，伴随着我的尖叫声，老鼠仓皇逃入地下"隧道"。

说起老鼠，人们会想到"老鼠过街，人人喊打"，想到《猫和老鼠》动画片，想到美味的烤竹鼠。不过老鼠与人类之间的斗争从来就没有停止过，直到现在，老鼠仍然对我们的日常生活造成很严重的危害，比如偷吃五谷粮食，啃噬家具衣物等。据统计，一只老鼠每年要吞食和糟蹋十几公斤粮食。全世界每年被老鼠消耗的粮食，可够全球人类吃两个月。

老鼠，对于人类，当然也有益处。据科学检验，老鼠能够预感某些灾害性天气和天灾，如洪水、地震等。同时，由于老鼠身体器官、生理功能和灵长类动物较接近，因此医学家和科学家常用老鼠做各种实验，其科研成果反哺人类，对于人类可谓功不可没。

我家二宝很喜欢这四只小仓鼠。每天放学一回到家就去看它们，喂它们吃东西，看它们玩游戏。

"布丁"无聊时，就会玩起转轮，胖胖的身子钻进小小的转轮，显得特别拥挤。只见"布丁"扭动身子，四只小脚跑起来，"咕噜噜、咕噜噜"，转轮飞快地转了起来。不转时，"布丁"又玩起了新花招"倒挂金钩"。只见"布丁"爬上转轮的"屋顶"，两只后脚钩在铁丝上，两只前脚不停地晃动，就像一个秋千在空中摇摇晃晃。

有一次，我给"银狐"一小根胡萝卜，"银狐"立马吃了起来。我总觉得"银狐"的腮帮子越来越鼓，最后萝卜还剩一小截时，它竟然整个吞了下去，看起来像眼镜蛇。我去摸了摸，里面还有胡萝卜碎片呢。我又看了一会儿，只见"银狐"后脚挤左边的那个腮帮子，居然从嘴巴里吐出了一些胡萝卜碎片，然后用前脚捧起来继续吃。过了一会儿，另外一个腮帮子里的食物也被挤了出来。

哇，原来仓鼠的腮帮子还可以用来储存食物啊！

（2021 年 3 月 2 日发表于《河南科技报》）

也说"躺平"

最近网上出现一个热词，叫"躺平"，引发了广泛热议与讨论，我也想就此聊聊个人看法。

所谓的"躺平"，主要是不想奋斗了，低物欲、低消费，佛系生活，以降低"能量消耗"来维持最低最舒适的生存状态，如同瘫倒在床上地上一样。也可以理解成感觉再怎么努力，也达不到自己期望值的人，被生活压垮了，索性就躺下了。

我出生于20世纪60年代后期，从曾经的农村户口转为城市商品粮户口，再到招工进厂转为正式工人；从曾经的车间小工人到办公室小职员，再到走上企业中层管理岗位，靠的是一路奋斗与拼搏。从80年代到90年代，曾经的我，工资微薄，待遇低下。一直到本世纪初，我的工资待遇才有所改善。沐浴着改革开放的春风，享受着党和国家的发展红利，还拿着虽然不高但却稳定的工资。按现在的说法，我可以"躺平"了，可是我没有。出生于20世纪60年代的那一代人，吃过苦，挨过饿，生活、家庭和事业的重担，让我们不敢轻易说"躺平"。

　　再看看现在，面对残酷的现实，部分年轻人选择"躺平"，主要还是因为买不起房、结不了婚、生不起孩子等等，"996"，加班熬夜，辛辛苦苦、兢兢业业挣来的工资都交给房东了。有网友表示，"躺平"是对不公的另一种表达、不想成功当然可以不努力，和家人平平淡淡过一生也是一种存在方式。也有网友表示，年纪轻轻就"躺平"了，那多没意思，除了让亲人伤心，身边的人耻笑外，你不会获得更多。

　　虽然年轻人有选择"躺平"的自由，但不少媒体和企业家们已经表达担忧，认为时代需要奋斗精神，应该努力追求精神和物质财富的双丰收。

　　我认为，"躺平"虽然是一种逃避，而不是应对。如果"躺平"是为了更好地调整状态，不那么浮躁了，或许是为了今后更好地出发。

　　对于网上对"躺平"的担忧，我个人认为没太多必要的担心，因为选择"躺平"的年轻人毕竟是少数。此外，从整个群体角度来说，历来是"一代更比一代强"。十几年前，都在讨论"80后"是垮掉的一代。可事实上，"80后"到现在也没有垮，而且正慢慢成为社会中坚。而现在的"90后""00后"自然也不会例外。

　　（2021 年 9 月 2 日发表于安徽《铜陵日报》）

一件小事

前不久的一个傍晚，我和爱人陪同二宝到河堤公园散步，我和爱人步行，二宝骑着儿童自行车。

返回时，穿行一个小商品步行街，街道宽五六米，街道中间公共通道被商户占用，零零散散地摆放着一些养着绿植的花盆。

二宝骑车在前，我和爱人在后，我们一前一后相距约十来米，天性爱动的二宝，左右摇摆地骑着自行车，得意洋洋地耍着车技。

只听见"哐当"一声，一个商户放在路中间的大花盆，被二宝撞翻打碎了，一看到这样的场面，二宝吓傻了眼，呆若木鸡地站在原地。

听到响声，商铺里立马跳出来一个像巫婆一样的女人，大声斥问："是谁把我的花盆打碎啦？"紧接着又跟出来一个凶神恶煞般的男人，一手抓住二宝，一手拽着童车，恶狠狠地说："是你小子撞碎了我的花盆，赔钱！"

说话间，我和爱人来到花盆前，一看情形，知道二宝闯祸了。爱人拉过二宝，扬起巴掌，狠狠地打在二宝屁股上。

　　我无声地蹲下，清理着花盆碎片。看我没吭声，二宝走到我跟前，低声地说："爸爸，花盆是我打碎的，对不起，我不是故意的。"

　　我说："没关系，你只要承认错误，还是一个懂事的好孩子。"

　　爱人脸上的乌云，这时也烟消云散了，走过来说："打碎了花盆我们赔偿，敢于承认错误很好，诚实比这只花盆更重要！"

　　我站起来，抓住二宝的手，大声地说："走，二宝，我们买花盆去！"

　　（2021 年 9 月 2 日发表于《首都文学》）

犹记儿时守岁夜

"一夜连双岁，五更分二年。"在我的家乡鄂西北，一直沿袭着除夕守岁的习俗。腊月三十，随着夜幕降临，家家户户便点起蜡烛或油灯，火塘里烧一垅大火，通宵守夜。

守岁，最让我难忘的是零食。吃过晚饭，母亲就拿出了糖果瓜子花生等我们喜欢吃的零食，摆在红漆方桌上，嘱咐我们不要出去东跑西串，生怕我们的唐突，打扰了邻居的温馨和喜庆。所以这时的叮嘱是母亲一年中最柔软最讨好我们的，害怕惹得我们不高兴。自然我们也不问为什么，在这么甜蜜的氛围里，我们乐于坐在家里，像一群土拨鼠，愉快、机灵地剥花生、吃麻糖，享受慢慢的、浓烈的、古拙的团聚。

岁岁平安守岁夜。守岁有颇多忌讳，那些忌讳一进入腊月，母亲便已交待无数遍。所以，这一晚我们是高兴而谨慎的，少了些许顽劣之气。母亲说这一晚切记接什摸物要小心要稳，切勿打碎。倘若碎了，马上要说"碎碎平安"以补冒失；这一晚与人说话自然要文明礼貌，尊老爱幼，切忌与人冲突或说话大喊大叫，让人觉得莽撞粗鲁、不懂礼数；当然在家迎亲接客更是笑脸如春，邻居半夜三更来扰，也要沏茶敬烟，好生招待一番……母亲的嘱咐还有很多，平日自由惯了的我们听了多少有点儿不自在，故而守岁守得谨小慎微。

三十晚上的火，是守岁的一大特色。我们吃着平常少有的水果和糕点，脚前的柴火与院内外的红灯笼相映成趣。这时的柴火相当旺盛，冒着绯红的火舌，红灯笼则透过屋檐的缝隙，抚摸在我们的脸上，像淡淡地涂上了一层胭脂。

守岁最精彩的，莫过于除夕的烟花爆竹了。乡下人除旧迎新，总少不了烟花爆竹相伴，一到零点，家家户户竞相点燃烟花爆竹，把除夕夜的天空装扮得五彩斑斓，烟花爆竹放射的每一道光彩，飘洒的每一缕芬芳，发出的每一声脆响，既是对过去一年的激情礼赞，也是对新一年的引吭高歌，更是开启春天之门的钥匙。

一年又一年的除夕夜，紧扣着每个人的心弦，放不下，忘不了。但不论年龄大小，不论身处何地，每到春节，除夕夜的爆竹声总能勾起我儿时的甜蜜回忆。

（2021 年 2 月 10 日发表江苏《金陵晚报》）

玉米飘香忆母亲

又到玉米飘香的季节，家里玉米成熟了，看着嫩嫩绿绿、鼓鼓胀胀的玉米棒，母亲播种玉米的勤劳身影，总会浮现在我的脑际。

母亲有一双勤劳的巧手，对于种植玉米颇有经验，母亲告诉过我一句农谚，叫"深种玉米，浅种麻，辣椒种上扫帚拉"。意思就是种植玉米土脚要深，这样长出来的玉米苗，根深蒂固，不怕风吹雨打，成熟后的玉米颗粒饱满。

玉米种下后，一般半个月左右就会出苗，待长到一尺多高的时候，就要给玉米除草、施肥。母亲说，玉米生长期大约需要四个月，分为苗期、穗期和花粒期，待玉米苞叶和玉米秆子枯黄后，就到了玉米收割的时候。

玉米成熟的季节，也正是母亲最忙的时候。先是砍倒玉米秆子拢成堆，然后从玉米秆上掰下玉米棒子，当母亲一背篓一背篓往回背的时候，我才发现母亲脸上手上胳膊上划出了一道道殷红的血痕。背回家的玉米，还要连夜撕下苞叶，看着堆得像小山似的玉米，母亲有时忙到鸡叫三遍才去休息一会儿。

生于农村长于农村的我对玉米棒情有独钟。儿时，家中一贫如洗，常常受到饥饿的煎熬，玉米棒成了我的"最爱"。我把玉米棒子煮着吃，用火烤着吃。刚刚打下的玉米散发着新鲜粮食特有的清香，母亲用它们摊玉米煎饼，蒸玉米窝头，贴玉米饼子，熬玉米糁粥，那些黄澄澄的饭食，吃在嘴里，虽有粗拉拉的感觉，嚼出的却是农家日子那份厚实淳朴的香。最吸引人的，是做成爆米花。母亲在柴火灶上，大铁锅里炒热半锅河沙或是食盐，再将玉米粒倒进去，不停地翻炒，锅里就噼里啪啦热闹起来，爆开的玉米粒又好看又好吃。

玉米收获之后，母亲还会挑些嫩玉米到十里之外的县城卖，攒钱为我交来年的学费，为家里换些米面油盐。

后来，我参加工作在城里安了家，但母亲劳作的习惯一直没有改变，每年开春，都要种些玉米。立秋过后，母亲总会第一时间摘一篮子鲜嫩的玉米送到城里，让我和爱人、小孩尝尝新。

捧着母亲送来的玉米棒子，看着那些白白长长的须，好似母亲的青丝化作的白发。煮熟的嫩玉米，甜糯清香，品尝着玉米棒子的甜香，我不禁怀念起乡土之上的淳朴风景，怀念起那段即将流失的乡土记忆，更怀念起母亲荷锄而归、挥舞镰刀的剪影。

（2021年8月20日发表于湖北电力《文学天地》，9月1日发表于山东《沂蒙晚报》）

远方的老师

在我读初中一年级下学期时，突然来了一位女老师，既青春靓丽，又充满活力。她的到来，就像一块磁铁一下子把全班男生的目光吸引了。

老师自我介绍说，她姓费，来自遥远的山东，刚刚师范毕业，被分配到这里任教，担任我们这个班级的班主任。费老师说的普通话，就像电视台的播音员，字正腔圆，颇具磁力，让我们一班听惯本地普通话的学生，第一次知道了还有这么好听的普通话。

费老师给我们班代语文课。同学们都说，听费老师讲课是一种发自内心的愉悦与享受。因为费老师讲课，从不照本宣科，而是课前做足了功课。课堂上，费老师不仅讲授课本知识，而且穿插很多故事在其中，还不时让同学们互动和发言，把语文课讲得绘声绘色。因为喜欢费老师，爱屋及乌，从那时开始，我就对语文课产生了浓厚的兴趣，也在心底种下了文学梦想。

费老师曾经讲过一个故事，至今让我记忆犹新。费老师讲，有个老木匠对老板说不想当木匠了，要回家享受天伦之乐。老板问他是否愿意帮忙再建一座房子，老木匠说可以。但是，大家都看出他已经是心不在焉，用料不讲究，干活儿不认真。房子建好了，老板把大门的钥匙递给他。"这是你的房子，"老板说，"这是送给你的礼物。"他目瞪口呆，羞愧得无地自容。今后他只得住在一幢粗制滥造的房子里。

讲完故事，费老师说，我们又何尝不是这样？我们常常漫不经心地"建造"自己的生活，不是积极行动，而是消极应付，凡事不肯精益求精，在关键时刻不能尽最大努力，等我们警觉时，早已困在自己建造的"房子里"了。

费老师告诉我们，把你当成那个木匠吧，想想你的房子，每天要精心地敲击每一颗钉，精心地加上每一块板，精心竖起每一面墙，用你的智慧好好建造吧！你的生活是你一生唯一的创造，不能抹平重建，即使只有一天可活，那一天也要活得优美、高贵，墙上的铭牌上写着："生活是自己创造的。"

费老师语重心长地告诉我们："现在大家好好学习，就是在为自己的未来建造房子。"

费老师讲过很多这样的小故事，春风化雨般地滋润了我的心田，丰盈了我的人生。尽管费老师只在我们的学校任教两年就调走了，这么多年过去了，也不知道费老师现在何方，生活可好？

我知道，费老师教过的学生有很多很多，可谓"桃李满天下"，也许根本不记得教过我这么一个学生，但在我心里，费老师是我人生道路上最重要的老师。

远方的老师，衷心地谢谢您！插柳之恩，终生难忘。

（2021年9月9日发表于江苏《灌云报》）

种菜琐记

　　我的母亲是个种菜能手，在我很小的时候，曾经告诉过我一句种菜的谚语，至今记忆犹新，叫作"清明前后，种瓜种豆"。母亲说，种菜看季节，什么季节种什么菜。

　　清明来临前，我对老婆说，瓜瓜豆豆的蔬菜种子得下地了，老婆说声好，随之应声而动，早早晚晚，我家菜园里，总会闪动着一个靓丽的身影。

　　抬头山川田野，低头篱笆鲜花。我家位居县城一隅，在郊区建有一座农家小院。房屋之外，小院前后有七八分田地，除去栽植各种花木果树和古桩盆景，大概还有四五分闲地，我和老婆扛把锄头，拿它学起了种菜。

　　三年前，刚开始种菜时，我们什么都不懂。拿把锄头把地挖平整，就在房屋后边的院子里种菜，哪知后院里绿树成荫，遮挡了阳光，种啥啥都不好好生长。茄子长得像打了霜一样，蔫不拉几；豇豆长得像热水烫了一样，毫无生机。既不好看，又不好吃。

　　老婆说，前院有三分多空地，我们转到前院种菜吧。我在前院看了看，前院有一条村级公路贯穿而过，路里边紧靠一片陡峭的山林。建筑小院时，遗留下的水泥渣土和残木破砖，一片狼藉，正好规整一下当作菜园。

说干就干，我拎起锄头，站在地头，又有了新主意。我想扩大一点菜园，于是就与这片山林的主人商量，意欲向里边开挖三至五米。得到许可，我就请来挖掘机，沿山边向里掘进，然后由上向下切割下去，就像切豆腐一样，把上上下下搞得齐齐整整，把多余的砂石装车运走，又拉来松软的泥土回填，门前顿时变成一块长约二十多米、宽约十多米的长方形菜园。嘀，拿来皮尺一量，足有三百多平米哩。

空地整好，即将播种之际，本家小叔打从门前路过，问我种啥呢？我说白菜萝卜，香葱蒜薹，应季蔬菜，能种啥就种啥。小叔告诉我，庄稼一枝花，全靠肥当家，地里不上粪，等于瞎胡混。

小叔说，你这运来的新土，不下底肥，长个毛线啊，快去把我家牛栏里的牛粪拉来，厚厚地铺垫一层，再翻耕一遍，保管种啥长啥。小叔常年饲养七八头牲牛，牛栏里里外外，牛粪堆积如山。

又是一个双休日，我和老婆从左邻右舍家借来两个翻斗车，从小叔家拉来三十多车牛粪，还在附近养鸡场购买一千多斤发酵晾晒粉碎加工后的鸡粪，铺天盖地地在菜园里抛洒一遍，又请来旋耕机满园犁耙耕作一番。之后，我赤膊上阵，提锄挥铲，掏沟起垄，把三百多平方米的菜园，纵横交错地划拉成九宫格，一大块菜园倏地变成了九小块菜园。

人勤地不懒。去年，我和老婆从春天忙到冬天，在本家小叔和堂弟、堂妹的指点帮扶下，一年四季种什么菜，施什么肥，合理安排，长短结合，品种齐全，样样蔬菜都尝试着种了一点儿。春天种莴笋、包菜、菜苔、毛豆、土豆、洋葱。夏天种黄瓜、豇豆、辣椒、茄子、苦瓜，南瓜、葫芦、西红柿。秋天种夏天二茬的瓜瓜豆豆，还有扁豆、丝瓜。冬天种萝卜、菠菜、包菜、白菜。除此之外，菜地里少不了葱、姜、蒜、荆芥、薄荷、紫苏、韭菜、芫荽、芫禾、大茴香、小茴香，等等。

种菜如做人，须守天道，须顺四时，须知敬畏。菜多了吃不完，隔三差五我们就给亲戚朋友和同事同学送些带着露珠和泥土芳香的蔬菜，虽然青菜萝卜，瓜瓜豆豆，不够尽意，但千里送鹅毛，礼轻情义重，亲情友情愈加浓郁。

时间久了，也不是办法，总不能天天去给别人送菜吧。眼看自己的劳动果实，有时竟然白白拔了扔掉，心里感觉十分可惜。于是，老婆闲不住，也不同我商量，便去买回十几只鸡，我拿她没办法，只好买来铁丝网，在后花园的绿树果木之间寻了一块空地，用方管搭建骨架，用铁丝网将四周围起来，做成了一个既简单朴实又美观大方的鸡笼养鸡。

说起这个鸡笼，还真是一波三折，费了九牛二虎之力。开始，老婆买回的是尼龙丝网，在树空里四围一围，就把买来的8只小鸡放进去圈养，以为万事大吉，哪知次日早晨前去一看，8只小鸡仅剩3只，一夜之间，5只小鸡被黄鼠狼吸干了血。第二次，老婆把放置多年已经破损的一个旧鸡笼，拾掇拾掇用布条修补了一下，又买回8只小鸡放进去喂养，以为牢不可破，哪知一觉午睡醒来，前去观看，又被黄鼠狼偷食了3只。气愤之下，我们咬牙买回了一卷铁丝网，专心致志地打造了一个固若金汤的"铁鸡笼"，老婆又买回10小鸡放进去饲养。至此，终于鸡宁笼安。我暗自猜想，那个屡屡得手、欢弹窃喜的"偷鸡贼"，看着这个"铁鸡笼"，一定会望"鸡"兴叹，气得吐血！

老婆天天给小鸡喂食青菜、剩菜剩饭和五谷杂粮。十几只小鸡感恩似的，转瞬间就长大了，比赛般地下蛋，一天到晚咯咯哒地欢叫着，不仅打破了别墅小院往日的宁静，而且给我家小院增添了另一番生机活力与灵动乐趣。

俗话说，"积谷防饥""莫道无点事，须防之不知。"今年春节，一场突如其来的新冠肺炎疫情席卷全国。城封了，村封了，路封了，不出门，不串门，不聚餐，不走亲戚……一下子，让我家老老少少大大小小十余人，被封在家里了。原来，鼠年新春佳节来临之前，我与内弟已经约定，邀约其携父母、岳父母，还有子女小孩，前来我家小院欢度春节。腊月二十七，内弟一行九人欢天喜地地从荆门抵达我家，打算过罢正月初五就返回。可是，随着疫情蔓延，哪里都走不了啦。

老老少少窝在家里，天天要吃饭，要吃菜。好的是，我和老婆在菜园里种了白菜、包菜、萝卜等很多种蔬菜。由于肥料给得足，棵棵菜四五斤。菜园里的蔬菜，在新冠病毒肆虐的特殊时期，可真是解了我家的燃眉之急，想吃什么菜，随时去菜园采摘。居家近60天，家人生活基本没有受到影响。粗略计算一下，消耗大米300多斤，面粉100多斤，鸡鸭鱼肉500多斤，干鲜水果、烟酒零食忽略不计，冰箱冰柜储存多年的肉食蚕食殆尽，菜园里的各种蔬菜也所剩无几。

疫情解封的第二天，内弟一家九口，欢天喜地地离开我家时，他们这拨人中，少则增肥三五斤，多则养膘八九斤，个个膘肥体壮，人人喜忧参半，闹得我吃力不讨好，暗自苦笑不迭。

"汲幽泉以揉濯，挦露叶与琼枝。"随着新冠疫情逐渐消散，每逢周末双休，我就和老婆"晨兴理荒秽，带月荷锄归"。我家菜园在我们的精心打理下，又恢复了满园葱茏，各种时令蔬菜，再次活色生香。

繁华落尽，静以思之。我之种菜不为生计，而是把种菜当成一件乐事。人生的快乐，花样繁多，究其根本，无非两种，一种表浅，热烈而短暂；一种深沉，平和而持久。

欢言酌春酒，摘我园中蔬。人间烟火味，最抚凡人心。每当看着小小蔬菜抽出嫩芽，焕发着绿色的生机，我就会倍感欣慰。

嗟乎，既耕亦已种，时还读我书。种菜有此乐，何乐而不为? 种菜既陶冶了我的性情，又丰富了我的生活，还美化了我家别墅小院的环境。它带给我的，不仅是快乐、充实、满足和希望，更是一种"采菊东篱下，悠然见南山"般的情趣和境界。

（2021年1月发表于2021年第1期《西部散文选刊》（原创版））

第三辑　山水寄情

板仓河寻幽

板仓河，是大山深处的一条河。荆山沮水，山川秀美，叫板仓河的地名有很多。这里所说的板仓河，是沮河源头之一，地处鄂西北荆山深处，位于保康县两峪乡长冲村。

板仓河海拔 600 米至 1300 米，山地落差大，地貌变化奇异。这里崇山峻岭，山高谷深，山清水秀，不是仙境，胜似仙境。

暮秋时节，我邀友人前往探险寻幽。从保康县城至两峪乡长冲村，车程需要两个多小时。

这是秋日里一个极好的天气，清澈碧透的天空艳阳高照，大山深处的路边，各种树木，色彩艳丽，绿的，红的，黄的，路边的野菊花一大片一大片，晃动着小脑袋，甚是惹眼。

站在长冲村的山顶，放眼望去，远处群山巍峨，山峦绵延不断，山体被绿色植被覆盖，一簇簇枫树点缀其中。火红的枫叶随风起舞，像一团团跳动着的燃烧的火焰，顽强地绽放着美丽的生命。山顶上，漫山遍野的枫树早已把我们拥入怀中。枫树的叶子在深秋寒霜和日照的作用下，大部分都呈现出橙黄色、火红色和褐红色，另有一些黄绿相间的叶子点缀其中，五彩斑斓，煞是好看。

板仓河是一个村民小组，又叫长冲村四组，距离村委会大约五六公里，从长冲村委会前往板仓河，陡峭的山路在我们的车轮下节节后退，行程约二十分钟，车子抵达谷底，只见一个谷底小盆地呈现眼前，这里有数百亩农田，还有五口大鱼塘，十余户农家散居其间，靠山边有一条清澈见底的小河，哗哗奔流……这里曾经是逃避战乱、躲避饥荒的地方；这里地貌险峻，沟壑纵横，山大人稀，植被至今保持着原始洪荒的状态。

刚刚下车，家住板仓河边的长冲村党支部书记幸子锡迎面走来，寒暄过后，便引领我们走进板仓河的深处去探险寻幽。

第一次来到板仓河，我很好奇，这个群山环抱之中的弹丸之地，会有传说中的险幽秘境和优美的风景吗？幸子锡边走边介绍，此地森林茂密，四周高山合围，很久以前，他爷爷的爷爷来此落户，结草为屋，伐木作墙，此地山沟狭窄，土地肥沃，状若木匣，形似粮仓，故名板仓河。

幸子锡说，板仓河蕴藏着丰富的旅游资源。这里不仅有自然形成的"九湾十八洞"，还有颇具神秘色彩的娑罗树、扑朔迷离的黄龙寺庙和蔚为壮观的黄龙洞。

从板仓河边的小路上行约一公里，来到一个峡谷。"快看，这棵大树，就是娑罗树。"幸子锡指着前方的一棵大树介绍说，"娑罗树就是传说中的圣树，别称波罗叉树、摩诃娑罗树、沙罗树、萨尔树。"

走近大树，举目仰望，树高 60 多米，树冠覆盖面积达 1.5 亩。两个人前去合抱，抱不住；三人前去仍然抱不住，四人前去，刚好合围。幸子锡介绍，这棵娑罗树，树的直径有 1.5 米以上，树龄已有 1500 多年，是湖北襄阳市目前现存最大的娑罗树，属于"一级保护植物"，早在 20 世纪 80 年代就被林业部门挂牌保护。

介绍这棵娑罗树时，幸子锡说，这里还有一个神奇的传说故事。很久以前，吴刚在月宫砍伐桂花树，从树上掉下一棵树籽，流落凡间，正好落在板仓河，长成此树。月中桂树又称娑罗树，月中桂树的果实每年四五月后飘落人间，称"月中桂子"。据《酉阳杂俎·娑罗树》记载："世间多指月中桂为娑罗树……有娑罗树，特为奇绝，不芘凡草，不止恶禽。"唐开元十一年海州刺史李邕所作《娑罗树碑》云："……婆娑十亩，蔚映千人，恶禽翔而不集，好鸟止而不巢。"

从娑罗树边上行十余米，曾经有一座香火鼎盛的黄龙寺庙。在梯田石坎里，我还发现了一块雕刻着很多名字的功德碑。幸子锡说，这个寺庙毁于"破四旧"时期。环视左右，田边地角，至今还能看到残留的石凳、石座、石槽、石柱等，显示出精美的雕工。

返回娑罗树下，只听附近有飞瀑流泉的轰鸣声。幸子锡说，娑罗树前后，有一大一小两个溶洞，板仓河的源头就发源于这两个溶洞。关于这两个溶洞，也颇具神秘色彩。传说很久以前，黄龙与青龙为了争夺这个大溶洞，大打出手，经过七七四十九天、三百多个回合的大战，黄龙终于战胜青龙，夺得大溶洞的居住权，此后大溶洞就被当地人称为"黄龙洞"。战败的青龙只好委屈地栖身小溶洞，小溶洞就被称作"青龙洞"。

出于好奇，我跟随幸子锡前去探究这个神秘的黄龙洞。居住在娑罗树附近 69 岁的村民刘远洪介绍说，板仓河不仅陡峭险峻，而且山上还时常天气突变、雷电交加，山腰处更是隐藏着多个深不见底的溶洞，非常危险，一定要多加小心。在幸子锡的带领下，我们在攀爬了一条长约四十米的山间小道后，只见一条气势磅礴的瀑布，似银龙从天而降，水声轰鸣间，奔腾而下的瀑布，与巨石相碰，抛起的碎沫，飞溅数丈。

穿越荆棘丛生的林间小道，来到一个巨大的溶洞口，有三四层楼高，洞口矗立一个巨大的峻岩，犹如一个阴曹的判官，令人望而生畏。我跟随着幸子锡的脚步，进洞探幽寻胜，小心翼翼地摸进洞，顿觉习习凉风扑面而来。洞内乱石嶙峋，真是"山峻高而蔽日，下幽晦而多雨"，各种各样的怪石自然堆砌着，曲曲折折，阴森可怕，恰似"地狱'。长长的溶洞，宛如一条蜿蜒盘旋的巨龙，洞中时宽时窄，宽处可容几十人，窄处一人通过也得弯腰侧身爬行。洞内的溶岩奇形怪状，形态迥异，有如密林竹笋，有如倒挂金钟，有如徐徐瀑布，有如颗颗菠萝……洞内的石壁上，如粒粒珍珠镶嵌，含露欲滴。洞外，飞流直下的瀑布如珠帘天垂，影随波动；洞内，暗河波涛滚滚，犹如银河穿底。

"冲"，按方言解释，就是夹杂在山间的一片平地。两峪有冲叫长冲，有冲必有河，无数山溪组成涓涓细流汇入板仓河，而板仓河又蜿蜒出冲，向下流入深溪河，成为沮漳水系的一个支脉。

板仓河，远离城市喧嚣，尽享田园美景与清风明月。在这里，可听鸟语蛙鸣，水声风声天籁之声。村落沿山溪分布，房屋依山坡而建，拾级而上，桃花源里有人家。娑罗古树并非藏身山林深处，而是依靠民居，透露着烟火气息。树龄千年的娑罗古树，苍劲古朴，依然枝繁叶茂。在板仓河，这样的古树还有很多，枸骨树、银杏树、桂花树、槐树，还有古枫、古柳、古柿子树……有诗赞曰：板仓河里风光好，鸟啼深树云山空；为觅幽踪误仙境，醉卧农家小院中。

板仓河四面环山，峰峦翠黛。水天与山色交织，碧霞紫烟，清影流光。境内栖憩着鸬鹚、鹭鸶、野鸡、鸿雁、黄鹂，可称之为"人间仙境"。

好山好水好风景，原汁原味原生态。凭借得天独厚的自然环境和历史渊源，我相信，在不久的将来，板仓河一定会成为独具魅力、探险寻幽的旅游胜地。

（2020 年 11 月 24 日发表于《西散原创》《今日保康报》《和氏碧》）

曾家垭纪行

　　清明雨后，天朗气清。我随保康县民间文艺家协会采风团来到一个叫曾家垭的地方，采风赏景，踏访古迹，看水墨乡村，品生态茶韵，清风徐来，好一幅美丽的田园牧歌风景画。

　　曾家垭地处荆山腹地，位于保康县东南部的马良镇。这里不仅有山水美景，有阡陌茶园，还有古寺遗迹，有文化底蕴，更是一个著名的"老苏区"。一条宽阔的柏油省道保（康）宜（昌）公路横贯村庄，一台台疾驰而过的车辆奔向远方；一座碧波荡漾的水田畈水库，静静地仰卧在村子的中央。远山近树，薄雾缭绕，倒影成画，在天边划下优美的弧线，与刚刚冒出的新绿一起，把天与地渲染得温润而清朗。徜徉其间，盘桓游览，既舒心又养眼，不是仙境胜似仙境，俨然深藏于深山之中的"桃花源"。

　　那天早晨，太阳刚刚露出笑脸，我们就乘车从县城出发，不到一个小时，我们便来到了风景如画的曾家垭村。农家宜生态种植园老板张正军在"名人茶社"前，笑容满面地恭候着我们。还没等我们坐定，一位端庄秀丽的茶乡少女与一名清秀俊朗的茶村小哥，便将一杯杯冒着氤氲清香的绿茶，呈送到我们面前，凑近嗅一嗅，芬芳四溢。待我品饮入口，沁人心脾，唇齿留芳，茶色生香。不仅汤色杏绿澄亮，口味鲜爽甘醇，而且香气馥郁如兰，果然是茶中珍品。就像眼前的茶乡少女一样，一种醇香与亲切萦绕而来，我便陶醉在这"泉甘器洁天色好，坐中拣择客亦嘉"的诗情画意之中。

休憩片刻，一个姓田名文学的中年汉子风尘仆仆赶来。一打听，原来是曾家垭村的党支部书记。我心里想，这名字好，既然叫"文学"，就与我们这些所谓的"作家"和"民间文艺家"有缘，我忙凑上前去打声招呼，也沾一沾"文学"的乡村气息。

说话间，张正军与田文学引领着我们穿村过户，循乡村小路，沿水库堤坝，徒步去野外采风。

风从垭上来，吹皱一池春水。眼前的水田畈水库，属于灌溉、饮水兼用型水库，修建于1974年，2014年又重新进行了整修加固处理，库容达到120万立方米，可灌溉周边4个村5000余亩粮田，可供应4000多村民人畜饮水。

云雾绕青山，田园入画来。这是一个静谧祥和的鄂西北山区特有的自然村落，水库四周田畴载绿、花木扶疏，座座村舍似苍天抛撒在绿树丛中的粒粒珍珠般洁白光润，在阳光下熠熠生辉。村中有三两层的小洋楼，有粉墙黛瓦的古朴民居……正陶醉于美景，路边忽现一块巨大"老苏区"石碑，瞬间把人的思绪拉回到那个炮火连天的年代。

同行的县史志专家马宗佑为我们讲述革命先辈的战斗故事，我们意犹未尽，继续前行。只见前方山岭上一垄垄、一行行的茶山，绿树葱茏，青翠欲滴，漫山遍野，密密匝匝无尽地向前伸展着，像绿洲，似汪洋，与金色的阳光交织成一片诱人的风光，这就是张正军的农家宜生态茶园。张正军告诉我们，他幼年时期对茶叶情有独钟，从小就在村里茶场做茶，长大后还当上了茶场技术员。1997 年家人因病致穷，在债台高筑的情况下，不得已选择外出打工，但他身在异乡，仍然心系茶园。2016 年，他毅然选择回乡创业，注册了农家宜生态种植园，还以有偿承包的方式，流转 200 亩茶园。从此，他一心扑在茶园里，以"种好茶，做好茶，做良心茶，做健康茶"为座右铭，以茶会友，诚信经营，如今已经成为村里产业大户和致富模范。张正军满怀信心地告诉我们，希望通过自己的努力，争取更多扶持政策，拟在茶园建造 20 栋吊脚休闲木屋，打造集旅游、观光、休闲于一体的茶旅庄园，坚持做强做大，使之成为马良镇乃至县里的行业标杆。

"幽借山巅云雾质，香凭崖畔芝兰魂。"据田文学介绍，曾家垭村是典型的高海拔、低纬度、多云雾茶区，高山云雾出好茶。20 世纪 50 年代开始种茶，目前已建有茶园 2400 余亩，网络茶农 110 户，每年可生产有机茶叶 18 万公斤，带动 600 多人脱贫，户均增收超万元。随着茶园面积不断增加，村支两委积极争取项目资金 300 余万元，在村里建设一个大规模的扶贫车间。田文学兴致勃勃地告诉我们，目前基础建设已经完工，制茶机械正在采购中，待设备安装到位，村里茶叶产业将会步入飞速发展的快车道。

曾家垭是一个"老苏区"，是一片红色的土地，老一辈无产阶级革命家在这里留下了光辉的战斗足迹。这里民风淳朴，环境优美，文化底蕴丰厚，或许将来还会成为一个旅游胜地。村里有风景秀丽的阴岩大峡谷、龙潭大瀑布和双龙洞，还有古老的传说和文化遗迹。盘龙寺遗留下来至今保留完好的一块长约 3 米、宽约

1.5米、厚约30厘米的清朝篆刻石碑，石碑上刻有碑文4000余字，虽有破损，但近观字迹仍然清晰可见。

"紫藤挂云木，花蔓宜阳春。密叶隐歌鸟，香风留美人。"这是古人吟诵紫藤的诗句。在曾家垭村，"紫藤王"是闻者必达也必看的一大奇观。这株堪称"全国之最"、树龄高达600余岁的"紫藤王"，其"胸围"179.5厘米，比上海闵行紫藤多14.5厘米。每年春季"紫藤王"开花时，蔓延蜿蜒的藤条上慢慢垂坠的花束，随风似紫色波浪般摇摆，似画非画，似梦非梦，让爱花之人心甘情愿地沉陷于其美丽的帷幕中。那一串串紫藤花，亭亭垂吊，灿若云霞，让村民引以为豪，不仅为"紫藤王"修建了花台，而且把农家肥也挑进了花台里。

曾家垭群山环抱，景色迤俪，林木青翠，溪河清澈，可谓人杰地灵，物华天宝。村里除了有一棵珍稀奇树"紫藤王"，还有一棵珍贵的"紫薇王"。这株长在茶园山顶上的原生"紫薇王"，高14米、胸径36厘米、冠幅3米，枝下高8米、最大蔸径45厘米。专家推断这株"紫薇王"是明代所植，树龄已达600余年，还是一株保康原生紫薇物种中遗传基因最为优良的红薇，更是目前紫薇研究中难得的花色育种材料，显得尤其珍贵。对于这株"紫薇王"，过去不少富商巨贾都想据为己有。2005年曾有一个老板给出20万元的高价，与树主达成私下交易，在警方干预和当地百姓保护下，才没有得手。

村是树的背景，树是村的见证。如今，这里的"紫藤王"和"紫薇王"，"双王"并蒂，屹立"莲花捧圣"福地，踞山依水，聚宝纳瑞，护佑黎民，已经成为外出游子和广大村民"留得下乡愁记忆"的亮丽名片。

漫步曾家垭，心驻云水间。我不仅感受到了农耕文明跳动的脉搏，感受到了那片土地浸润的血汗，而且感受到了中国农民最淳朴的执着与坚韧。

采风归来，我在心里默默地祝福生活在曾家垭那片热土上的人民，祝福他们赶上了改革开放的好时代，也搭上了乡村振兴的时代快车。我相信，在不久的将来，当我们再次走进曾家垭村时，那里一定会变得更加幸福宜居，一定会变得更加秀丽美好！

（2021年5月11日发表于《河南科技报》）

穿行三峡大瀑布

有人说，有趣的人生，就是"一半柴米油盐，一半山川湖海，手执烟火以谋生，心怀诗意以谋爱"。

周五下班回家，二宝他妈像捡了宝似的告诉我，说宜昌三峡两日游，仅需 99 元，而且买一送一，小孩也只要 50 元，特别划算。于是，我二话没说，就欣然同意前往一游。

周六一大早，我们就坐上了去宜昌三峡的旅游大巴，一车 34 个大人、3 个小孩，沿着呼北高速一路南行，不到 3 个小时，就到了宜昌。

吃过午餐，第一站便是游览三峡大瀑布。导游小张告诉我们，三峡大瀑布也叫白果树瀑布，是长江三峡西陵峡口以飞泉驰名的旅游景点，它距宜昌市区 34 公里，位于宜昌市晓峰风景区泰山庙。

进入景区，映入眼帘的是一条古色古香的林间小道。小道的左侧是哗哗流淌的小溪，溪水清冽甘甜、清澈见底，或湍急、或舒缓，一路逶迤蛇行，不停地演奏着或轻快或悠扬或激越的乐曲。

小道的右侧是连绵的群山，山上林密草丰，花开蝶舞，鸟鸣山涧，各种珍贵的树木花草星罗棋布。白果树瀑布以瀑高、景秀、山险、水清见长。景区峡谷内植物覆盖率达 90% 以上，空气新鲜，幽幽峡谷绵延 10 余公里。

逆水而行，山不同，水各异，色彩缤纷，美景处处，让人应接不暇。寒武天书、五桃献寿、神龟迎宾、妙笔生花、地球年轮、藏经洞、纸糊洞、水帘洞、乌龟笑天、饮马岩、四不像、长桥飞渡、巴人大戊洞、野人谷、虎口瀑、珍珠瀑、佛叶楠、龙潭、大瀑布、泰山大佛等 20 多个景点，数十个神奇的自然景观使景区步步皆景，每个景点的背后都有一个美丽的传说。

正当我沉醉在路边的美景之中，耳边突然响起了雷鸣般的巨响。循声望去，一匹巨大的白练高挂山间，直垂谷底，这就是三峡大瀑布！再靠近些，便可看见瀑布奔涌而下，瀑布所过之处，飞花泻玉，水雾缭绕，轻纱般的水汽飘荡开来，一道彩虹横跨山间，将瀑布衬托得愈加粗犷豪迈、美不胜收。

站在观瀑台上仰望瀑布，晶莹剔透的水花落在脸上、身上，如春风拂面，又让人感觉到了白果树瀑布异样的温柔。瀑布下面是瀑布潭，潭水接近瀑布处白沫翻滚，皑皑如雪，就像喷气式飞机掠过的蔚蓝天空。瀑布后方的山脚有一道回廊，整体嵌入山石之中，右手边沿着观景栈道便是全国独一无二的穿瀑回廊，穿上雨衣，穿瀑而过，即可在回廊上回望瀑布，又能体验瀑布飞流直下的雄姿，聆听虎啸龙吟般的巨响，感受山崩海啸样的阵势，经受雨花枪林弹雨式的"袭击"，犹如凌空展开的一幅神奇美丽画卷，顿觉自己完全与瀑布融为一体，那种感受与在观瀑台时完全不同。

三峡大瀑布源于其上游的一条泪滩河，河床纵横落差 100 多米，悬崖处倾斜而下的水流宽度达 80 米，这是自然形成与水的产物，美丽而神奇。与享有"中国第一瀑布"之称的贵州黄果树瀑布相比，高 102 米、宽 80 米的三峡大瀑布高出 30 米，水量更充沛，气势更雄伟，永不停息地演奏着一曲感天动地的"英雄交响乐"。

瀑布的左侧是一个狭长幽深的水潭，水潭三面临山，山石上有大小各异的多条"袖珍瀑布"，薄薄的水雾依山而下，洒落潭中，宛如仙女散花。在水潭的尽头，还有另一个令人称奇叫绝的自然奇观——泰山大佛。巨石上的大佛慈眉善目，神态安详，面带微笑，大口微张。

从溪流的另一侧通道返回，又是一路新的风景。形状各异，大小不同，水流也各不相同：有的阔大幽深，深不见底；有的清澈见底，水流欢快……每一处都是摄影师喜爱的布景，都是风景画中的亮色。

"山光悦鸟性，潭影空人心"，穿行在三峡大瀑布风景区的灵山秀水之间，感受着唐诗般的雄伟和宋词一样的温婉，让人梦回故里，心神俱醉。

三峡大瀑布溪流全长 5 公里，沿途分布着 30 多道瀑布。逆水而上，虎口瀑、一线瀑、珍珠瀑、丫瀑、连环瀑、五扇瀑等形态各异的瀑布接踵而来。主体瀑布宽约 80 米，清泉从百余米高的陡峭山崖飞流直下，接天连地，水天雾海，蔚为壮观，即使久旱不雨，这里依然是飞泉不绝，被誉为"中国第四，湖北第一。"

导游小张介绍说："朝游白果树，一山日头一山雾；午游白果树，一身凉爽一身舒；暮游白果树，一片晚霞一片露。"

旅游大巴转场途中，导游小张为我们唱起了优美动听的土家小调——

"正月里来正月正，正月十五吊灯笼，灯笼吊在月球中，照得官家满堂红，喔吥～喔～"

导游小张大名叫张书英，是个活泼健谈的土家族小姑娘，原本大学选择的专业为土木工程，入学一年后瞒着父母改学旅游，大学毕业不仅顺利从业，而且短短几年，就组建了自己的旅行社和旅游会展中心，事业发展顺风顺水，前途一片光明。

在宜昌的两天一夜，我们游览了三峡大瀑布、情人泉、两坝一峡（夜游）、嫘祖庙和三峡人家，虽然行程匆匆，走马观花，但却感受了宜昌三峡的山川壮美与万里长江的雄浑辽阔。

同行的人说，看似低廉的旅游报价和门票全免，实际操作过程中却套路多多，每个游客实际支付的费用，远远超出了推荐报价，似乎有上当受骗的嫌疑。而我却告诉大家，旅游原本就是出去放松心情，寻找快乐，千万不要让斤斤计较破坏了好心情与好兴致。

导游小张说，每个人都是一面镜子，镜子的对面，就是真实的自己。现代物质生活如此丰富，可很多人却高兴不起来，究其原因，还是因为欲望太多，得不到满足。就好比"福"字，"福"字拆开是"衣"加"一口田"，在古人看来，有衣穿、有饭吃，就是幸福。古籍则这样记载："福者，百顺之名也。"意思是说，"福"是顺利、诸事如意的代名词。被夸"有福气、有福相"的人，总是特别开心。

旅行归来，我在想，幸福并不是拥有多少，而是懂得满足。旅游也如此，旅游不是因为有钱，而是因为一辈子只有三万多天，不想活成同一天，大千世界的美好，都值得你我去感受！

关于旅行，每个人都怀揣梦想，设想能有一天，背上行囊，去看尽世间的美景。其实，人生就是一场旅行，就是在体味着不同的生活。离开熟悉的环境，去一个我们不曾到过的地方，用我们自己欢快的步伐，留下一个个美好的印记，用一张张门票，回忆着点点滴滴。

一起去旅行吧，安静地，坐在那个你最想去的地方，看风景来去，也是一种美丽。

（2020 年 9 月 18 日发表于《西散原创·初语阅读》）

恩施三记

这是一个你走过万水千山，仿佛又从未走过的地方；这是一个你阅尽人间繁华，仿佛又从未疲惫的地方；这是一个古人称之为"恩泽施州"的地方，这里曾被《中国国家地理》评选为"中国最美的地方"，也曾被美国 CNN 评选为"中国最美仙境"，这里还被誉为"世界硒都""鄂西林海""华中药库""天然氧吧"。

"五一"小长假，我终于来到了这个令人心驰神往的鄂西南边陲的旅游胜地——恩施，虽然行色匆匆，但所到之处皆是风景，拙笔记之，聊作备忘。

梭布垭石林

梭布是土家语三个的意思，梭布垭石林就是三个垭的石林。这里的石林不像云南的石林那样全是光秃秃的石头。这里的石林叫"戴冠石林"，就是指这里的石林植被茂盛，仿佛戴了一顶帽子似的。梭布垭石林拥有大小 100 多个经典的自然景观，整个石林的外形，像一只巨大的葫芦，四周翠屏环绕，群峰竞秀。目前已开放的有莲花寨、磨子沟、九龙汇、青龙寺四大景区。

在导游的带领下，我们从铁甲寨大门进入石林，走马观花地游览了犀牛沟、磨子沟、九龙汇、青龙寺四个精华景区。

犀牛沟是整个石林最美的地方。进入谷底后，气温瞬间就会降低很多，让人有种寒气袭来的感觉。阳光以光束状，撒进谷底，更给整个犀牛谷增添了一种神秘感。

导游说，犀牛谷是个天然的空调峡谷，外面烈日炎炎，谷中凉爽如春。下到谷底，能看到"镇林之宝"，狭小的空间里，一层层岩石纹理将我们怀抱，苔藓生长在有几亿年历史的岩石上，天光透进石缝，构成了梭布垭的标准照。

在犀牛沟上下穿梭，我们一会儿上坡，一会儿下坎，时而穿入石洞，时而攀上石顶、时而挤入石缝，迂回曲折，犹如迷宫，千姿百态的石头阵，钟灵毓秀，鬼斧神工，令人叹为观止。

磨子沟景区以溶洞和天然石缝为主，这里鸟语花香，集飞流、悬树、吊石、奇岩、异峰、峡谷于一体，这里的一峰一石、一草一木、一山一水，都是自然雕琢的精品。因为土家祖先傩公傩婆在此地定情，所以这里是土家的发源之地、古老爱情归属之所。主要景点有傩婆石、一线天、响水洞、磨子石等，猎奇七彩溶洞、回首奇石异峰、俯瞰万千石林、仰望一线长空。

出了磨子沟我们乘坐景区大巴到了九龙汇，九龙汇景区行程挺短，但是内容却非常的丰富。据说这里住着九条龙，聚集了九龙真气，如果进去能吸收到九龙的真气、看到九龙的影子，你会得到九龙的庇护。我进去之后还真就看到了，一条金黄色的龙在那堵墙上环绕，犹如仙境一般。走出九龙汇又去青龙台，青龙台以前叫作青龙寺，主要景点包括青龙寺遗址、骆驼峰、镇龙玉珠、玉帝天书、廪君靴、田好汉巡山、廪君冠等。青龙寺景区就是一部土家族千年历"石"（史），记载着土家族盛衰的点点滴滴。

有人说，梭布垭石林是一个穿越亿年岁月的自然秘境，是一座若梦若幻的深山迷宫，是一处海枯石不烂的地质博物馆。四个景区走下来，花了三个多小时，我的感受是，梭布垭石林是一个美丽神奇的地方，不虚此行，值得一看。

土家女儿城

导游介绍说，土家女儿城是中国第八个"人造古镇"，是土家族文化集聚地，也是武陵地区城市娱乐消费中心和旅游集散地。这里青山环绕，街道依山势而建，顺水流而设，以灰色角砾岩铺就，整体建筑风格，仿古与土家吊脚楼相结合，既古色古香，又完美地体现了土家族的民风民俗。

人生的旅途中，唯有美食与美景不可辜负。来到恩施土家女儿城，自然要去品赏地道的土家美食。

夜幕降临，女儿城的各种灯笼徐徐开启，红彤彤一派喜庆。各种美食小吃非常丰富，十分适合边逛边吃，除了主街两边的各种小吃，城南还有一条专门的小吃街，油香、土家苞谷粑粑、恩施豆皮、土家烧饼、炕土豆、蒸儿糕、烤糍粑……应有尽有，总有一款适合您。特别是土家民俗博物馆前面的烤糍粑，手工做出来的糍粑，烤好了夹上红糖白糖黄豆面，那叫一个香。

小吃城汇集了恩施州八县市特色小吃以及全国各地特色美食，我们边吃边逛，吃了寿司，买了烤串，喝了摔碗酒，品尝了香酥的芝麻饼，在飘逸的香味中穿行，口齿生津。据说土家女儿城已囊括 300 家小商品，500 间风情客栈，30 家特色餐饮，40 家美味小吃。

主街女儿街，宽敞繁华，核心位置耸立着高大的雕像，四位壮汉扛着一面大鼓，大鼓上一位土家少女在翩翩起舞，甚是优美。

走进女儿城，有美食，有美景，有琳琅满目的土特产和小商品，还有土家族的婚嫁表演，如果想体验一次土家族的风土人情和土家文化，来女儿城绝对错不了。

女儿城最出名的当然是以相亲为主题的相亲会，每年 8 月 19 日在恩施土家族苗族自治州建州节时会举办女儿会，平时我们看到的只是表演，每晚最后一场表演是舞狮。

置身土家女儿城，每一个夜晚都是热闹非凡、激情四射的。如今，女儿城已成为恩施旅游的一张亮丽名片。

恩施大峡谷

早晨 5 点 30 分，窗外飘起了淅淅沥沥的小雨，天刚蒙蒙亮，我们就坐上旅游大巴奔向恩施大峡谷。

恩施大峡谷位于湘、渝、鄂三省交界处，是清江流域最美丽的一段。峡谷全长 108 公里，面积达 300 平方公里。已开放七星寨和云龙地缝两大核心景区，总面积 35.2 平方千米，天坑、地缝、绝壁、峰丛、岩柱群、溶洞、暗河等地质景观一应俱全，被称为"喀斯特地形地貌天然博物馆"，拥有众多旅游资源。

我们到达七星寨，雨越下越大，等办好通票约 8 点 30 分。坐上七星寨索道，心里才舒坦。这个上山索道是我平生坐过的最长的索道，长达 2200 多米，单程运行约 6 分钟。景区主要地貌类型有绝壁、岩柱、孤峰、石芽、峰林洼地、溶洞。各种不同造型的喀斯特景观，深刻地反映了峡谷、绝壁、峰林、岩柱、石芽、溶蚀沟槽、溶蚀洼地等形成的每一个细节，是喀斯特地貌演化的天然教科书。主要景点有小楼门群峰、石芽迷宫、壁立千仞、一线天、绝壁长廊、大楼门群峰、一炷香、双子塔、大地山川、母子情深等。一路冒雨从山顶走下来，浑身酸痛，双腿双脚已不听使唤。

在山脚下吃过午餐，喝了土家苞谷酒，我又恢复了元气，打起精神，经云龙风雨桥向下潜入云龙地缝景区。

云龙河地缝在中国的地缝中虽然并非最深最长，却蕴藏着诸多独特的奇异景观：世所罕见的 U 形地缝，形态各异的瀑布群，多姿多彩的喀斯特象形石等。云龙河地缝全长 3600 米，平均深度 75 米，平均宽 15 米，两岸陡峭，飞瀑狂泻，地缝流水潺潺，上通天水暗河，下连莽莽清江。地缝里共有 7 条半瀑布（有一条瀑布叫"半流瀑"，丰水期有，枯水期无，故称半条瀑布）。云龙河地缝曾是云龙河的伏流段，以暗河形式沉睡地下二三千万年，后因水流在地下强烈掏蚀，在地表不断剥蚀、致使暗河顶部坍塌，地缝才得以面世，成为恩施大峡谷一大奇观。

从云龙地缝坐垂直电梯到达穹顶，已是雨过天晴，云雾雾散。此时此刻，我想到了恩施的来历与传奇。其实，恩施的旅游开发，正是得益于党和国家的恩泽，才有了突飞猛进的快速发展。

旅程，看似那么远，有时也那么近。恩施的山山水水，已烙印在我的脑海里。挥一挥手，我与恩施匆匆地告别，并在心里为恩施默默祝福，祝愿恩施与时俱进，跨越发展，带着深山峡谷的清新气息，以其纯净之美，走出大山，走向世界。

（2021 年 5 月 19 日发表于湖北电力《文学天地》，2021 年 9 月发表于《首都文学》（秋季刊））

粉青河记忆

每个人的记忆里，总有一条河流在流淌，粉青河就是那条流淌在我梦中的河流。粉青河发源于神农架的茂密林海，汇聚溪谷涓流，一路奔腾而下，历经九曲十八弯，直抵保康县马桥镇，终被巍峨的马桥一、二级水电站大坝拦截，在粉青河上游回旋而成碧波荡漾的人工湖。

粉青河，是马桥的母亲河。在我的记忆里，粉青河既像一幅优美的丹青水墨画，也像一个颇具神秘色彩的童话。

1984年10月，我背起行囊，急匆匆地来到粉青河畔的马桥，参加马桥二级水电站招聘考试。考试过程中，我一路过关斩将，经过激烈角逐，终以优异成绩成功入选，顺利入职马桥二级水电站。电站虽然偏居保康西南，蛰伏马桥一隅，距离保康县城110多公里，但当时能够成为其中的一员，也是非常荣耀之事。

粉青河畔的马桥镇，西与神农架林区交界，北与十堰房县毗邻，是一个隐藏在荆山深处的美丽乡镇，也是一颗屹立在磷矿之都、水电之乡的深山明珠。

据传，明代太原人马天近迁此，在粉青河上架木桥以方便行人，名源于此。又因此地为水运渡口，又名"马桥口"，后称马桥。还有一说是，当年贺龙途经马桥，河水猛涨，部队行进遇阻，贺龙命令部队集中马匹，以马为桥，渡兵过河，故曰马桥。

来到粉青河畔的马桥二级水电站，听到很多关于电站建设时期战天斗地的故事，我被电站建设者们可歌可泣的事迹深深感动与震撼。

马桥二级水电站于 1977 年 9 月破土动工，当时百废待兴，县里财力十分薄弱，仅筹措到 5 万元资金和 10 吨炸药，用于电站建设。这点钱对于整个工程所需而言，可谓杯水车薪。但建设马桥二级水电站是全县人民的"翻身工程"，不仅要建，而且必须马上建。于是，县委、县政府决定"先上马再备鞍"，发扬全县人民艰苦奋斗的光荣传统，打一场兴办水电的"人民战争"。工程开建后，全县抽调劳力组成"万人民兵团"，以公社为单位成立 14 个民兵营和 14 个突击营，以大坝工程为重点，在上至雷公滩，下至鳌头山的十里长渠沿线，摆开电站建设的宏大战场。

据当年参加过民兵团突击营大会战、现已在保康县供电公司退休的吴正彤回忆，当时参加电站工程建设的民兵团突击队员，士气很高，决心很大，很多人都向指挥部写下决心书、挑战书，纷纷请战到最艰苦的施工工段攻坚作业。在施工过程中，不管是晴天还是雨天，也不论是刮风还是下雪，大家都拼了命地实干苦干，饿了啃几口干馍，渴了喝几口冷水。

电站建设最困难的时刻是 1978 年 4 月，厂房清基时正值汛期，由于机械不足，积水难以彻底排出。电站厂房工程若不能按时完成清基任务，就有可能停建，形势非常严峻。指挥部果断决定，成立突击专班，24 小时昼夜不舍，加班加点歇人不歇机械，一班接着一班不停地连轴清基。同时经专家论证更改设计，将原计划的基脚提高 50 厘米。经过 8 个月奋战，清基终于成功。一、二号机组安装完毕后，因当时 35 千伏输电线路尚未建成，而马桥近区又无用电负荷，在迫不得已的情况下，只好用水阻当作负荷，对发电机组进行负荷试验。1979 年 10 月，容量 3000 千瓦的一号机组和容量 1250 千瓦的二号机组试运行一次成功。

1979 年 7 月开始架设马桥至马良 35 千伏输电线路，1980 年 4 月竣工；接着转战马桥至谷城官坊 110 千伏输电线路，1981 年 5 月结束。1982 年 7 月，容量 1250 千瓦的三号机组安装完毕投入运行发电。至此，马桥二级水电站主体工程全部完成，工程总投资 1152 万元，完成土石方 143 万立方米，投工 325 万个。

马桥二级水电站是在当时自然条件和物质条件极为艰难困苦的环境下，保康人民用血肉之躯和钢铁般的意志，在荆山之上用勤劳双手创立的一座巍峨丰碑。这个电站的建成，不仅使全县人民看到了兴电富民、兴电富县的希望，增强了兴办水电的信心和决心，而且从中悟出了"山区没有电、面貌难改变，保康要脱贫、电力要先行"的道理。

粉青河水浸润了我的血脉，养育了我的青春，我在粉青河畔的马桥二级水电站度过了 5 年青葱岁月。5 年，在浩瀚的时间长河里，不过就是短暂的一瞬，但马桥二级水电站却给我留下了永久的记忆与怀念。

记得我刚刚走上工作岗位，当时在发电车间担任电气值班员。师傅告诉我，要想当好一名称职的电气值班员，首当其冲就是要熟记电气运行规程，熟悉电气设备，然后才能在师傅的指导下进行实际的设备操作。值得庆幸的是，刚刚从学校走向工作的我，有一股子不向困难低头、万事不服输的韧劲，长达数十页的一本电气运行规程，一周时间就背得滚瓜烂熟，而且铭记于心。对于电气设备，我一边对照图纸识图，一边比照设备识物，很快就掌握了技术要领，逐渐成为技术骨干。

工作之余，我还发挥爱写爱画的特长，义务宣传办报。当时，我看到电站大厅和走廊墙上的大黑板，长期空置无用，我就自掏腰包，从街上买来各色粉笔和简笔画册，在黑板的上下左右精心构图，配以精选文稿或自撰小文，写写画画，在黑板的边角四周和文章间隙，画上花草树木、飞鸟虫鱼或山川河流。元旦庆新年、春节贺新春、三月庆三八、五月劳动与青年节、七月建党节、八月建军节、十一国庆节，每逢大型节假日，我都提前利用休息时间，精心筹办一期黑板报。一期又一期内容丰富、图文并茂而又色彩斑斓的黑板报，定期跃然墙上，顿成惊鸿之作，引得电站领导和职工同事们，纷纷前来驻足浏览，观之喝彩不断。

不仅义务办报，我还勤于练笔，业务时间或读书或写作，把平凡的日子过得如诗似画般阳光灿烂。记得当时，我还触景生情创作了一首小诗发表在《保康文艺》，真实记载了我的生活、工作与心态。小诗这样写道："清晨，我同《唐诗三百首》去柳林，和百灵鸟赛歌；中午，我邀画夹到山头，欣赏《锦绣山河图》；夜晚，我借灯光坐斗室，同稿纸促膝谈心。"

人越年轻，心性越单纯。正当我沉浸在忘我的学习和工作之中，不到半年时间，电站领导就看上了我，决定把我调到办公室当秘书。其实，对于文员，我真的不想干，当时心里有一种幼稚的想法，觉得学会掌握一门技术，才是人生的金字饭碗。可是，我拗不过领导的苦口婆心，还有领导的关心提携，就这样我从发电车间来到了办公室。说实话，做文员，对我而言，轻车熟路当然也就得心应手。

因为爱好文学和写作，而且好学上进，勤奋踏实，单位领导觉得我是一个好苗子，在当时农转非、招工转正十分困难的情况下，想方设法解决了我的商品粮户口和招工转正问题，让我成为"吃皇粮"的电力人。后来，时逢保康县农村电气化试点迎接国家检查验收，我又巧遇机会，被借调到农村电气化办公室搞展板、写文案。1989年底，农村电气化顺利通过验收，我也时来运转地调入了当时人人羡慕的保康县电力公司。

粉青河，已经烙印在我的心底，镌刻在我的脑海。曾经的尘封往事、沧桑过往，虽然已经时过境迁，但仍然时时幻化入梦，励我心志。

在马桥二级水电站1800多个日子里，我最应该感恩的人，除了我的至亲表叔肖宗华，我还遇到了识人之长、关爱如父般的老书记、老站长周昌银，还有亦师亦友、情同兄长般的后任年轻站长吴廷枝。

我的至亲表叔肖宗华，在这篇文章里，暂且不予赘述。我的两任领导，对我都有知遇之恩。记忆犹新的是老书记、老站长周昌银，当年在得知我自修求学、生病住院等孤立无援而又手头拮据的情况后，特批资金解决了我的困苦之难。不仅如此，在周昌银调入保康县电力公司担任总经理后，仍然一直对我关爱有加。

而吴廷枝呢，这位只比我大七八岁的年轻站长，待我亲如兄弟，可谓我的心灵导师。他不仅接济过我的困苦，还教育启迪了我的心智。他不仅在百忙之中抽出时间陪我休闲散步，而且还时常如兄长般与我促膝谈心，我们之间无话不谈，聊人生，谈理想，探讨为人为文之道。记得有一次他出差武汉，还专门购买了卡耐基《人性的弱点》《人性的优点》《快乐的人生》《美好的人生》《演讲的艺术》《语言的突破》等书籍送给我，让我受益匪浅，获益至今。

吴廷枝说，戴尔·卡耐基是美国现代成人教育之父、著名的人际关系学大师，西方现代人际关系教育的奠基人，被誉为20世纪最伟大的心灵导师和成功学大师。戴尔·卡耐基利用大量普通人不断努力取得成功的故事，通过他的演讲和他的书籍，唤起无数陷入迷惘者的斗志，激励人们取得辉煌的成功。从戴尔·卡耐基的励志书籍和吴廷枝的言传身教中，我汲取了丰富的知识营养与精神力量，从而也改变了我的生活，开启了我崭新的人生。

粉青河畔的马桥二级水电站，不仅是保康县水电站建设的启明星与排头兵，而且是保康县培养优秀人才的摇篮地和输送机。从这里走出的优秀人才和领导干部，现已遍布各地，灿若繁星。周昌银、徐国华、曾玉平、郝敬东、吴廷枝、周晓慧、杨克万、李晓波等等，他们都是从马桥二级水电站走出来的优秀人才代表和领导干部精英。除了对他们表示崇敬和景仰之外，我们还应该感恩，感恩马桥二级水电站让我们淬火加钢，感恩那些年我们在马桥二级水电站度过的青春岁月与美好时光。

粉青河畔的马桥，值得我怀念的人和事，还有很多很多。比如，河畔走来的红衣少女；比如，弃我而去的初恋情人；比如，醇香的美酒马桥大曲；比如，湘子泉边的玉笛歌声……都会时常出现在我的梦里，梦随人意，飘然而至，恍若咋日，温暖如初。

时光如水，岁月不居。不羡慕别人的辉煌，不嘲笑别人的不幸。人这一辈子，机遇难同，姻缘各异。幸也好，不幸也罢，都是自己的人生。全力做好事情，努力做好自己。晨起暮落是日子，奔波忙碌是人生。路途再远，终有尽头；痛苦再深，终会结束。这个世界，没有一成不变的永恒，也没有至死不渝的爱情。开心时，好好把握；烦恼时，不必在意。不管风雨有多大，前方一定有晴天。我觉得吧，决定一个人成就的，不是靠天命，也不是靠运气，而是坚持和付出，是不停地做，重复地做，用心去做，当你真的努力了付出了，你会发现自己潜力无限！

粉青河啊，你是我记忆深处圣洁的河！尽管离开你多年，四季轮回，世事变幻，我仍然时刻思念着你，你仍然长留在我的记忆里！

（2020 年 1 月 2 日发表于《今日作家》，2020 年 5 月入选《今日作家》优秀文学作品集《桃李春风》）

俯仰六柱垭

　　说六柱垭是一个绝妙的康养胜地，或者说是一个世外桃源般的仙境，一点儿也不为过。当我拖着疲惫的身躯到达六柱垭，心情顿时豁然开朗。想不到在这个远离尘嚣的边陲山村，竟然隐藏着一片鲜见的乐土。

一

　　从保康县城出发，沿保神（保康至神农架）高速公路驱车 40 分钟即可到达马桥，从马桥到六柱垭也不过 30 分钟的车程。六柱垭就位于保康、房县、神农架三县交界之处的黄龙观村，站在海拔 1500 米的六柱垭极目远眺，整个马桥集镇街市尽收眼底；俯瞰四野，黄龙观道教建筑群、彭祖养生馆、太极广场、夫子岩、凤凰塔景景相连。

　　到六柱垭游览，圣贤居木屋是首选旅居之地。这里建有 72 栋吊脚木屋，为什么建 72 栋，这与孔子有关。孔子是中国古代著名的思想家和教育家，也是儒家学派的创始人。《史记·孔子世家》记载："孔子以诗、书、礼、乐、教，弟子盖三千焉，身通六艺者七十有二人。"这"孔门七十二贤"，是孔子思想和学说的坚定追随者和实践者，也是儒学的积极传播者，为历代儒客尊崇，作为榜样。72栋吊脚木屋，就对应72位圣贤，每栋木屋以圣贤命名，新颖奇特，文化味十足。

不得不说，这里的人们虽然深居大山，但思想却飞越关山，活出了另一种境界。

黄龙观村党委书记章祖良说，六柱垭原来是一个富矿区，这里的磷矿品位高、杂质少、储量大。说起六柱垭，还颇有渊源。这里曾经有座"六终庙"，不知建于何年。相传陆终是彭祖的父亲，当地方言把"六"读作"陆"，"终"读作"柱"，久而久之，"六终庙"所在的地方，就叫成了"六柱垭"。

过去，这里的人们住在"金山"上，却"端着金饭碗讨饭吃"。章祖良走马上任后，带领全体村民劈山炸石，先修路、再开矿，硬是在悬崖峭壁上修了一条长达数十公里的矿区公路，然后把磷矿运出去，换回一沓沓鼓舞人心的钞票。

日复一日，年复一年，挖矿不止，一条条山梁被挖空，一座座青山变滩涂，村庄的空气不再清新，河流不再清澈，长期毫无节制地"吃山"，杀鸡取卵式的发展，让葱绿的山体变得伤痕累累。每逢下大雨，山顶的泥水便肆意淌下来，不仅冲了农田，还毁了仅有的几条下山路。看着满目疮痍的村庄，章祖良的心情就像支离破碎的山岭，变得像灌了铅一样沉重。

"但存方寸地，留与子孙耕"。章祖良暗下决心，不能"吃祖宗饭，砸自己碗，断子孙路"，村里靠磷矿开采起步，矿产资源总有枯竭的一天。"传统产业要提升，接续产业要跟上，要让子孙有饭吃。"

着眼于村庄的美好未来，村里聘请专业规划团队，通过矿坑回填、土地复垦等措施，对矿山进行生态修复。章祖良带领村委一班人，经过多年接续奋斗和恢复治理，建起占地200多亩的生态园区，栽植各类苗木18万株，种植草皮250余亩，建设高山度假民宿、群众文体活动中心、大型高山运动场、研学旅行基地、农业休闲等项目，将废弃矿山建成特色旅游景区，实现了"矿山变景区"的"绿色转身"。

六柱垭圣贤居木屋，就是黄龙观村"绿色转身"的鲜活见证。

二

如果说六柱垭圣贤居木屋是黄龙观人的神来之笔，那么儒家别院则是凝聚着黄龙观人文化精髓的杰作。

圣贤居木屋雄踞山顶，一排排古色古香的吊脚楼，在云雾缭绕中，恰似蓬莱仙境，又如海市蜃楼。而在圣贤居不远处，儒家别院却俯卧凹地，20栋别出心裁的四合院，在山坳里显得那么静雅和清幽。

四合院古已有之，但四合院与儒家文化联系在一起，就是一个了不起的创举。20栋四合院依山而建，错落有致地环绕在倒"凹"字的三侧，四合院以"天地亲君师、仁义礼智信、温良恭俭让、忠孝勇恭廉"20字儒家文化命名，融徽派建筑、老北京四合院风格于一体，每栋小院配有客房两三间不等，四合院内客厅、餐厅、厨具、日常生活用品一应俱全。若在四合院小住数日，既可在庭院内小试厨艺、读书品茶，又可到庭院外百果园赏花摘果、体验农家生活，其情其境，返璞归真，别有一番滋味。

旅游是文化的载体，文化是旅游的灵魂。旅游就像电影剧本，只有剧本跌宕起伏、引人入胜，才会抓人眼球，收获票房。行走黄龙观，我不仅惊叹他们敢闯敢试的超前意识，而且被他们的文化情怀所感动。十年前，他们就提出了以"矿业经济反哺农业和旅游经济"的战略，在深度开发磷业、农林产业的基础上，大力发展旅游业。村域境内，方圆数十里，旅游资源得天独厚，山清水秀，风光旖旎，不仅有苏溪河的溪流瀑布、夫子岩的奇峰异岭，还有黄龙古观的沧桑遗迹、六柱垭的红军宿营地，更富有独特的民风民俗及彭祖的古老传说。

旅游是一个生态的、绿色的、长久的工程。俗话说，十年企业靠人气，百年企业靠文化。黄龙观人深谙此道，发展旅游业之初，就着手挖掘民间文化，邀请文化学者和专家团队，深入民间挖掘采访和潜心创作，集结出版了《黄龙观民间故事集》《黄龙观民间歌谣集》《黄龙观彭祖寻踪》等旅游文化专著，聘请知名词曲家创作《黄龙观之歌》，淘金般发掘了一批诸如《十对花》等具有黄龙观特色的民歌、山歌、花鼓歌，组建黄龙观民间艺术表演团，把民间文化变成看得见、听得着、群众喜闻乐见的艺术形式，先在村民中传唱，而后又加以演绎排练，让民间文化变成原汁原味的视觉盛宴，外来游客观之赞不绝口。同时，村里还推出黄龙观微信公众号、视频号、抖音号等自媒体宣传平台，搭建黄龙观智慧景区线上平台，实现线上线下立体推介全覆盖，为旅游发展造势。

孟子曰："贤者与民同乐，故能乐其乐。"儒家别院不仅让我感受到了新时代、新特征下的新旅游，更让我亲身感触到了旅游文化在黄龙观的新体现。

三

入冬后，身体偶发疾病，不得不入院治疗。听说县文联、县作协组织到黄龙观村开展文学采风活动，我便匆匆办理了出院手续，跟随采风团来到向往以久的黄龙观。早就从各种媒体熟知黄龙观是一个养生福地，却未深入探访。因此，对我而言，与其说是到黄龙观参加采风活动，不如说是到黄龙观寻觅彭祖养生之道。

彭祖何许人也？晋干宝《搜神记》卷一称："彭祖者，殷时大夫也。姓钱名铿，帝颛顼之孙，陆终氏之中子。历夏而至商末，号七百岁。"在中国历史上，彭祖是个传奇的人物。他的流传事迹很多，多以"养生奠基人""房中之祖""华夏最长寿老人"等出名。关于彭祖的这些故事，看似荒诞不经，却是有史可查。

据传其任殷大夫时，已有七百多岁，却无衰老之相，常服水桂云母粉和麋角散，又擅房中术，导引行气，并传给采女、殷王等人，后周游天下，升仙而去。因其曾受尧封于彭城，年享高寿，其道堪祖，故后世尊称为"彭祖"。

一代伟人曾说，彭祖是有历史记载的第一位养生学家。相传活了八百多岁。《楚辞·天问》曰："彭铿斟雉，帝何飨？受寿永多，夫何久长？"意思是说彭祖奉献雉羹与天帝，天帝赐之阳寿八百岁。再《庄子·刻意》曰："吹呴呼吸，吐故纳新，熊经鸟申，为寿而已矣。"孔子很推崇他，庄子、荀子、吕不韦都论述过他，屈原记述过他，《史记》记载了他。最早的史书典籍《尚书》《世本》《竹书纪年》《大戴礼记》《史记》等，以至出土的甲骨文、帛书、简书都记载了他。到了西汉时期，《列仙传》中把彭祖列入仙界，并称为列仙，彭祖逐渐成为神话中的人物。后人著有《彭祖经》《彭祖引导法》等书籍，宣扬彭祖的长寿之道，因此，彭祖也被后人誉为"长寿之星"。

彭祖因"制羹献尧"有功，而受封于大彭。据考证，发源于神农架原始森林的粉清河古代就叫彭水，彭水两岸彭姓为望族，如今粉清河两岸仍有许多彭姓人家。黄龙观借此率先修建彭祖养生馆，弘扬彭祖养生文化，既属明智之举，也是先见之明。

我在想，彭祖的养生之道，不过就是告诫人们不可耗费元气而损伤精神，不可沉迷于身外之物而欲望太强，而必须时时蓄养精、气、神。这三者是人生命活动的三大要素。彭祖还告之后人，要保养好身体，不使之外泄的方法则在练好服气炼神之术，如此去做，必可体魄健壮，精神旺盛，体内的真气充盈，生命可得长久。因此，道家养生术视"积精全神"为养生的关键。人的精气旺盛，说明人的生命之源雄厚，机体的衰老自然可以延迟，人也就可获长寿了。

久坐办公室，执笔伏案工作，尤其是中老年人，大多患有腰椎间盘突出、前列腺炎、糖尿病等多种病痛，而"管住嘴、迈开腿"，适时参加户外运动以及各种健身活动，无疑是强身健体的养生之道。

俯瞰六柱垭，它承载着悠远的历史，宁静、淡泊、坚守，每一块石头都是传奇。仰望六柱垭，它就如仁者厚重不迁，君子怀才不言，思想也是非同寻常。俯仰之间，已是气象万千。昔日"养在深闺人未识"的六柱垭，终于在沉睡千万年之后，被今人的激情和梦想唤醒。

（2021 年 12 月 24 日发表于《今日保康报》）

官山那棵银杏树

官山，是一座非同一般的山；官山那棵银杏树，亦是一棵非同凡响的树。

所谓官山，就是荆山腹地保康县城背后的这座山。在 1853 年之前，这座山原名叫东山。清咸丰三年（1853 年），因县城历遭山洪威胁，知县林让昆决心根治。遂由县衙拿出银两买下东山，迁出棚户山民，退耕还林，建立官林进行管护，并改东山为官山。因此，保康的这座官山，是有官方记载的中国古代独一无二的官林，也是我国环境治理与生态保护最早的案例。

官山之上，有棵古老的银杏树，20 余米之高，5 人合抱之粗，又高又大，古朴苍劲，亭亭华盖，郁郁葱葱，5 里之外就可望见其树顶。据史载，这棵古银杏树，栽植于唐代，历经风霜雪雨，至今已有一千多年的历史。2002 年，这棵古银杏树被保康县人民政府列为"国家一级古树"和"一级保护植物"，建档立卡登记，挂牌重点保护。保康作家、史志编审余正安撰诗赞曰："屹岚峰而养翠，处深幽而秀美，拥荆楚之莽原，揽江汉之平畴，凝千年之修为，聚万木之灵气。故八方香客慕名而至，四季香火连绵不息。"

古往今来，官山这棵古老的银杏树，一直被山民称之为"神树"和"圣树"。自清知县林让昆将官山收归官府，不仅广植树木，严管森林，而且对已经长成参天大树的银杏树礼敬供奉，定时朝拜，故而县城再无洪水侵扰。从那以后，这棵古银杏树便成为护佑当地百姓平安的神树，方圆百里的山民，深信古树附有神灵，纷纷前往朝拜许愿，祈求福寿平安。

官山银杏树下，曾经流传过一个勤劳与懒惰的民间传说。那是很久很久以前，东山住着一位老人，他有两个女儿，大女儿叫春香，二女儿叫秋香。

老人临终前，把姐妹俩叫到床前说："我快要不行了，屋后留下两座山，东坡的一座山给春香，西坡的一座山给秋香，两座山上都有宝物，需要你们姐妹俩自己去寻找。"

老人去世后，一天夜里，姐妹俩同时都做了一个梦。

姐姐春香梦见一位老爷爷送给自己一袋东西，打开一看，里面装的是银杏，春香高兴地向老翁道谢并收下礼物。妹妹秋香梦见一位老婆婆送给自己一袋金元宝。

一觉醒来，姐妹俩身边什么东西也没有。第二天，姐妹俩扛着锄头，各自上山挖个不停。姐姐春香牢记老翁的礼物，决心在东坡山上种植银杏。

她除去杂草，刨平土地，种上一株株银杏。妹妹秋香只想着怎样挖到老妪给的金元宝，轻而易举发财，她不停地在西坡挖山，把小树苗都刨掉了。

一天又一天，一年又一年。东坡山上的银杏，长成了大树，结满了银杏果。西坡山上却只有茅草和荆棘。

姐姐春香靠自己勤劳的双手，开荒种植银杏，赢得了一位英俊青年的爱慕，他们结为伉俪，幸福终生。而妹妹秋香则妄想西坡山上的石头变成金银元宝，最后厮守空山，过着凄凉的生活。

这个民间传说，不知道是真是假，也无法考证。它却告诉人们一个朴素的真理，那就是勤劳致富，懒惰致贫。我宁愿相信它是一个真实的故事，因为只有脚踏实地，勤劳为本，才能收获幸福与甜蜜。

千百年来，官山这棵古老的银杏树，亦见证了山城保康的尘封过往与沧桑巨变。特别是新中国成立 70 多年来，一穷二白的保康，迎来了从站起来、富起来，到强起来的伟大飞跃，绘就了一幅波澜壮阔的历史画卷，谱写了一曲气壮山河的奋斗赞歌，走出了一条转型发展的光辉道路。

党的十一届三中全会以后，山城保康从"三龙齐舞"到"四县战略"，从以磷化工业为主体、以生态旅游和特色农业为两翼的经济发展框架，到以生态旅游为龙头、以磷化工业和特色农业为两翼的"一主两翼"发展布局，再到"旅游＋"全域旅游战略……短短 40 多年，保康从封闭落后迈向开放进步，从温饱不足迈向全面小康，从积贫积弱迈向繁荣富强，创造了保康发展史上的伟大奇迹。

作为山城保康人，我敬仰银杏树，因为树如人生，人生如树。银杏树，其干高大挺拔，正直向上，不会因强风暴雨而变节斜生。银杏树，在其幼年及壮年时节，树冠呈圆锥形，老则广卵形，枝近轮生，斜上伸展。银杏树，其叶形如扇，经脉清晰，春夏碧翠，深秋金黄，静谧典雅，即使落地，也像金子般发出耀眼的光芒。

令人悦目清心，崇敬之情油然而生。

银杏树在漫长的生长过程中，常常会有狂风、暴雨、阴霾、黑暗，有时新生的树枝难免会遭遇冰雹被折断、亦或遇旱、遇涝等自然灾害的侵袭，但它却丝毫没有在困难面前低头，更没有气馁埋怨、停止不前。银杏树把自己不同的色彩、精致、魅力，展示给了人们，一年四季有着不同的美。它不但有着春的清丽、淡雅，夏的风韵、成熟，还有着秋的高贵、华丽，冬的冷静、沉稳。难怪文坛泰斗郭沫若曾这样比拟银杏："梧桐虽有你的端直而没有你的坚牢；白杨虽有你的葱茏而没有你的庄重。"

回眸官山，仰望古树。我在想，做人当如银杏树，默默无闻，洒下绿荫，顶天立地，百折不挠。不羡慕白云的高，不讪笑绿草的小；风来屹立不倒，雨落斗志昂扬。

（2020 年 3 月 14 日发表于《东方散文杂志》）

官山琐记

佛说，前世五百年的回眸，才换来今生的擦肩而过。那么，我今生与官山的相遇，是不是也经历了前世的千百次的回首。

来到保康县城背后的官山，突然在访山问茶室门前看到一幅特有诗意的对联："舀来泉水煮香茗，铺开青山作画卷"，这幅对联一下子勾起了官山留存在我儿时脑海中的印记与回忆。

我对官山有着深厚的感情，我的老家拐枣岭就在官山背后，距离官山仅隔一道山梁，步行也就四五公里。

在我很小的时候，六七岁到十二三岁吧。那些年，我曾多次在官山里往来穿行。曾经跟随爷爷在官山里挖过药草，曾经随父亲在官山中打过猎物，曾经与邻家兄弟在官山上捡过板栗，曾经在寒暑假期随同妈妈和姐姐一起，在官山茶园或除草或采茶为自己挣过学费。

我的少年时代，正是七十年代中期，广大农村都还处于大集体劳作时期，家家户户靠挣工分吃口粮，人们的日子过得十分拮据，大人小孩常常食不果腹，不像现在的小孩子衣食无忧，在蜜罐里长大。

　　记忆里的官山，可是一座绿色的宝库。小时候，官山是我们兄弟姐妹的乐园，我们抬脚就跑进了官山的密林中，采野果，打山货，挖药草，用我们幼小的双手，在清苦的岁月里，为贫困的家庭平添一份意外欣喜和收获。

　　官山的茂密林海里有很多中药草，小时候，我经常跟随爷爷钻进官山挖药草。那天，阳光正暖，我和爷爷出发了。从我家拐枣岭到官山，三四十分钟的脚力，一会儿就到了。

　　官山里药草可真多。你看，那是苍术。爷爷虽不是医生，但认识很多中药草，我的脑海里装着的中药草知识，都是小时候跟随爷爷挖药草时，爷爷教给我的。爷爷说，苍术属多年生草本植物。根状茎平卧或斜伸，不定根。茎直立，高可达 100 厘米，单生或少数茎成簇生，基部叶花期脱落；中下部茎叶几无柄，圆形、倒卵形、偏斜卵形、卵形或椭圆形，中部以上或仅上部茎叶不分裂，倒长卵形、倒卵状长椭圆形或长椭圆形，全部叶硬纸质，两面绿色，无毛，边缘或裂片边缘有针刺状缘毛或三角形刺齿或重刺齿。头状花序单生茎枝顶端，总苞钟状，苞叶针刺状羽状全裂或深裂。小花白色，瘦果倒卵圆状，被稠密的顺向贴伏的白色长直毛，冠毛刚毛褐色或污白色，6—10 月开花结果。

　　苍术喜凉爽气候，野生于低山阴坡疏林边、灌木丛及草丛中。它的生命力很强，荒山、坡地、瘦地都可生长。苍术根状茎入药，为润脾药，性味苦温辛烈，有燥湿、健脾、化浊、明目、止痛之效。

　　我和爷爷在官山采得最多的药草就是苍术。我们生长在农村的孩子，小时候胸前都会挂一个苍术，就像现在的小孩子佩戴金银吊坠一样。不同的是，我们小时候胸前挂苍术不是为了装饰或显摆，而是为了祛湿散寒避瘟。

我和爷爷每次进官山采药，都会收获满满。爷爷的大背篓，我的小背篓，装的都是中草药。有苍术、人参、桔梗、黄姜、赤芍、柴胡、黄芩、百合等数十种。记忆犹深的除了苍术，再就是百合和黄姜。为什么呢？因为这两种中草药，都可以充饥。

百合，在我看来，是众多药草之中的美娇娘，有的开白色的花，有的开粉色的花，秋风吹之，妙曼如舞，婀娜多姿。李时珍曰："百合之根，以众瓣合成也；其根如大蒜，其味如山薯。"陶弘景曰："百合，近道处处有之，根如葫蒜，数十片相累，人亦蒸煮食之……"小时候，我们时常把挖采来的百合，放在火里烧着吃，其味如饴，食之难忘。

黄姜，又被称为穿地龙。它的块茎具有非常高的药用价值，也有化工价值。经过提炼之后，从黄姜中提炼皂素以及其他的医药和化工用品，是我们使用的激素类的药物中不可缺少的成分，可用于多种药物。小时候，我们把黄姜叫作葫芦根。我们经常把挖来的葫芦根，用白水煮熟了吃，有点儿苦苦的味道，既耐嚼，又果腹，在儿时那个饥饿的年代，能时常吃到葫芦根，也是不错的享受。

所谓官山，其实原名叫东山。清咸丰三年（1853年），因县城历遭山洪威胁，知县林让昆决心根治，遂由县衙拿出银两买下东山，迁出棚户山民，退耕还林，建立官林进行管护，并改东山为官山。官山是我国古代有官方记载的环境治理最早的案例，以官林进行生态保护是独一无二的。

官山山场面积有1000多亩，野生动物达30余种。冬天飘雪的季节，也是农闲赶山的好时节。那天，又下雪了，之前已经纷纷扬扬下了一天一夜，到处银装素裹，雪深及膝。父亲邀约三五个老哥们，叫上阿黄黑子两只猎狗就向官山开拔。等父亲走远了，我悄悄跟了上来。因为我是家里的独子，像打猎赶山这种危险活儿，妈妈是万万不能让我入伍的。

嘿嘿，那次我留了个心眼，不是不让我参加嘛，好啊，我就暗中盯梢跟踪，一不留意，我就赶上了打猎赶山队伍的步伐，待父亲发现了我，已经快到官山。父亲只好叮嘱我紧跟在他的身后，不得擅自行动。

官山整个走势，就是两坡两岭夹一沟，海拔 1100 余米，光照充足，雨量充沛，林深树茂，空气温润，是野生动物的天堂。那天，我和父亲的打猎赶山队，运气出奇的好。一进入官山，就发现了野猪的踪迹。只见一串串猪脚迹向林海深处延伸，我们顺着深深浅浅的脚印，一路追踪，一会儿就撵上了两大三小五头的野猪家族。

大家屏气凝神，父亲喝住两狗，悄声对打猎队进行了布防定位，分兵把守，包抄合围，约定开枪时间与暗号。我的父亲曾经在河南当兵十余年，当年差点儿开赴朝鲜战场，是公认的神枪手，对于打猎赶山这种事儿，在我父亲眼里几乎就是小儿科。

当年，喜欢玩枪打猎的人，使用的都是火药枪，也就是土铳。看见大家按方位站定，父亲手一招，大家抬枪瞄准；父亲发令，大喊一声，大家土铳齐发。我双手捂着耳朵躲在父亲的身后，只听"嗵—！嗵—！嗵—！"一阵枪声轰响，一头黝黑的大野猪应声倒地，一只黑白相间的小野猪也中弹在雪地上乱蹦乱叫，两只猎狗箭一般冲上前，对负隅顽抗的猎物进行最后的撕咬。另外一大两小三头野猪仓皇逃窜……清理战场时发现，原来猪妈妈带着两只小猪佩奇逃跑了。

山中打猎，是那个年代男人们原始欲望的野性偾张，也是和平时代男人们骨子里英雄浩气的自然抒发。长大后，我家两杆土铳都上交了。政府禁枪禁猎，管控甚严。我觉得这样做最大的好处，就是维护了大自然的生态平衡，好多过去几乎被赶杀殆尽的野生动物，又出现在大山密林里，有的还在农家房前屋后自由自在活动、觅食，重现人与自然和谐相处的乡村野趣与美景。

一场雨，一篓茶，一顶斗笠一幅画；一回头，一朵花，一首山歌飘天涯。小时候，我经常在假期随同妈妈、姐姐到官山采茶。

官山有茶，由来已久。官山茶场的场龄比我的年龄还要大，1965 年县里就在官山建了茶场。建场以来，坚持按生态、有机标准种植管理，始终不打农药，不施化肥，放养牛、羊、鸡，坚持人工除草，追施有机肥，保持茶园有机生态平衡。

官山之上，绿树华盖，层峦叠嶂，空气清新，昼夜温差大，土壤富含有机质，是种植茶叶的理想之地。这里出产的茶叶具有"色泽绿、高栗香、汤色亮、耐冲泡"等特质。尤其茶叶中锶量每千克中有 34.33 毫克，全国之最。1999 年获湖北省第一家欧盟有机认证，多次在全国和省市比赛中获得大奖，产品出口欧盟多个国家。

今日之官山，已不同于往日之官山。二十四节气之大雪那天，官山之上，艳阳高照，白云朵朵，碧空如洗，大雪之日就连一点儿雪花的影子都没有。我和余正安、宋进潮两位老友邀约来到官山，见到了已经在官山之中精耕细作、苦心经营 5 年之久的官山世外茶源总经理秦晓丽女士。秦晓丽出生于 20 世纪 50 年代，虽已年近花甲，但仍然蕙质兰心，风韵犹存，骨子里似乎蕴含着一种文化人的书卷气，与之交谈，思维敏捷，吐字如兰，初次见面，就让人有一种如沐春风之感。

一个对生活充满希望且自信的女人，会自然而然地散发出魅力，永远底气十足。秦晓丽告诉我们，她已经把官山当成了自己的家。她所经营的官山世外茶源，融茶叶生产、茶旅开发、茶文化交流、度假养生、景区规划设计开发于一体。现已建成新型茶叶生产车间、云畔度假客栈、醉云农家乐、逸云酒吧、淘气吧（儿童森林乐园、陶艺玩泥吧）、漫云书屋、茶艺室。目前，官山世外茶源已经成为醉情山水的文人墨客、寻幽休闲的红尘男女们的诗意栖息之地。着眼于长远发展，秦晓丽正在和她的文化创意团队，积极申报、倾力打造中小学劳动教育、生态教育和红色革命教育研学基地。

"新晴原野旷，极目无氛垢。郭门临渡头，村树连溪口。白水明田外，碧峰出山后。农月无闲人，倾家事南亩。"这是秦晓丽配以自拍官山美景图片，发在朋友圈的唐代诗人王维的一首山水田园诗。秦晓丽说，官山四季皆美，她已经把爱恋洒满官山。

如今的官山，已经被秦晓丽以一种文化人的审美视角与眼光，打造成了一个颇具浪漫色彩的世外桃源。漫步其间，一山一水，一草一木，一岩一石，无论是石刻雕塑，还是亭台楼榭，或依山就势，或返璞归真，或古朴典雅，或新颖新潮，每一处都别出心裁，每一处都匠心独运，每一处都被装点得充满了文化气息与氛围。这里有陋室，可秦晓丽却冠之以"陋室有典藏，谈笑有茶香"，让人耳目一新；这里有斑驳的老墙，秦晓丽却让它焕发了新生命，"那些年，我们一起走过的青春岁月"跃然墙上，顿成惊鸿靓影，让人思绪飞扬。

官山，已烙印在我的心底，镌刻在我的脑海。这里是一处耕植心梦之所，这里是一处安然若素之地。在这里，温一壶清茶，煮一壶美酒，持一缕诗心，等一群同道中人，共赴高山流水，畅聊百味人生，岂不快哉，岂不乐哉，岂不美哉，岂不妙哉！

（2019 年 12 月 19 日发表于《今日作家》）

话说尹吉甫

麻竹高速公路通车后，开车从保康县寺坪镇上下高速的人，突然发现了一个新奇的地名"尹吉甫"，而且很多开车从襄阳市到保康县寺坪镇的人，往往不知道要从"尹吉甫"下高速而开过了站口，不得不从邻近的十堰市房县青峰下高速再返回"尹吉甫"下高速到寺坪。

"尹吉甫"这三个字，绝大多数人不知道是什么意思，我也曾经问过很多人，为什么这个地方叫"尹吉甫"，但好多人都说不出一个所以然，这勾起了我的好奇心。

昨天和几个朋友坐车从寺坪上高速去襄阳，"尹吉甫"这三个字又进入了我的视野。我问在寺坪供电所工作的吴才兴，为什么这个地方叫"尹吉甫"，他说"尹吉甫"是个古人，与《诗经》有关，具体来历他也说不清。

好家伙，既然与《诗经》有关，就是一个文化课题，这就有点儿意思了。我马上想到了百度，去网上一查，这个"尹吉甫"还真是个"大人物"。

原来，尹吉甫是《诗经》的主要采集者和编纂人。

尹吉甫生于公元前 852 年，卒于公元前 775 年，湖北房陵人（现房县），黄帝之后伯儵族裔，尹国的国君，字吉父，一作吉甫，兮氏，名甲，金文作兮甲、兮伯吉甫。尹吉甫本姓姞，因被封为尹，所以又称尹吉甫，尹吉甫仕于西周，征战于山西平遥、河北沧州南皮等地，食邑房，卒葬于房。

尹吉甫不仅是我国第一部诗歌总集《诗经》的采集者、编纂者、中国历史上的伟大诗人，而且是卓越的思想家、政治家、军事家、哲学家、文学家、音乐家。尹吉甫是周宣王时的太师，西周时期著名的贤相，辅助周宣王中兴周朝，因为是流传后世的《诗经》的总编纂者，所以又被尊称为中华诗祖。尹吉甫奉周宣王命与南仲出征猃狁，获大胜，反击到太原（今山西太原西南、一说为宁夏固原）附近。后又发兵南征，对南淮夷征取贡物，深受周王室的倚重。遗物有"兮甲盘"，曾有子伯奇、尹伯封。尹吉甫晚年告老还乡房陵，最后幽愤而终，死后葬于今房县松林垭，房县有大量尹吉甫文化遗存。

据清光绪八年《平遥县志》载："周宣王时，平遥旧城狭小，大将尹吉甫北伐猃狁曾驻兵于此。筑西北两面，俱低。"又载："受命北伐猃狁，次师于此，增城筑台，教士讲武，以御戎寇，遂殁于斯。"尹吉甫曾作《诗经·大雅·烝民》《大雅·江汉》等诗（参阅尹吉甫后裔湖南尹业平博客）。

尹吉甫是尹氏、吉氏的太始祖，湖北历史上第一位政治家、哲学家、军事家。公元前 828 年，周宣王姬靖继位，选贤用能，国家兴旺，周室中兴。他任用尹吉甫、仲山甫、方叔、召虎为大臣。尹吉甫文武双全，文能治国，武能安邦。周宣王亲命大臣作诗为颂"文武吉甫，天下为宪"。

《幼学琼林》则提到了尹吉甫听信后妻不实之词，放逐自己儿子伯奇的故事。"欲知孝子伤心，晨霜践履。"《初学记》说："琴操，履霜操者，伯奇之所作也。伯奇，尹吉甫之子也。甫听其后妻之言，疑其孝子伯奇，遂逐之。伯奇编水荷而衣之，采苹花而食之。清朝履霜，而自伤无罪见放逐，乃援琴而鼓之。"大意是，尹吉甫听信后妻之言，将儿子伯奇赶出家门。伯奇认为自己没有犯错而被赶出，就在被赶出的这天早上，写成了琴曲《履霜操》。

《履霜操》原文这样写道："朝履霜兮采晨寒，考不明其心兮信谗言。孤恩别离兮摧肺肝，何辜皇天兮遭斯愆。痛殁不同兮恩有偏，谁能流顾兮知我冤。"

咨询房县的一位文友，他向我讲述了该县民间大量关于尹吉甫的鲜活生动的传说故事。他说房县还有尹吉甫宗庙，有多处墓和墓碑遗址，更有大量翔实的文物遗迹。其中为祀祠尹吉甫而修建的石窟"青峰宝堂寺"【建于明朝正德十一年（1516年）】，大门用方石雕刻，寺中精美的石门、石窗、望柱、挟栏等就在绝壁上雕凿而成，寺内供奉着尹吉甫的石像，其像手中还握着一个大毒蜂（另有传说）。寺前有八间木雕结构庙房，还有高大庄严的龟驮碑，有二遵高浮雕龙凤碑、凤帽，都是远古御碑。清朝又两次扩建。有一巨立碑记。首句就点到说："夫青峰乃古周朝名宦尹吉甫之佳城（佳城指古墓地）……"有关尹吉甫的传说故事在房县经群众口耳相传，世代不绝，与相关遗迹交相印证，特别是与尹吉甫有关的多处天官坟在房县的传说，更为生动传神。

保康县本土作家、县民协主席、文化馆馆长宋进潮告诉我，在房县和保康，民间诗经民歌传唱从古到今，流传甚广，至今还有大批农民能够用不同形式歌调唱出诗经《关雎》《伐檀》等多首《诗经》诗歌。

"玉骨久成泉下土,墨痕犹锁壁间尘。"搞清了尹吉甫的生平事迹和历史典故,我的心底对尹吉甫油然而生敬仰之情。让我们记住这个名字吧——尹吉甫。

(2019 年 12 月 12 日发表于湖北《十堰日报》)

荆山秘境九路寨

很早以前，九路寨不过就是一个有九条路可以自由出入、名不见经传的秘境山寨。

它的成名，缘于一个在此踞寨为霸的土豪，名叫孙秀章。他拉起了 200 余人的队伍，在九路寨占寨为王，封堵了其中的八条路，仅在奇险无比的寨口"钻天洞"留下一条靠攀援才能上下、易守难攻的进寨之路，据险扼守，称雄一方，把九路寨变成了"土匪巢穴"。1949 年 10 月底，保康县剿匪指挥部借四野军威，拿下了孙秀章盘踞的九路寨。

它的驰名，缘于全域旅游战略的升温与开发，随着三特旅游开发公司的投资建设与宣传，九路寨逐渐声名远播，成了人们探秘探险的天堂。

高山入云，晴空万里，荆山秘境九路寨，这个深秋，我来了。秋天出游，赏叶当是首选。作为襄阳市唯一的一个全山区县，每到秋时，保康连绵的群山，由黛变黄，由青转红。满山尽披霞光，绚丽而旷远。秋浓之时，进入九路寨，山势起伏，雄伟豪迈。一路上秋色尽染，漫山红遍，宛若童话世界。象鼻山遗世独立，庄重肃穆；晨起之时，云雾缭绕翻涌，如入世外秘境；楚王峰在烟云中时隐时现；山顶木屋，掩映在丛林之中，沐浴在秋日的爽朗的晴空之下。登顶 1426 米的最高峰李亩塘，可一览霸王河两岸"秋日胜春朝"的唯美风光。

深秋十月，借助襄阳市文学院、保康县作家协会"相约九路寨、踏秋赏红叶"文学采风活动的契机，我再次踏入九路寨这个秘境之地，在景区总经理卢万武的礼敬躬迎下，我们愉快入住木屋小别墅，远离城市喧嚣，享受静谧的旅居生活。

游客中心前的一棵树龄三百多年的古树，枝干遒劲，在蓝天白云映衬下格外壮观。我们穿过游客中心右侧的广场，步行来到大崖口观景平台，远眺蜡烛峰。它是悬崖峭壁边临空矗立的一柱石峰，因每逢秋季峰顶几棵小树金黄的树叶会在山风拂动下摇曳，像极了旧时家家户户都有的蜡烛，当地老百姓就亲切地称它为蜡烛峰。人们也常常借它遥寄相思，"何当共剪西窗烛，却话巴山夜雨时"。

来到九路寨，必然少不了这里的观日出。第二天，我们早起看日出，沿着大崖口、蜡烛峰、楚天舒观景平台、人行木桥、悬崖吊桥，踏着清晨薄雾，翻过六七座山岭，一路在火红的枫林中穿行，经过近一个小时的爬坡上岭，晨曦初露时，我们刚好到达观山顶观景平台。眼前初生的太阳从山峦和云雾的包围中冲出，从云霄暗淡到红艳似火，带给大地一片光明，日出云蒸霞蔚似乎是一个被赋予生命的过程。那一刻，我们承接的不仅是天地之灵气，还有日月之精华。

早餐后，搭乘景区交通车，我们先来到楚王峰。眼前这孑然独立的山峰，就像一位威武雄壮的将军，目光炯炯，像是在检阅部队。它的左边矗立着两座矮壮的山峰，像两个忠诚的卫士。三者结合起来看，它们又像点燃的檀香，所以这里又叫三炷香。

景交车把我们带到纸厂遗址，我们沿着潺潺的溪水前往黄龙洞。黄龙洞属于喀斯特地貌，因传说黄龙在此居住而得名。黄龙洞前不远处的河谷中，有一块巨石，宛若棋盘。黄龙洞中涌出的白练般的地下泉水，层层叠叠形成高十余米、宽七八米的六叠大瀑布，岩壁和洞口的树就像龙须，巨大的洞口，高约三十米，像一个张开的龙嘴，十分壮观。

黄龙洞里面宽二十余米，长六百多米，走到尽头，只见一潭碧绿深幽的湖水，面积五六百平方米，据说500米的绳索都探不到底。黄龙洞内，洞中有洞，洞中有山，洞中有河，洞中有景。洞中钟乳石林立，千奇百怪，姿态各异，鬼斧神工，在五彩灯光的映照下，如诗如画，如梦迷幻。

从黄龙洞出来，返回纸厂遗址，我们又沿着霸王河徒步亲氧线向索道下站走去。只见两岸山峰高耸，森林茂密，交相辉映，这里既有雄奇险峻的峡谷绝壁，也有众多的瀑布溪流，徒步其中，心旷神怡。

乘索道抵达大岭头观景平台，我们远眺悬崖索桥。它横跨在两边的悬崖绝壁之上，桥面宽两米有余，跨度二百二十米，桥面距谷底垂直高度二百三十米。

从大岭头观景平台向悬崖索桥走去，途中我们俯瞰峡谷，只见九路寨峰高峡幽，堪称现代世外桃源。

过了悬崖索桥，继续右行，我们来到了象鼻峰面前，当地人称它为"穿洞子"。它好似一头大象，从山林中走出，伸出长长的鼻子，正畅饮三河交汇之水。

九路寨犹如绿野仙踪，这里山脉纵横、沟谷相连，山峰耸峙，溪涧回环，奇峰与幽谷互为映衬。千百年来，这里一直是一个不为人所知的秘境之地。春天，杜鹃花漫山遍野，拥挤成簇；夏天，绿树成荫，清凉宜人；秋天，红枫摇曳，野果飘香；冬天，银装素裹，冰雕玉砌。绘就一幅特有的四季盛景，把九路寨装扮得五彩斑斓，灿若图绣。

"巴山一夜风，木叶映天红，色比桃花艳，秋如春意浓"。当我们行走在秋天的旅途时，感受一阵秋风，采撷一片秋叶，吟赏一首秋诗，一定可以体味到蕴含其中的情感，为我们的生活平添一些浪漫的诗意。

"原山原水原生态，野滋野味野风情"。在九路寨这个秘境之地，我开始感叹自然的伟大和神奇。景区内地形地貌奇特，山奇地险，奇松怪石、云海险谷、幽潭飞瀑、珍禽异兽应有尽有。

神奇的天斧刻画了这里的奇幻美景。行走寨内，沟谷众多，景点密布，黄龙洞、象鼻山、佛望瀑、一线天、锣鼓寨、霸王河、将军峰、天马山、天生桥、古栈道等最为美丽壮观。登高远望，其形状就像一条金线吊穿着一串葫芦，被人们形象地称为"一沟两扁五条冲，巍巍山寨九路通，七河三瀑一线天，托起青狮白象峰"。因此，凡是到此一游的旅客，都会情不自禁地赞叹，这里就是"鄂西北的张家界""大荆山的九寨沟"。

九路寨之行，似乎不同于之前的各类旅行。两天的行行摄摄，盘桓其间，切切实实地被梦幻般的美景震撼了一把。感谢这次美妙震撼的行走，最好的时光在路上。成长、蜕变抑或取悦自己，这一切美好的变化都在路上发生着。无论你是穷游背包客还是豪华奢享者，时光所带来的种种幸福感，总是那么不经意地触人心弦。

游走景区，跋涉山间，累吗？累就对了。世上没有一份工作不辛苦，包括旅游。生命就是一段旅程，在经年中前行，每个人都是行者；在岁月中跋涉，每个人都在修行。我们要用一颗建造高楼的心，看生活；要取一颗创造美好生活的心，看人生；要把人生的苦难，当作是生命的一场修行，你最终会得到并迎来属于自己的辉煌。

梭罗说，旅行的真谛，不是运动，而是带动你的灵魂，去寻找到生命的春光。游览采风归来，我在想，荆山秘境九路寨，不正是我们寻找生命春光的绝美境地和灵魂栖息之地吗？

莫道醉人唯美酒，江山入画亦醉人；荆山秘境九路寨，美景如许胜蓬莱。真想携一知心爱人，一张古琴，一盏香炉，若干书卷，择那片竹林临水而居。在空蒙山涧悠闲高卧，醉听一阕流水知音，在月夜下怡情对酌，赏悦一场风花雪月，况味叶落枫红之自然静美，感受多姿生命之纯粹简洁。遨游山峦绿水间，拥秋韵于心，揽明月入怀。

（2019 年 11 月 6 日发表于《家在保康》）

荆山深处好风景

生在保康，长在保康，对保康的绿水青山、蓝天白云情有独钟。五道峡、九路寨、尧治河，一个个"养在深宫人未识"的大山璞玉，被勤劳淳朴的卞和后人们，精雕细琢，画龙点睛，打造成了一张张风光旖旎的"保康名片"。斯是如此，我还是要说，荆山如此多娇，大美横冲，风景这边独好！

大美横冲，地处鄂西北大山深处，位于保康南部，距保康县城 40 公里，最高主峰海拔 1946 米，素有"荆山之巅"之称。境内山山相连，蜿蜒起伏，是观云海、看日出的绝佳之地。横冲景区平均海拔 1800 米，属国家自然保护区，有一岭两山两冲十八峰，年平均气温不足 15℃，原始森林保护完好，自成天然氧吧，是"夏天避暑、冬天滑雪、康养观光"的旅游胜地。

仲秋八月，借助作家协会与横冲景区联合举办"走进大美横冲散文笔会"的机会，我再次来到横冲，两天两夜与木屋别墅亲密接触，观云卷云舒，看日出云蒸霞蔚，徒步峰岭探险探秘，盘桓山水间，徜徉蓝天下，如在画中游。

横冲之于我，并不陌生。5年之前，曾随友人，蜻蜓点水，到此一游。那时的横冲，还是处女地，景区门口，一楼孤立，所谓的风景，也只有现在称之为"石垴岭"的大石垴山梁之上，人工修筑了一条直达密林深处的便道，荒山野岭，怪石嶙峋，人们择其峻峭奇石，依山就势而立，使空旷幽静的密林和山野徒增一抹奇趣与亮色。

2019年夏天，我又携家人踏访横冲。盛夏的横冲，古木参天、绿荫华盖，到处蓬勃着生机。这里的山，翠绿成海，层林叠翠，透出盈盈的湿意，置身其中，清风扑面、芬芳触鼻，美得让人心旷神怡！这里的水，明净碧绿，光影斑驳、环境幽静、如诗如画，与湛蓝的天空相映成趣，美得让人尖叫！这里的景，美如仙境，美不胜收，空气中流淌着安静的因子，犹如身处远离尘世的梦幻仙境，逍遥缥缈，美得让人震撼！

早上8点，我们从保康县城出发，轿车一路爬坡上岭逶迤前行，宽阔的柏油马路直通山顶。不到一个小时就轻松到达横冲。一下车，但见整个横冲大雾弥漫，烟雾缭绕，凉风习习，能见度不足5米，气温一下子降到10度以下。啊，好一座大荆山，顿时让我们从"火焰山"跌进了清凉世界，真是"一山有四季，冰火两重天"。雾霭沉沉，风雨欲来，冷风浸骨。因此，盛夏横冲之旅，我们只好短暂驻足而返。

仲秋再入横冲，秋高气爽，别有洞天。更有来自襄阳、宜昌、荆门以及保康作协的30多位作家、诗人、摄影师，文坛大咖，齐聚景区。

有朋自远方来，不亦乐乎。唯楚旅游集团董事长梁清泉、唯楚集团横冲景区总经理宦廷义、保康县政府派驻景区项目服务秘书邓显华等人，伫立景区门口，笑脸躬迎来自四面八方的文朋诗友，依次入住木屋别墅。是夜，高端笔会拉开序幕，宾朋满座，把酒言欢，畅谈旅游文化，共商发展良策，金玉良言，献计献策，传经送宝，其乐融融，收获颇丰。

翌日，我们5点起床，直赴香炉峰看日出。到达时已有不少"驴友"，架好拍摄设备，虔诚恭候日出。6点15分，太阳总算露面了，只见一轮红日从云层中如破壳雏鸡，从远远的天边很不情愿地冒出个金黄的圆盘，那是太阳在云雾的掩护下，羞羞答答地从东方升起。这时的云，渐渐飘去，散开，像被风轻轻地推开，推向山谷。山顶慢慢变得清晰起来，倒是山下云雾飘渺，如影似幻，就像整座山峰都在空中悬浮，如蓬莱仙境。朝霞所到之处，万物尽换金装。日出的过程，就是从"千呼万唤始出来"到"小荷才露尖尖角"，再到"犹抱琵琶半遮面"，最后"日出江花红胜火"。

古人说，日出扶桑，登岱观海。"云起半空方作雨，天临绝顶忽开晴"，只有亲自观看日出的人，才能饱此眼福。旭日东升，给绿色的森林披上一层金色的朝霞，巍峨的群山更显出它雄伟绚丽的英姿。正是"日上，正赤如丹，下有红光，动摇承之"。冉冉升起的红日，矗立山顶的风电机车，虚无缥缈的晨雾，与群山相互辉映成景，构成一幅如梦如幻的壮美画卷。

待到明月高悬，登山俯瞰山下万家灯火，恰似繁星点点，使人顿生飘然登天的幻境。夏去秋来，浩浩荡荡的云雾，顺着山谷缭绕而来，浓云弥漫，座座山峰时隐时现在一片神秘飘渺的雾海苍茫之中，如登仙境。恬静的大山之上，零零落落分布着大大小小20多座风电机车，随风而动的机翼，犹如嗷嗷待哺的婴儿，用力地吮吸着大山母亲的乳汁。

清晨，打开窗门，映入眼帘的是广阔无垠的绿色，晨风袭来，波浪般的松涛发出悠扬婉转的声音，犹如一首动人的晨曲，随着音乐不断舞动的阵阵松涛如大海的碧波，一浪高过一浪。深吸一口略带山中泥土气息的清新的空气，不由得心旷神怡。入夜，远眺群山，伫立峰岭之上的风车，红灯频闪，就像天上的星星遗落人间，与朦朦胧胧的群山一起跳动，熠熠生辉，相映成景。

横冲景区，地形地貌多样，形成众多的天象景观，一年之内，一日之中，四时演替，朝明暮昏，云雨霭霁，变幻莫测。据说，在晴朗天气，站在横冲景区的荆山之巅，从海拔1900多米的荆山主峰极目远眺，可观百公里之外的襄江大桥和汉水之滨奇景。

看罢壮美日出，我们沿着石垴岭一路前行，这里既是山的世界，更是海的世界，是林的海，云的海，山的海。那巨木古藤的林莽，构成碧绿无边的汪洋，那层层叠叠的山峰，恰似波浪万顷，飘浮峰巅山际的白云，正如层层浪花翻滚。

这里四季有景，让人留恋。春天，满山翠绿，百花齐放，望春树高大挺拔，各色花朵，点缀山中。野樱花一望无涯，漫山遍野；野生牡丹花开满山头，红霞一片；紫藤花，一树树，一串串，随处可见；凤仙花、桃花、李花、兰花、玫瑰花……很多叫不出名的花儿，红的、黄的、白的、蓝的、紫的，到处都是，花团锦簇，美不胜收。夏天登上日照峰、药王峰、紫烟峰，凉风习习，神清气爽；站在神树底下纳凉，享受着神仙般的生活。秋天板栗张开嘴露出栗红色的果实，一树树橙黄色的甜柿脆甜可口，野生猕猴桃挂满枝头，山楂红灿灿，油茶沉甸甸，红果压枝弯，鸡树条一串串，红刺果一簇簇，叫不出名的野果随处可见，伸手可得，只要到山上走一走，一定是满载而归。冬季大雪封山，银妆素裹，白皑皑的冰雪世界，冰挂雾凇，更叫人流连忘返。

下午，我们在邓显华的带领下，经石门垭、药王峰、虎抱岩、跑马岭，直奔望夫山。据传，古时山脚下有一对年轻夫妇，感情甚笃，夫外出经商，一去不归，妇每天在山顶上远望夫归，后死于此山，后人即称此山为"望夫山"。明朝中期，此山修有祖师大庙，远近僧众前往烧香许愿，拜佛求神，故又称"望佛山"。相传真武大帝选择圣地到此，美景妙观，让真武大帝实有不舍，后在武当立圣后，命道人在山顶修筑祖师庙，号称中武当。现存遗址上巨大的石碑，诉说着昔日的雄伟壮观。

这里历史文化丰厚，有羊四将军（有人称之为杨泗）与桃花寨公主（有人称之为桃花小姐）的爱情故事。传说羊四将军向桃花公主求婚，桃花公主避寨不出、避门不见，羊四将军盛怒之下，炮轰桃花寨，炸断在此修行的老龙角、小龙角，龙角遗落峰岭之上，至今遗迹仍在。这里还有卞和踏访荆山寻找璞玉的故事。民间口口相传，卞和在莽莽荆山觅玉，在横冲石垴岭丛林中不小心踩着了一条巨大的蟒蛇，这蟒蛇是一条毒蛇，嘴里吐着长长的芯子，一口咬住卞和大腿，惊吓之下，卞和捡起一根木棍猛力扑打，蟒蛇落荒而逃。卞和疲惫不堪地坐下来，毒蛇咬的伤口痛疼难忍，眼看大腿肿了起来。情急之时，卞和抓扯了一把身边的问荆草，揉碎捣成糊状稀饼，敷在毒蛇咬的伤口上，立时一股凉气浸漫全身，休息少许，伤口不痛了，肿胀的大腿恢复如初，卞和站起来继续穿行在横冲林海里，沿着大石垴向下，终于在五道峡寻找到珍贵的和氏璧璞玉原石，问荆草治病救人的故事在荆山乡间广为流传，千百年来，问荆草一直在救死扶伤，普济乡民。

　　这里山水相依，风景奇特。每逢夏季，山洪出涧，水急滩险，瀑布流泉，飞流直下，蔚为壮观。从黄连山到跑马岭，山坡陡峭，绝壁悬崖，怪石嶙峋，水声轰鸣，回音满谷，气象万千。以老龙角为主的奇峰、怪石、溶洞等自然奇观，随处可见。

　　横冲有近 10 万亩高山森林、草场、草甸、箭竹、奇峰、奇石等自然景观。年均气温 12—14℃，无霜期 140 天左右。终年云雾缭绕，气候温凉宜人。夏季避暑休闲，冬季滑雪健身，条件得天独厚。是徒步、登山、摄影、骑行、露营、观光、探险等户外活动的好地方，这里也是生态休闲游的好去处。她可算是荆山之巅的"羞涩闺秀"，等待人们去认识她，喜欢她，爱恋她。

　　人生之旅，亦如登山，要走很多路，有的是笔直坦途，有的是羊肠阡陌。无论如何，路要自己走，苦要自己吃，不可能永远依赖别人。只要你愿意走，踩过的便是通往理想之路；只要你不回避与退缩，掌声终会为你响起。

　　漫步大美横冲，畅享森林养吧。我们被横冲美景倾倒，被荆山日出震撼。这个正在紧锣密鼓开发、尚且待在"闺房"中的深山明珠，已成为旅拍作家、户外达人、野外探险和风光摄影师们向往的人间仙境、梦幻天堂。

　　横冲归来，我心里在想，旅游是文化的载体，文化是旅游的灵魂。旅游就像剧本，只有剧本跌宕起伏、引人入胜，才会抓人眼球，收获票房。家喻户晓的刘三姐，本是广西壮族自治区传说中的歌仙，1961 年电影《刘三姐》在桂林拍摄上映，影片中美丽的桂林山水、美丽的刘三姐以及美丽的山歌，迅速风靡全国和东南亚。从此，前来游览桂林山水、寻访刘三姐和广西山歌，便成了一代又一代人的梦想。漓江景区抓住刘三姐文化资源深度开发，成功推出了《印象·刘三姐》，塑造了桂林独一无二的旅游品牌。电影《刘三姐》和《印象·刘三姐》，给桂林带来的不仅仅是经济效益，还展示了桂林浓厚的民族文化和民族风情。

旅游是一个生态的、绿色的、长久的工程。俗话说，十年企业靠人气，百年企业靠文化。多少繁华只是过眼云烟，只有经典才能够永久流传。唯愿正在火热开发、即将开门迎客的横冲风景区，以文聚魂，一飞冲天，万年流传。

（2019 年 10 月 8 日发表于《新时代文学》，2020 年 6 月入选《大美横冲散文集》）

沮出荆山润马良

采风那天，下着淅淅沥沥的小雨，天雾蒙蒙的，在沮水河畔的马良康泰山庄，我做了一个梦，梦见和梅入了洞房。

荆山逶迤，沮水蜿蜒。在莽莽苍苍的荆山山脉的深处，有一个古老的小镇，叫马良。马良这个地方虽小，但名字却颇有一番来历。据说，三国时期蜀汉的名臣马良在这里积劳成疾，长眠于此。为纪念这位杰出的忠良之臣，后来人们把这里命名为"马良"。

参加马良文学采风活动回来很久了，一直没有动笔写文章，心里十分愧疚，不得不坐下来酝酿文字，以便给大家一个交待，也给自己一个交待。否则，就应了那句：参加采风活动，凡是不交作品者，就是耍流氓！

其实，我的心里一直驻留着一个美丽的马良，不仅有风光旖旎的美景，还有一个美丽的姑娘。我去马良，其实想去看看梅。可是梅不在。十年前，我有幸认识了梅，尽管故事已经远去，至今她仍然生活在美丽的沮水河畔，守望着家乡。那天，看着滔滔沮水，我又想起了曾经的梅，还有留存在脑海里的印象。

有梅的地方，山水也壮美。《诗经》曰："沮之荡兮！"意思是说，长江、黄河的子子孙孙（支流）遍布广袤大地，滋润着原野山川，而"沮河"便是她们的孩儿。

"江汉沮漳，楚之望也"。有传说记载：黄帝荆山铸鼎飞天时民众依依不舍，上天的巨龙曰这是天帝的旨意。人们哭天恸地，眼泪在河水上打起了浪花。黄帝升天而去后，人们把此河改为泪河，后又改为祖宗之意的祖河。郦道元写《水经注》时改成沮河。

《淮南子》曰：沮出荆山。长达500里的沮河，河水常年丰沛且清澈透明，滋养着沿岸草木人畜。"关关雎鸠，在河之洲。窈窕淑女，君子好逑。参差荇菜，左右流之。窈窕淑女，寤寐求之。"《诗经》中的《关雎》，一直被人们世世代代的传诵着。一说沮河原名雎河，因鸟而名雎。曾有很多文人雅士不懈地探索，寻找雎鸠，终于得出结论，"关关雎鸠，在河之洲。"雎，既是鸟名，又是水名。

有梅的地方，故事也传神。话说神笔马良画了一只很大很大的木船，皇帝就带了娘娘、太子、公主和许多大臣、将军，都上船去了。后来，船翻了，皇帝他们都沉到海底去了。皇帝死了以后，《神笔马良》的故事就传开了。

但是，马良后来到什么地方去了呢？有人说，他来到了马良西坪，和梅一起，种稻养虾栽培葡萄和牛奶草莓，创业成功，收益颇丰。也有人说，他来到了马良陈家湾，和梅一起，架设了红桥，建筑了民宿，还开了农家乐，生意兴隆，爱情和美。还有人说，他来到了马良重阳，和梅一起，建设观光农业走廊，种植了数百亩果园、数千亩油菜花田，倾力打造生态农业观光园、都市农业发展园、农耕文化展示园、农家生活体验园，天天生活在诗画里面，过着"采菊东篱下，悠然见南山"的日子。

采风那天，留醉马良，兴许是美酒如饴，又或者是心有所期，是夜，我做梦了，梦很长，也很美。

早期楚文化的那些事儿，萦绕在我的脑际，进入了我的梦乡。保康是早期楚文化发祥地，汪青祥是一个民间乡土文化爱好者，多年来一直致力于研究早期楚文化。采风期间，汪青祥赶到会场，向采风团介绍了发生在紫阳村的早期楚文化。入夜，汪青祥依稀入梦，向我介绍说，很多古人、名人出生、活动在荆山。如《史记·封禅书》："黄帝采首山铜，铸鼎于荆山下"；《左传·昭公十二年》记载，子革答楚灵王问："昔我先王熊绎，辟在荆山，筚路蓝缕，以处草莽。跋涉山林，以事天子。"据考证，"荆山"地名源自《尚书·禹贡》，《尚书》是我国最早的历史文献之一，《禹贡》是其中重要的一篇，它记载了大禹时期的事情。《禹贡》800多个字中曾有四次提到荆山，说明大禹时期的荆山已被列为名山。据考察发现，仅保康范围内，祭祀三皇五帝等先辈名人的寺、庙、祠、庵、宫、所、堂、台、洞和墓、碑等各类文化遗存、遗迹星罗棋布，至今遗存有神农、夏禹河、轩辕山、轩辕丘、黄龙观、子孙沟、王子山、猿翼沟、西陵、夷陵等众多地名，还有穆林头遗址，与史前文化关联性强，且有当地传说印证。

俗话说，日有所思，夜有所梦。聂丽是一个美丽大方的女孩，采风期间一直随团服务。当夜，靓女入梦，当起了美丽乡村解说员，聂丽介绍说，马良不仅有悠久而深远的楚文化资源，而且有丰富多彩的红色文化资源。聂丽说，在红色精神引领下，当地干部前赴后继，一任接着一任干，一张蓝图绘到底，带领山区群众改变贫困面貌。如今的马良，今非昔比，家家住上了宽敞明亮的楼房，户户通上了平坦整洁的水泥路，村庄美、产业旺、农民富，呈现出一派欣欣向荣的景象。

最有意思的是，我还梦见和梅入了洞房。马良，流淌着的不止有奔腾不息的沮水，还有楚人血脉里的艺术"沮水巫音"。那天，我在柳林讲堂里欣赏了沮水巫音表演，欢快喜庆的乐曲，令人如痴如梦。当地有"巫音可以吹到皇帝的金銮宝殿，也可以吹到小姐的绣花楼"之说。入夜，我竟然和梅在梦里相遇。我是新郎，梅是新娘。高堂之上，群乐毕至，鼓乐喧天。司礼官引新人出房，来到中堂前，依次参拜家神、家庙及父母舅姑。礼毕，新娘执同心结，牵引着新郎回新房……次晨梦醒，南柯一梦。

沮水孕大楚，深山藏古风。今天的马良，致力于推动新农村、新城镇建设，一条条大道康庄靓丽，一幢幢高楼拔地而起，一个繁荣富庶的"新马良"正在崛起。唯愿沮水马良，天更蓝，山更绿，水更清，游客越来越多，生活越来越红火。

（2021 年 5 月 22 日发表于《今日保康报》）

蜡梅岭上慰忠魂

农历九月初十，我们 60 多名党员来到蜡梅岭上的吴德峰革命业绩陈列馆，追寻先驱足迹，追忆红色历史，并在鲜红的党旗面前，庄严地举起右手，重温入党誓词。

铮铮誓言声震屋瓦，朗声诵读响彻云霄，激荡着每一个共产党员的初心。那一刻，我鼻翼翕动瞬间泪奔；那一刻，我心潮涌动激情澎湃。崇尚英雄才会产生英雄，争做英雄才能英雄辈出。是啊，吴德峰这位保康人民家喻户晓的革命先驱和英雄人物，家乡的人们又怎能忘记他的丰功伟绩呢？

1896 年 6 月 21 日，吴德峰出生于保康县石磐岭村，原名吴士崇，字德峰。他是老一辈无产阶级革命家、中国共产党隐蔽战线的英雄。1976 年 12 月 11 日因病在北京逝世。

吴德峰的一生，充满了传奇，但他生前从不提自己的过去，即使是对子女，直到其夫人戚元德病逝前，才向子女口述了他们的谍战经历……其女儿吴持生等人将这些宝贵资料整理出来，从中我们可以看到那些满怀坚定信仰、不该被今天的人们淡忘的历史人物。

1997 年 6 月，保康县委、县政府在河西蜡梅岭上新建了吴德峰革命业绩陈列馆。2014 年 5 月，襄阳市委在这里正式挂牌，把陈列馆确定为中共党史教育基地。陈列馆陈列了吴德峰半个多世纪革命生涯的光辉业绩，并选取丰富翔实的史料，展示了吴德峰从建党到建国的战斗历程，展现了共产党人坚定的共产主义信仰和坚贞不屈、追求真理与自由的斗争精神。

同志们在一幅幅历史图片、一件件珍贵实物前驻足细观。一件件实物，躺在展柜里，静静地诉说着曾经的波澜壮阔；一帧帧画像，逼真地还原着战争的惨烈和胜利的骄傲。站在缓缓行进的观展队伍中，我在想，与展品对视的那一刻，大家的脑海中浮现的究竟是一种怎样的思绪呢？

是的，我想，我们选择在吴德峰革命业绩陈列馆，重温誓词，瞻仰凭吊，不只是为了看一次展览，更重要的是来寻找那一种追求真理的精神，是来接棒先辈的铁血壮志和未竟事业。

捧着一颗心来，不带半根草去。站在吴德峰画像前，我的心情久久不能平静。这位出自我们保康的先驱和英雄人物，让我们感动，让我们敬仰，也让保康人民为之骄傲与自豪。

天地英雄气，千秋尚凛然。瞻仰归来，我陷入了沉思。成千上万的革命英烈，为了他们的信仰，没能看到他们理想中的世界。但是，人民没有忘记，他们的英名镌刻在了功勋墙上，接受一代又一代的后人凭吊瞻仰；他们的崇高精神已经融入我们每一个人、每一个岗位的扎实工作中，正是他们高尚的革命情操和英勇不屈的无畏精神，才擎起了中华民族的不朽丰碑。

一个不记得来路的民族没有出路，一个有希望的民族不能没有英雄，一个有前途的国家不能没有先锋。英雄事迹和精神都是激励我们前行的强大力量。

"忆往昔峥嵘岁月稠"。吴德峰的革命生涯和革命事迹告诉我们，伟大出自平凡，平凡造就伟大。只要有坚定的理想信念、不懈的奋斗精神，脚踏实地地把每件平凡的事做好，一切平凡的人都可以获得不平凡的人生，一切平凡的工作都可以创造不平凡的成就。

今天，硝烟早已散尽，和平发展成了时代主旋律。祖国的繁荣与富强，百姓的幸福与安康，是革命先烈最大的愿望。对为党、为国家、为人民作出奉献和牺牲的英雄模范人物，我们都要发扬他们的精神，从他们身上汲取奋发的力量。

传承是使命，接棒是责任。一切伟大成就都是接续奋斗的结果，一切伟大事业都需要在继往开来中推进。新时代必将是大有可为的时代，对祖国最深情的告白是奋斗，无数革命先烈和英雄志士用生命换来了清朗的盛世，留给我们的任务，就是不忘初心跟党走、牢记使命铸忠诚，踏着革命先烈的足迹，砥砺前行。

作为新时代的国家电网人，我们要像英雄模范那样坚守、像英雄模范那样奋斗，共同谱写新时代电网事业的壮丽篇章，创造出更加灿烂辉煌的明天。这，才是对革命先烈忠魂的最好告慰。

（2019 年 10 月 12 日发表于《今日保康报》）

蜡梅岭散记

喜欢踏雪探梅，寒冬腊月，沿着保康县城的阡陌小巷，跨过清溪河一桥，便到了与紫薇林隔河相望的蜡梅岭。生长在蜡梅王国，每至岁末，万物凋零的隆冬时节，夹山野梅对峙竞放，傲雪怒放，馨香四溢，远远望去，上下重叠，依阴迎阳，雪一样蓬松，云一样舒卷。

野生蜡梅，是中国特有的珍贵花卉树种。1987 年 6 月 5 日，国家在保康县正式建立全国第一个，也是世界第一个野生蜡梅自然保护区。时任国家环保局局长的曲格平教授欣然挥笔写下"蜡梅王国"，保康县人大常委会通过决议，将蜡梅定为保康县花。

保康县地处荆山主脉，野生蜡梅资源丰富，有 6 万多亩，100 万余株，有黄色、红心、蜡质、黄白、纯白五种。保康野生蜡梅面积、数量、品种均居全国第一。

人们常把寒梅、雪松、霜竹，合称为"岁寒三友"，盛赞蜡梅花为"花之魁"。蜡梅，凌寒傲雪，先春而开。是严冬的一道风景，美丽坚强。蜡梅没有红梅的热烈，没有白梅的高洁，却多了份质朴、亲切，像邻家女孩。

我不知道"宝剑锋从磨砺出，梅花香自苦寒来"诗句中所说的梅花是否就是蜡梅，但我知道，吹拂蜡梅花的不是轻柔如柳的春风，而是凛冽的寒风，滋润她的不是清凉柔和的雨水，而是寒冰冷雪；照耀她的不是温暖的阳光，而是严冬里的一丝残阳。蜡梅花超然脱俗，豁达无邪。她那迎雪吐艳，凌寒飘香，铁骨冰心的坚贞气节，令人仰慕倾倒。其俏丽的外表和高洁的品质，给寒冷的冬日带来绚丽的色彩。

我喜爱朴实无华的蜡梅，正是因为她的刚正不阿，她的不畏严寒，她的冰清玉洁。千百年来，梅花独立傲寒的风骨，暗香盈袖的品质，淡雅清纯的风韵，一直在文人墨客的笔下闪闪发光。人们赏梅咏梅，借梅言志，佳作不断，豪情不减。我想，其中最重要的原因就在于，人们崇尚像梅花那样淡定、坚贞和傲骨的人生态度。

"墙角数枝梅，凌寒独自开。遥知不是雪，为有暗香来。"在百花凋谢之时，蜡梅却生机勃勃，傲然挺立在凛冽的寒风中吐艳，散发出阵阵幽香。无须张扬，让人们感受到生命力的顽强，感受到朵朵花儿的坚强。蜡梅挑战了自我，顶风傲骨，昂首绽放，越冷开得越精神，越冷开得越惬意，让见到她的人们都为之震撼。

我想我们每个人都应该有蜡梅一样的精神，像她那样，用自己的激情感染着寒冬，肆意地绽放；用她执着向上的方式，去追求灿烂的生活，释放自己的光和热，在遇到挫折的时候，迎风屹立，傲霜斗雪，坚强不屈。

（2018 年 12 月 18 日发表于《新时代文学》）

美丽乡村纪行

　　不止一次听人说起过刘家坪，我也一直想去看看，这是怎样一个美丽乡村，令如此众多的人心驰神往。

　　暮春夏初，一个天朗气清的早晨，时逢周末双休，我便邀约同窗好友，呼儿携妻，迎着阳光，走进了刘家坪。

　　地处鄂西北荆山腹地的保康县，下辖 11 个乡镇，共有 257 个行政村。刘家坪是城关镇下辖的一个小山村，这个村距离县城 18 公里，既没有城关镇小沟村喧嚣，也没有寺坪镇峡口村知名，为什么偏偏要去刘家坪？对于我来说，刘家坪就像三月的风，四月的雨，五月的鲜花，让我偏偏喜欢它。

　　来到刘家坪村口，只见一对塑雕黄牛伫立路边，悠闲地在青青草地漫步，一头幼牛依偎在牛妈妈身边。不远处，两个铜铸放牛娃正在凝神对弈，青山翠谷之中，好一幅"牧牛对弈图"！

　　"水清鱼读月，山静鸟谈天"。村口建有一个供游客遮风避雨、休息落座的涧春亭，两个亭柱之上，书写着一副现代书画家陈定山撰写的对联。如此精妙的对联，运用到这里，联景相配，恰到好处，让我眼前一亮，置身清幽峡谷，满眼鸟语花香，宛如世外桃源。

逗留良久，继续驱车前行。我们一行来到村中的栖雁亭，这里又有一番新景色。水车，石碾，石碓，凉亭，构成一幅精妙绝伦的山村水墨画。

刘家坪村是宁静的，站在阳光下的石碾旁，似乎能听到那过去岁月里的歌谣。栖雁亭前方，只见一溪碧水从天而降，如轻纱，似白练，正是"日照香炉生紫烟，遥看瀑布挂前川；飞流直下三千尺，疑是银河落九天。"此瀑落地，被当地村民喻为"玉泉"，玉泉被村民依山就势围拦成堰，放养鱼虾，鱼翔浅底，清澈明净，青山如屏，碧水似玉，顿成一景。

两边郁郁葱葱，青山环抱。路左，我们拾级而下，一条清溪穿村而过，河水流量不大，清澈见底，冰凉刺骨。工人们正在河流之上架桥筑路，装饰美化，到处呈现一派热火朝天的繁忙景象。

山养其秀，水育其灵。我们踏着石步磴跨过小河，但见一畦连片百余亩柳树林被打扮得如同村里的"小芳"。一排三栋横卧油罐形青青梦幻小屋，彩装图文并茂，小屋左右墙体分别书写着温馨时尚短语，如"恰同学少年，遇见你在最好的时光""昨夜星辰昨夜风""匆匆那年，那些过去，从未过去""青春有梦正当时""面朝大海，春暖花开"，处处洋溢着温馨浪漫气息。前方，一排三栋尖顶圆柱型儿童奇趣小屋，尖顶大红油漆，下方白墙涂画，顶上有的装配大风车，有的装饰成尖尖塔，绿树丛中颇具儿童奇趣迷幻色彩。后方，一排数栋吊脚木屋休闲客栈，散落在河边柳树林中，远观近看都让人浮想联翩，忍不住想成为木屋主人体验一下浪漫滋味与温馨情趣。凭栏临风，看山光水色，听莺歌燕鸣，神清气爽，好不惬意。

　　舞榭歌台，小亭水泽，古桩藤木扶栏，还有村居陋室，无一不形成最自然的模样。一砖一瓦，一草一木，无一不踏着天地间至美的节拍，向你迎面走来。走在河边鹅卵石和旧瓦铺成的小路上，内心的沧桑感无由升起。一颗颗鹅卵石，光润滑腻，似乎在轻轻叙述着岁月的流淌；一片片瓦砾，默默承担着自己的使命，静静地躺在这里诉说着曾经的荣光。这一刻，和风吹拂，我甚至忘记了时间的游走，就想着沉沉睡去。

　　在柳林"心心相印"休闲坐椅上刚刚落座，抬头仰望，惊奇地发现对面崖壁上竟然雕刻着"金石玉祖"四个篆字，就像一个巨大的名章镶嵌在崖壁，给人以精致典雅的美感。原来，穿村而过的河流，隐藏着大量荆山玉原石，前些年村里发现了这一致富资源，挖河淘石变卖，着实小赚了一把。后来，村里加强了荆山玉原石的保护，不再变卖原石，一边整治村庄环境，一边转型发展旅游产业，依据历史故事"卞和献玉"，打造荆山玉文化，建设卞和公园。同时，村里还统一规划装饰民居外观，鼓励村民开办农家乐和民宿，被县里列为乡村振兴与美丽乡村建设重点村，2019 年 12 月入选国家森林乡村。目前，刘家坪村的旅游事业尽管刚刚起步，尚在建设，已经迎来了络绎不绝的游客，前来观光游览。

　　沿着村落的小道漫步，一座座农家小楼粉墙黛瓦，依托自然环境，错落有致，宁静安然。村庄中心位置建起了一条农家风情街，街两旁开设农家乐、茶餐厅、农产品小卖部及纪念品售货亭，每座农家小楼装修得格调精致，房屋周围种植各种花草和应季蔬菜，还有几处温馨的雕塑点缀其间，富有情趣与诗意。

游兴正浓，时已至午。我们恋恋不舍地告别刘家坪，这里的亭台楼榭，这里的山村野趣，这里的唯美仙境，都在我的心底烙下了美好的印记。"生态宜居村庄美、兴业富民生活美、文明和谐乡风美"的美好画卷，已在刘家坪村缓缓铺开。

不染繁华不染心，苍葭深处有清音。行走在刘家坪，如果你来自城市，看惯了城市的高楼大厦，历经了都市的繁华喧嚣，此刻，脚踩村间的泥土地，会有满心的踏实和安稳；塘边休憩闲谈的老人、田间嬉戏奔跑的孩童、路间趴着的小狗、摇摆散步的鸭子，不禁令人凝神伫立，儿时记忆喷涌而出，这记忆中带着莫名的情愫和熟悉的温暖，或许，这就叫——乡愁。

乡村之美不必矫饰，眼波流转处，田园诗画尽在其间，已是浑然天成。无论景观或人文，既是最脱俗的景色之美，亦是最淳朴的人性之美。乡村里充盈着幸福与安宁，田野里飘荡着恬静的乡土气息，无处不在萌发着蓬勃的生机。

（2020 年 8 月 4 日发表于湖北《今日保康报》）

美哉，大九湖

　　"漫步大九湖，乐享云水间"。大九湖，一直是我心驰神往的处女地、魂牵梦饶的伊甸园。她，就像一位楚楚动人的窈窕淑女，犹如一位日思夜想的梦中情人，宛如一位盖头初揭的新嫁喜娘，走进了我的梦，走进了我的心，走进了我的魂。

一

　　我多次到访过神农架，游览过风光旖旎的燕子垭、溪瀑交汇的香溪源、风云莫测的风景垭、草木葱郁的板壁岩、极目楚天的神农顶、庄严肃穆的神农坛、景深林密的红坪画廊……但却一次也没有去过大九湖。

　　2019 年 8 月的第一个双休日，我携妻带子，邀约内弟一家，来了一场说走就走的自驾游，踏访神农架，去约会"大九湖"这个如梦如幻、如诗如画的"梦中仙女"。

　　大九湖是神农架林区国家湿地公园，地处渝鄂交界处。我们从保康县城出发，途经唐儿河，越过高桥河，跨过鱼头河，旋即进入神农架林区阳日湾、松柏镇，一路西行，蓝天如洗，惠风吹拂，路宽景美，真是"车行青山间，人在画中游"。

走走停停，行行摄摄，傍晚6点左右终于到达位于垭子口的神农架游客中心。垭子口素有"一夫当关，万夫莫开"之称。经垭子口进大九湖，沿途有金猴岭、神农谷、板壁岩、神农顶等景区，自驾入内必须等到夜晚7点方可放行。

景好不怕路遥远。尽管要等待将近一个小时，但我们游兴不减，信步来到游客中心前方的休闲广场，迎面矗立着一只高约十米、宽约五米的"大酒壶"，这只硕大的"陶瓷酒壶"，仿制得惟妙惟肖、古色古香，一个大大的隶书"酒"字，把"大酒壶"衬托得像武士一样威武雄壮，苍劲挺拔。

垭子口关卡守门人很守时，刚到7点，就开关放车，一溜儿20余辆轿车、越野车、房车，登记、签字，鱼贯而入。大山里的天，黑得比山外早，7点刚过，已是雾霭沉沉。

夜幕降临，我们一路翻过金猴岭、神农谷、神农顶，行进到板壁岩时，立马被弥漫的大雾挡住了视线，能见度很低，后车只能看到前车的尾灯，几十辆车打开雾灯双闪，蜗牛般爬坡上岭，而后感觉在曲曲折折的深山峡谷中下山。随着海拔下降，漆黑的雾霭魅影渐渐消散。翻过一座小山关隘后，顿觉眼前一亮，只见一条色彩斑斓的光带，刺破深山峡谷的夜空——大九湖到了。

进入大九湖坪阡小镇，已是夜晚9点半。心目中的大九湖，以为只是一个荒野小村。置身其中，俨然湖北的"小丽江"。明清川鄂风格的房屋，整齐排列在盐溪河的两岸，一条十里长街，流光溢彩，车喧人沸，好不热闹。

一路行色匆匆，到达目的地，却傻了眼。因为说走就走，没有预订宾馆酒店，整个坪阡小镇竟然找不到一间住宿的地方。

我们打开携程网，查找"栖身之所"，也是家家"爆满"。一个好心的酒店老板，看到我们带着 3 个小孩踯躅路边，热情地给我们介绍了距离小镇五六公里外的一个乡村民居，总算没有露宿街头。

夜深人静，让人魂牵梦绕的大九湖，这位楚楚动人的"梦中仙女"，终于伊人入怀。凉爽的乡村秋夜，温度适宜，既不需要空调，也无蚊虫叮咬。不一会儿，就进入了梦乡……

二

"咚——咚——"，天亮了，数声敲门声，唤醒了梦乡中的我。推开窗户，骤雨初歇的坪阡乡村画卷映入眼帘，只见山峰间萦绕着薄薄的雾气，氤氲成一幅水墨画，让人感觉既静谧，又温馨。

用过早餐，我们来到游客换乘中心，乘坐景区大巴向大九湖进发。电动大巴在逶迤盘旋的山道上缓缓爬行，约莫 20 分钟，突然"豁然开朗"，进入一个高山盆地，只见群山怀抱里，草甸开阔，9 个大小不一、形态各异的湖泊镶嵌其中，错落有致，波光如镜。湖畔，不知名的各色野花迎风摇曳，虫儿在草丛中浅吟低唱。

我们在"3 号湖"下车，沿着景区栈道蜿蜒前行，心旷神怡。有人说，神农架大九湖，入了时光画卷，沉醉不知归处。大九湖国家湿地公园位于神农架林区西北部，具有典型的高山草甸特色，这里远山如黛，近水萋萋，绿意氤氲，凉意盎然，风光秀丽，别有洞天，平添一方人间福地，宛如世外桃源。

在这个世外桃源里，你可以抛开世俗的繁华，忘却一切琐碎的烦恼。这里森林覆盖率达到98%以上，空气每立方厘米含负氧离子高达1.4万个以上，堪称"天然氧吧"，素有湖北的"呼伦贝尔""香格里拉"之称，享有"神农江南""云间湿地、梦幻天堂"等美誉。

大九湖面积3万多亩，平均海拔1700多米，最高峰2800米，中间是一抹17平方千米的平川，四周高山重围，被2200多米高的群山环抱。在"抬头见高山，地无三尺平"的神农架群山之中，深藏着这样一个"处女平地"极为少见。

这里群山环绕，一条小溪串连着九个大小不等的湖泊，大九湖由此而得名。不过当地也有传说，炎帝神农氏为了疗除民疾，遍尝百草，在此支起九口大锅，熬制药膏，后来九口大锅幻化成九个湖泊，故名大九湖。另有一说是，神农氏选了这块高山平原，用大、小酒壶各九把，分别放在一山之隔的两个坪地，大坪处放九把大酒壶，小坪处放九把小酒壶，命人日夜炼药，以疗民疾，所以大小九湖又有"大、小酒壶"之称。

我们沿着景区栈道一路上行，从3号湖到9号湖，五彩缤纷的绚丽山花，一望无垠的蓝天绿地，可谓一步一景，美不胜收。漫步在沼泽腹地，乐享大自然美景，心情无比舒畅。

大九湖群山竞秀，绿草如茵，恬静祥和。贯穿景区的九个湖泊，在淡淡似奶如烟的云雾之下，但见湖面被薄雾笼罩着，远处层峦叠嶂的高山倒映在湖面上，旖旎风光镜像构成了一幅充满田园诗意的画作，行走期间，仿佛置身仙境，任时光流逝，只剩下与世无争、静谧温馨的美好。难怪不少情侣选择大九湖浪漫约会，还有情侣选择大九湖拍摄婚纱照。

游走湿地公园景区，频频按下快门，一个个美轮美奂的精彩画面瞬间定格。于是，在波光与湖影之中，山的刚毅、水的宁静、雾的轻柔、花的烂漫，勾勒出一幅幅色彩斑斓的油画，展现出大九湖的曼妙身姿，醉了心，醉了情。

三

时光匆匆，从早晨 9 点进入大九湖，我们已经在景区里畅游了 4 个多小时，大九湖我们却只走了三分之二。很多人游览大九湖，只是匆匆而过，远远望上一眼，走马观花，蜻蜓点水，浮光掠影。其实，大九湖的美，是一种无法用语言文字表达的美，不是一次游览就可窥见全貌的地方，也绝不是短暂到此一游就能风光赏尽。

史料记载，远古时期，大九湖曾是汪洋大海，因燕山和喜马拉雅山造山运动抬升隆起，在大九湖东南面形成了整齐对称的九道山梁、九道溪河、九块平地、九个湖泊。大九湖也自此形成了独特的冰川地貌和高山草甸的绝妙景观。

作为长江与汉水的分水岭，大九湖是世界同纬度地区唯一保存完好的亚高山泥炭藓湿地，也是三峡库区、汉江中游的生态屏障，更是南水北调工程的水源涵养地。

来到这里，你会发现，高山峡谷间竟有如此柔美的山水，不用上西藏，不用下苏杭，这里就是天堂。沧海桑田，远古时期的碧波汪洋，变成了现在的绿色林海，碧水、仙山、金丝猴、原始森林等元素，是游客到此一游的原动力。我也未能免俗，在游历过燕天垭、香溪源、神农坛等景点之后，我也同"城里人"一样，被这里的山、这里的水、这里的林海、这里完好的原始生态系统所征服，忘却了尘世的喧嚣纷杂，感受着天人合一、水乳交融的意境。

大九湖曾经走过"垦荒伐木、围湖造田、养植牛羊麋鹿、种植萝卜白菜"的弯路，喊出过"让湖泊腾地，让湖水让路"的大开发口号，但都未能像当时人们所预期的那样，支撑起大九湖的经济发展。这个风光绝美的湿地，曾经伤痕累累，一度徘徊在生死边缘。

湖光山影大九湖，从竭泽而渔到生态修复、湿地重现，7 万亩湿地、草甸及灌木丛，重现大地间，迅速成为海内外游客的"打卡地"。

如今，新建成的坪阡小镇，街道"三纵两横"，宽阔明亮，吊廊、翘檐、清一色土家风格的楼房鳞次栉比，旅拍、酒吧、画廊、茶社一应俱全。穿镇而过的盐溪河缓淌轻歌，街面停满全国各地牌照的车辆，这个集旅游度假、避暑养生、文化创意、商业购物于一体的特色小镇，被游客誉为湖北的"小丽江"。

从 6 号湖坐景区"小火车"返回，大九湖的山、大九湖的水、大九湖的湿地风光，每一处风景，都像是从诗画中走出来一样，美得纯粹，美得精致，给我留下了极为震撼的印象。

大九湖是华中屋脊上的璀璨明珠，大九湖是一片神秘而又传奇的土地。旅游归来，我在想，大九湖不仅是"大九湖人"的"栖息地"，更是湖北的、中国的、世界的"绿色宝库"。

大九湖就像一位盖头初揭的新嫁喜娘，正在精心描绘着一幅"绿水青山就是金山银山"的生态文明美丽画卷，以其焕然一新的靓丽容颜，吸引着成千上万、天南海北、接踵而至的游客，盘桓寻幽，流连忘返。

（2019 年 12 月发表于湖北《神农架文艺》（2019 年第 4 期））

那山·那水·那寨

那山如画，那水如诗，那寨如书，经年不绝地向人们诉说着九路寨的灿烂瑰丽与千古传奇。

一

那山，是一幅画。蜡烛峰，一柱擎天，雄伟挺拔；楚王峰，孑然独立，威武雄壮；象鼻峰，恰似大象，穿山而出；人像峰，酒壶峰，卧狮峰，画屏峰，双笋峰，峰浪如涌，气吞日月。九路寨有60余座独特的山峰，山脉纵横，山峰耸峙，奇峰与幽谷互为映衬，可与三峡比雄，与华山比险，与青城比幽，与峨嵋比秀，与张家界媲美。

山是九路寨的精魂，山是九路寨的骨骼，山是九路寨的脊梁，山是九路寨的力量。它以大气磅礴而又奇峰峭拔的气势，在荆山深处书写了九路寨的瑰丽与传奇。

在亘古苍莽的荆山大地上，九路寨的山是另一片汹涌澎湃的海，那些笼罩在山头的云雾，就像是戴在山顶上的白色绒帽；那些缠绕在半山的云雾，又像是系在山腰间的一条条玉带。云雾弥漫山谷，它是茫茫的大海；云雾遮挡山峰，它又是巨大的天幕。在这片多情的大山里，总有一片高过一片、一脉远过一脉、磅礴且雄浑的山脉在绵延着、耸立着。

九路寨的山，巍然屹立，延绵不绝，一层一层的像画一样，生机勃勃。它们淳朴，却有坚毅勇猛的性格；它们纯良，却有不容任何凡人小觑的过往。它们不语不言亦是好风景，有时我们远远地睥睨它们，深觉它们邪美得仿佛一抹烟花，同时又黑暗得宛如一剂毒药。我们崇拜它们的张狂和残忍，我们迷恋它们的高洁和慈悲，它们如若喜宴上的一盏烛火，赐予这世间草长莺飞欢歌如初的光芒，然后穿过杳渺而皎洁的星斗，成为一个个搁浅在河床之上长满青苔的吻。它们在几亿年以前曾是汪洋，它们在几亿年后像南方的海一般浇灌我们的胸膛。暮鼓是埋名在海平面下不语的暗沙，晨钟一如山坳里的牧民在煮饭时燃起的白色炊烟一样宽厚且温良。

山是九路寨的盛宴，山是九路寨的孤旅，山是九路寨的地角，山是九路寨的天涯。九路寨这些雄伟的山，在这里存在了亿万年，它按照自然的规律发生、发展、演化，完全渺视人类的存在。除了仰视它们，我们似乎找不到任何一个优雅的姿势去贴近它们的伟岸。

二

那水，是一首诗。战口河，霸王河，锣鼓寨河，溪涧回环，飞珠溅玉，急流入潭，哗哗含笑；黄龙洞，佛望瀑，叠泉碎花，瀑布独秀，泉水击石，淙淙作响；三龙潭，王龙河，吴家沟，十八滩，溪河平缓，古木参天，河窄且直，临水观鱼，触水摸鱼，别有情趣。

水是九路寨的眼波，九路寨的水，清澈、碧绿、恬静，是一溪奔腾着的绿色的玉。

九路寨的四季都飘荡负氧离子，空气湿漉漉的，朦胧如雾，氤氲若纱，伸手抓一把，拧得出水来。九路寨的条条水线，从峡谷缝隙喷涌而出，被大山的险峻撕成碎瀑，摔成玉盘，跌入深潭，汇成一泓山溪。

九路寨的水，清清澈澈，晶莹剔透，溪谷流深，长年不涸，踏着沙粒，抚着卵石，潺潺湲湲，叮叮咚咚，撒着欢儿，唱着歌儿，欣欣然一路奔向远方。

九路寨的水，是硬的，像一块无暇的翡翠，闪烁着美丽的光泽；九路寨的水，是静的，宛如明镜一般，清晰地映出绿的树、红的花，蓝的天、白的云；九路寨的水，是软的，微风习习，波纹条条，伴着跳跃的阳光，伴着我的心在追逐、在嬉戏；九路寨的水，是活的，每天欢快地唱着歌，弹着琴，随风起舞，婀娜多姿，那么曼妙，那么轻柔。

九路寨的水，就像织女那银得发亮的秀发，铺排在崎岖的沟壑中。秋天，小溪像一个害羞的小姑娘，慢慢地流淌着，枫叶飘到小溪上，像一只小小的船儿，又像是一个游子对家乡的寄托和思念。

九路寨的水，犹如一位活泼少女，荡漾着笑窝，唱着、跳着，拨动着老树伸过来的根须，拍打着白色的山崖，踏着河滩上那些石子，无忧无虑地奔跑着。九路寨的水，满溪凝碧，如琼浆玉液，叠印了蓝天、丹崖、绿树，一路欢歌，奔腾不息，涓流入海。

三

那寨，是一部书。这部书里，有英雄投身革命成就伟业的传奇。

人以书传，这部书，更离不了被人们称之为"红色特工"的中共"潜伏英雄"吴德峰。

吴德峰出生在歇马镇白竹村石磐岭的一个官宦之家，其祖父吴国弼为清朝辅臣四品"通奉谏议大夫"。石磐岭上的吴氏庄园，占地3500平方米，房屋45间，雕梁画栋，气势恢宏，可谓钟鸣鼎食之家。吴氏庄园被湖北省政府列为省级重点文物保护单位，2016年5月保康县政府出资进行了全面修缮，现在已成为九路寨景区的一大景观，不时有人前往游览观瞻。

吴德峰自小立志报国救民，1914年考入素有革命摇篮之称的湖北省立第一师范学校。1924年2月，经董必武、陈潭秋介绍，加入中国共产党。吴德峰是保康走出去的革命家，武汉解放后首任市长，曾任国务院第一办公室副主任、政法办公室副主任，最高人民法院副院长、党组副书记。吴德峰是中共隐蔽战线的"余则成"，他是大革命时期武汉国民政府的公安局长，也是中共潜伏在国民政府的"大人物"。1976年12月11日因病在北京逝世。

吴德峰的谍报人生惊心动魄，充满传奇色彩，《虎穴伉俪》《虎穴深深》《吴德峰传》等著作，真实记载了吴德峰的传奇人生与英雄事迹。

　　春夏秋冬风物在，岁月无痕暗沉香。九路寨有美景、有人文、有故事，山因峰而瑰丽，峰因水而灵动，寨因人而传奇，独特的地理环境，独特的山水文化，独特的传奇故事，吸引着越来越多的游客前来探秘探险、踏青春游、避暑消夏、寻秋赏叶、健身滑雪，置身其中，其乐无穷，盘桓其间，流连忘返。

　　美哉，那山，那水，那寨。

（2019 年 12 月 17 日发表于湖北《今日保康报》）

千家坪传奇

千家坪，地处鄂西北荆山腹地，位于保康县西南部，西与神农架林区接壤，南与宜昌兴山县毗邻，平均海拔 1600 米，最高山峰 2008 米。千家坪背靠关山，就坐落在狮子山和凤凰山的脚下，云锦湖水穿坪而过，从古至今，这里流传着很多民间故事与传说。

云锦杜鹃的传说

很久很久以前，保康县歇马镇千家坪村里有一户姓杜的穷人家，家中只有三口人，母亲和两个儿子。

大儿子三十多岁还没有成婚，村里人都叫他杜老大，弟弟叫杜小二，年方十八九，兄弟俩以贩卖私盐为生，养活老母亲。

杜老大长得人高马大，力气非常大，一次可挑盐 300 多斤，杜小二长得五短身材，体弱多病，一担盐不过 100 多斤，自己可勉强糊口。

有一天，杜老大经过歇马街歇肩的时候，由于担子太重，盐担滑下来，把一个小孩压死了。人命关天，杜老大被官府抓去，关在监牢里，待判死刑。

杜小二一个人卖盐，奉养老母，十分困难。一次，杜老大对来探监的弟弟杜小二说："再过两天，我要被执行死刑了。"

兄弟相抱痛哭。弟弟杜小二说："我去替你死。我死只死一个，你死便死三个。因为我力气小，挣的钱不能养活母亲，二人都会饿死。"

说着弟弟把哥哥推出门外，自己进了牢房。过了两天，杜小二做了替死鬼。可是杜老大怕事，出来后并没有回家侍奉母亲，不知躲藏到哪里去了。

杜小二的灵魂化作杜鹃鸟，到处飞叫："哥哥回来，哥哥回来！"一边叫，一边口中滴出鲜血。鲜血滴处，长出了红色的云锦杜鹃。

此后，每年春天，千家坪满山开遍红杜鹃。人们都说，云锦杜鹃就是杜小二的红心与孝心。

青龙洞的传说

话说在很久很久以前，保康县歇马镇千家坪村有一只蛤蟆成精了，害人害畜，当地人白天不敢出门劳作，夜间不能安然入眠，整天提心吊胆，惶惶不可终日。

村民们迫于生计而搬离此地，这里变得户少人稀，鲜闻鸡鸣犬吠之声。

这样的日子过了很久，忽然间风平浪静了，究其原委，原来正当蛤蟆精残害人畜之时，有一只青龙从天而降，与蛤蟆精殊死搏斗，不知大战了多少回合，胜负难分。

青龙为了除害，竭尽全力，拼搏撕杀，就在降住蛤蟆精刹那间，蛤蟆突然口吐黑烟喷向青龙，青龙不顾满脸乌黑继续撕杀，最终战胜了蛤蟆精，为村民除了害，可青龙最终变成了黑龙。于是，青龙一头扎进溶洞，清洗脸颊，不一会儿就洗去了黑色烟尘，然后一溜烟儿飞走了。

后来当地人为了纪念青龙的功德，将溶洞称之为青龙洞。青龙洞位于狮子山和凤凰山脚下，洞口高约十余米，宽约五六米，常年凉风嗖嗖，深不见底，洞中有无尘无染的泉水。洞口正上方，有一个可容数十人休息的岩屋，每年盛夏当地村民都会来这里避暑乘凉，是夏天避暑的好去处。

绿野神龟的传说

话说很久很久以前，保康县歇马镇关山脚下的千家坪村十分繁华，南来北往的商人，络绎不绝。有个姓宋的富裕人家，从中看出了商机，就在千家坪开设赌场，从村头到村尾，到处挤满了扔骰子的人，把一个好端端的千家坪村搞得乌烟瘴气。

赌场开久了，让好多外地商人输光了做生意的本钱，有家不能回；也有很多当地的富裕人家赌得家破人亡，妻离子散。于是，上天震怒了，决定要惩罚这个千家坪村。

一天，从歇马镇上来了一个老道士，一边敲着木鱼，一边喊着："千家坪要被水淹了，千家坪要被水淹了，大家赶快向山里躲藏。"原来这是一只乌龟显灵变成了一个得道老道士，为了拯救穷苦老百姓，前来发出警报。

有人问："老道士，洪水什么时候来啊？"

道士回答："石乌龟眼里出了血，洪水就来了。"

人们将信将疑。村里只有一个人相信，他就是千家坪村的杜小二，他给村里富裕户宋家打工，家里还有一个双目失明的老母亲。杜小二是有名的孝子。他想，假若洪水来了，要马上背着老娘逃走。

宋家开设的赌场，在千家坪村最大，宋家门前有一片广场，广场旁边有一只磨盘大的石乌龟，石乌龟是啥来历，没人知道。

老道士在村里喊了三天就走了，杜小二每天来看石乌龟一次，但是石乌龟眼里还是干干的，没有要出血的样子。

石乌龟眼里怎么会出血呢？人们渐渐不再相信这件事，只有杜小二每天来石乌龟，引来人们一片耻笑。

千家坪村有个杀猪人，见杜小二每天来看石乌龟，很不以为然。这天清晨，他杀猪回家经过石乌龟，就用猪血涂抹了石乌龟的眼睛。

过了一会儿，杜小二来了，看见石乌龟眼里真的流血了，就大吃一惊，连忙大声喊道："不好啦，石乌龟眼里流血了，千家坪要被水淹啦！"

穷人们听了，有的就携妻带儿跟着杜小二向关山上跑，有的还在迟疑。那些赌徒则仍然沉迷在赌局里，继续做着一夜暴富的美梦。

杜小二背着老母亲和乡亲们向关山逃跑，这时洪水来了，赌徒们听见水的声音，刚想抬脚逃跑，排山倒海的浪头赶上来，吞没了赌徒和他们的钱财。

一瞬间，好赌的千家坪被洪水淹没了。后来那里就出现了一个湖，就是现在的云锦湖。

人们不禁要问，千家坪的平地上怎么会有一座山，让杜小二他们爬呢？原来，杜小二爬的那座小山，就是石乌龟变的。

后来洪水消退了，石乌龟就静静地躺在路边的树丛中，再也不能动了，就变成了大家现在看到的石乌龟，人称"绿野神龟"。

（2020年11月9日发表于《今日作家》，并入选保康《关山故事》）

千家坪散记

　　荆山之首曰景山，景山主峰叫关山，关山脚下有一个风景优美的小盆地，它就是千家坪（现合作村七组）。

　　千家坪是原始生态村落，地处鄂西北荆山腹地，位于保康县西南部，西与神农架林区接壤，南与宜昌兴山县交界，平均海拔1600 米，最高山峰 2008 米。千家坪以前是保康县歇马镇的一个自然村，后来小村合大村，并入合作村。这里山高路险，一年有6 个月是高寒天气，被称为襄阳的"西藏"。

　　千家坪中间低，四周高。中间芦苇草甸，四周青山合围，十余家农户散居其间，缕缕炊烟缭绕，四季风景如画，犹如世外桃源。

　　为什么叫千家坪？82 岁的千家坪老人张义信说，这里曾经居住过千姓大户人家，鼎盛时期有过千余户人家，无论是千姓，还是千家，都说明这里曾经有过喧嚣与繁华的过往。

　　芳华留不住，岁月已白头。古往今来，千家坪最出彩的，莫过于漫山遍野的云锦杜鹃。云锦杜鹃古称"婆罗"，别名红踯躅，属于杜鹃花科。

在《中国高等植物图鉴》的记载中，云锦杜鹃属于 1600 种杜鹃花中的佼佼者，为中国特有的珍贵树种。清初张联元感叹别名叫红踯躅的云锦杜鹃没有被收入皇家园林，曾作诗一首："翠岫从容出，名花次第逢。最怜红踯躅，高映碧芙蓉。琪树应同种，桃源许并秾。无人移上苑，空置白云封。"其实，诗人不了解，云锦杜鹃性喜寒，适宜生长在千米以上的高山上，如果把它移栽到上苑去，肯定没有生长在高山上适宜。

千家坪现有野生云锦杜鹃万余亩。云锦杜鹃，"苍干如松柏，花姿若牡丹"，它的枝干苍虬好似松柏，花朵繁盛恰似牡丹。不同于灌木杜鹃，云锦杜鹃是一种常绿大灌木，高可达丈余，树冠如蓬，浑圆平整，枝条横逸斜出，叶片草质，形似枇杷叶或大型彩伞，正面墨绿油亮，光彩耀人。每年 4 月至 5 月，花朵盛开，足有碗口那么大，每朵大花又由不少小花簇聚而成，一树有花上千朵，故又称"千花杜鹃"。花色有大红、粉红、淡红几色间杂一起，形成一片缤纷夺目的"花海"景观。

有人说，山城保康是襄阳市的后花园。其实，千家坪就是保康县的后花园。暮春时节，我邀友人前去探访。从保康县城出发，沿着保宜高速公路，到歇马镇盘龙村下高速，过歇马镇进梅花村，从梅花村上大垭村，然后转入保（康）兴（山）公路直上合作村，"车在林中走、人在画中游"，8 点出发，2 个小时的车程，10 点抵达千家坪。

从高速公路驶向山间小路，一路上高高的楼房渐渐变矮了变少了，城市的喧嚣仿佛离得很远很远。周围郁郁葱葱的树木与湛蓝辽阔的天空，缥缈的几缕白云恰好构成了一幅雅趣盎然的淡墨山水画。驾车穿梭其间，与蓝天白云同寻云锦杜鹃的芳踪。

"天苍苍，野茫茫，风吹草低见牛羊。"初次来到千家坪，仿佛置身水墨画中。这里是一个四面环山的高山盆地，呈长方形，面积差不多有 1.5 平方公里，海拔达 1650 米。

从肖家垭向下，有一段"之"字形的公路，沿着公路前行约 300 米，才算正式进入千家坪，第一户村民就是张义信家，白墙红瓦、两层高的砖混小楼，显示着主人家的殷实。从张义信家右行，约一公里，有一个当地人称之为"龙洞子"的溶洞。随行的景区开发负责人刘卫东介绍说，这个溶洞叫作青龙洞。

穿过花神广场，朝西行，开始爬山，进山有一条新修的水泥公路，路上布满泥泞，但不失为一条较为平坦的山间大路。走几步，可以看到大小不一的杜鹃树分布在山路两旁，花骨朵悄然立在枝头，花朵紧簇，七八朵攒成一团，姿态十分俏皮可爱。杜鹃树大多高四五米，枝干有碗口粗细，树冠浑圆，形似枇杷叶，花蕾包容 7 至 13 朵小花蕾。

千家坪云锦杜鹃总株数约 50 万株，其面积之大、株数之多、树龄结构之复杂、品种之全实属罕见，堪称一大奇观。每年 4 月初，漫山杜鹃盛开，灿若云锦，绚烂夺目。远近游人驱车前往，都以一睹为快，成为保康旅游又一热点。在这儿，你会看到火红、粉紫的杜鹃在青山绿树之间云蒸霞蔚，一团团一簇簇，开得那么热烈，那么绚丽……千花竞放，美艳灿烂，馨香袭人，婀娜多姿。

一路走来，我发现这里的云锦杜鹃是一树一树地独立开放。它们分布在山麓阴面，原来杜鹃喜寒冷。越往海拔高的地方走，气温越低，花朵开放的时间也越晚。常常山下的花开了，山上的花还有一个月才能开。

"树龄在 500 年以上的古树可以开出千朵花，颜色呈粉红色或白色，杜鹃刚盛开时颜色是火红，再后来是紫红，快凋谢的时候成了粉白。"刘卫东介绍，每年 7 月杜鹃开始孕育花蕾，次年 4 月至 5 月开花，整整十月怀胎。花开时，每朵花苞能开出 7 到 13 朵花，最多的能达到二十几多朵，因此也叫千目杜鹃、千花杜鹃。而颜色会由最先的紫红到粉红，再到粉白，远远望去，整片花林，花团锦簇，红粉相间，犹如云霞锦缎一般，故得名"云锦杜鹃"。

来到第一个山间小坪——百草坪。这个草坪有 300 平米左右，地面还算平坦，长满了一些不知名的野草，与四周长满树木的山坡形成鲜明的对比。

继续前行，山间小路逐渐宽阔起来，很快一个 500 平方米左右的大草坪——福禄坪，出现在眼前。这里有一个明清古墓，是当地一个李姓大户人家的。在新中国成立前，墓及其周围的各种建筑尚保存完整，"文革"中地面附属物被毁，慢慢形成了一个葫芦状的草坪。如今墓尚在，但早已灌木丛生，形成了一个长满植物的小山包，与山连成了一体。

穿过草坪，便进入一个两山夹一沟的长条状狭长地带。一条自然形成的云锦花溪，蜿蜒曲折地从谷底穿梭而过，直流到山下。这里有一块酷似乌龟的石头，被称为"绿野神龟"。"神龟"的头高高扬起，挨着地面的两根突出的柱状石恰似龟的两足，后半个身子被泥土掩盖着，上面杂草丛生。

告别"神龟"，下坡后便进入一个狭长平坦的山间小峡谷。两旁的山坡上长着各种树木和不知名的植物，其中最引人注目的就是散落在树木丛中的杜鹃树，高的有 10 余米高、碗口粗，小的不及膝盖。除了杜鹃树，路边还有金银花、红叶柳、铁匠树、老鼠刺等树木。

路上，我们还看到了一个岩石洞，长、宽均约 1 米。刘卫东说，这叫大岩屋，过去有个村民在洞里捡到过一把锈迹斑斑的步枪，说是步枪，实际上是一个长长的枪管。听村里老人说，以前一名与部队走散的新四军战士路过这里，曾在大岩屋躲雨，怕被敌人发现，把枪藏在了洞里。

继续前行，视线顿时豁然开朗，一个足球场大小、约有 3000 平方米的草坪出现在眼前，刘卫东说这里的老百姓叫它如意坪。坪的后方是一字排开的三个山头，仿佛刘关张三兄弟行军打仗路过此坪，在这儿饮马休息。坐在草坪上，欣赏着对面的连片杜鹃，只见白色的云锦杜鹃纯洁透亮，红色的云锦杜鹃鲜艳欲滴，它们在层层叠叠的绿叶的衬托下显得格外娇艳。

这个草坪上，有三三两两的小土堆，刘卫东说，这是野猪拱的，冬天没啥吃的，它们就刨下面的草根吃。夏天，它们到村民的庄稼地里偷吃玉米。野猪喜欢群体出没，通常都是十几头一起出现。面对它们频繁拱食农作物，村民们只能采取放鞭炮吓唬、驱赶的方式来保护自己的农田和庄稼，到了收获的季节，有些村民们干脆住在田间地头，用死看硬管的办法护卫即将收获的果实。

"我在地里看见过野猪，它们 300 斤重，大个的有 500 斤重，长有很长的獠牙。"千家坪村民张自权比划着跟我说，"野猪挺机灵，怕人，远远看见有人，一下就跑远了。现在野猪能在野外生存下来，说明确实是生态好了。"

4 月的千家坪，和风吹拂，草长莺飞，草坪上遍地开满蒲公英、野棉花、绒背蓟、野菊花等各种奇花异草。再往北面山上走，就是海拔 2008 米的关山，这里动植物种类丰富，植被覆盖率高，是名副其实的天然氧吧。关山山势陡峭险峻，山路崎岖且未经开发，茂密的植被使得关山在世人面前更添了一份神秘色彩。登顶关山，山腰的云雾一丝一缕绕过一圈又一圈，极目望去，周围的群山就像起伏在大地的巨龙。在伸手可以触碰到白云的山顶，让山风吹去登山的疲惫，心情也变得辽阔起来。

千家坪云锦杜鹃生态旅游规划区地处我国地势第二阶段向第三阶段过渡地带，地势西高东低，最高处海拔2008米，景区属于山高、林密、谷幽、花奇的高山河谷型自然景观，山上有丰富的森林生态系统，谷地有天然草原生态系统，拥有融高山田园风光于一体，集多样景观于一地，具备成为一个以花为特色的旅游地的资源禀赋。

独特的山川地貌和云锦杜鹃，赋予千家坪优良的旅游资源。保康县委、县政府抢抓机遇，顺势而为，本着把"生态做成产业，把产业做成生态"的理念，拉开了以千家坪为核心景区的云锦杜鹃旅游开发热潮，誓将千家坪打造成华中第一高山云锦杜鹃生态旅游度假区，打造成保康县乡村振兴和乡村旅游示范点。

刘卫东介绍，景区规划总面积5.5平方公里，基础建设正在如火如荼展开，整个景区将按照"一轴三区"的结构进行精细打造，一轴即从千家坪游客服务中心至如意坪、从关山南麓正面登山至望天台游玩线路，作为景区游览组织主轴线；三区即森林避暑度假区、云锦杜鹃观赏区、高山探秘体验区。围绕"一轴三区"，打造云锦画廊，修筑5500米车行道、1900米骑行道、4100米步游道、2400米赏花栈道，修建200栋避暑木屋以及草原毡包，建造花神广场、空中廊桥、关山索道、望天台、关公祠、御风亭、云栖亭、揽月楼、双月湖、云锦湖、情人谷、云锦花溪、云锦杜鹃博物馆和生态农业采摘园。

　　"杜鹃花开满山野，美景荟萃千家坪"。期待千家坪云锦杜鹃生态景区尽快建成，到那时，保康的千家坪，将会成为襄阳的"大九湖"、湖北的"香格里拉"。

　　（2020 年 11 月 2 日发表于《西散原创·初语阅读》，入选保康《关山故事》）

清溪河之恋

　　清溪河，是鄂西北荆山腹地山城保康人民的"母亲河"。原本以为，华夏大地，清溪河独一无二，专属保康。哪知上网一查，名叫清溪河的河流，还有那么多。比如重庆綦江、安徽池州、甘肃甘谷、湖南益阳、贵州绥阳等地，也都有一条名叫清溪河的河流，而且都被当地人奉为"母亲河"。

　　河流与人一样，虽同姓同名者众，但个性禀赋却异。山城保康的清溪河，发源于保康县黄堡镇花栎树包的铜磬寺河，沿途收纳黄堡河、土门河、渡汉河顺流而下，穿越县城而过，向北至过渡湾镇开峰峪注入南河，而后汇入汉江和长江。

　　若在高空俯视，清溪河宛如一条硕大无比的神蟒。从河源至河尾，蜿蜒曲折，在莽莽群山之中绵延50余公里，滋润着一河两岸的土地，显得那样清新、婉约。

　　山城保康的清溪河，具有深厚的文化底蕴。盛唐襄阳山水诗人孟浩然曾在《山中逢道士云公》诗中写道："忽闻荆山子，时出桃花源""何时还清溪，从尔炼丹液。""荆山子"为道士云公之号，云公就居住在荆山。如依《荆州记》所言："临沮西北三十里有清溪，溪北即荆山，首曰景山，即卞和抱璞之处。"这里的溪即指清溪河。

清溪河，据史书记载，又称青溪河。这两个名字，都适合于它的称谓。河水清澈见底，它叫清溪河；河堤及水底下的草，属于青色，所以又称它为青溪河。除"清"和"青"两个近音字区别之外，还有更为深层的解释：你说它是河吧，它又拥有溪的细腻和风情；你说它是溪吧，它却有大河的壮观和韵律。

有关清溪河畔神奇的传说，流传甚广。和氏璧这一稀世珍宝，数千年来，演绎出广为流传的故事。诸如"卞和献玉""蔺相如完璧归赵"，秦始皇将其制为"传国玉玺"，为封建社会皇权、政客所逐鹿等。

小时侯，我还听爷爷讲过清溪河的许多故事。相传很早以前，清溪河突发山洪，河里溅起一人多高的巨浪，惊走了山中的鸟群，洪水却迎来了一对远方飞临的白鹤。因航程遥远，白鹤到达清溪河边的一个岩山时，又累又饿，疲惫不堪，晕倒跌落在地。白鹤乃山中珍禽，善良的山民爱鸟如珠，争相喂养，轮番救护，终于让这对白鹤死而复生。白鹤感恩戴德，定居岩洞苦心修炼，终成仙鹤。白鹤成仙之后，它们祷求山神，借来一套银器，有银杯、银筷、银碗和银色茶具，专供周围百姓操办红白喜事所用。当地百姓租用这套银器不用付钱，但必须遵守规矩，不论谁家借用，都必须讲究信用，按时归还。可是，一家财主的儿子结婚，企图将借来的银器占为己有。谁知财主刚刚萌生歹念，银器就一件件不翼而飞。贪婪的财主追到洞内强行索要，结果触怒天神，霎时乌云突变，雷电交加。财主正在发愣之时，一声霹雳，将洞门封住。从此,人们将此岩称为封银岩。

岩洞封门之际,仙鹤飞出洞外,在清溪河上空翱翔,围绕河中心的一个岩石包盘旋翻飞,不忍离去。暴雨仍然不停,河水继续猛涨,人们打着雨伞站在清溪河岸边与仙鹤告别。当仙鹤的身影在远方天际渐渐消失的时候,大家凝视河心的岩石包,意外地发现了一个奇迹,即河水涨一寸,岩石包就高一寸,水涨一尺,岩石包就高一尺,不论狂涛巨浪如何凶猛,岩石包一直屹立于清溪河水之上。这个岩石包形似乌龟,后人称之乌龟包。送别的人们触景生情,说乌龟是长寿之物,仙鹤围绕乌龟包缓缓飞行,"呜哇——呜哇——"不停鸣叫,依依不舍,意在祝福勤劳善良的清溪河两岸的人们世世代代健康长寿。

我喜欢在夜阑人静之时,徘徊在清溪河畔。仿佛只有这样,才能逃避街头巷尾的喧闹。在这万籁俱寂的氛围下,我凝视着静谧的河水,努力去寻找记忆的碎片。

最深刻的记忆,儿时的清溪河,仅有一座被人们称之为"闪闪桥"的木板桥,桥的西面是农村,东面被称作城里。桥板之间布满缝隙。透过缝隙,可以看到桥下湍急的河流,令人望而生畏。记得有一年涨洪水,河水几乎漫过桥面。过桥时,人们手扶栏杆,逡巡蹑足。

儿时,清溪河河面宽约二十米,两岸杨柳拂岸、鸟语花香,河里水清得可以看见游动的小鱼。春天,河畔是花的海洋,一望无际的金黄色菜花,蜜蜂、蝴蝶、小鸟在花间自由自在地嬉戏、飞舞。夏日在河里游泳、捡漂亮的鹅卵石是我们的最爱,而在柳树下捉小鱼、抓泥鳅等更是我和伙伴们的拿手好戏。秋天,清溪河两岸那一望无际的稻田里,沉甸甸的稻穗带给人们满心的喜悦和希望。冬日皑皑白雪覆盖在河岸的田野上，银装素裹，分外耀眼，预示着来年又是一个丰收的好年景。

"清溪清我心，水色异诸水。"春嫩夏绿、秋凉冬寒，四季变幻，溪流永恒。清溪河肥美的草、游曳的鱼、飞翔的鸟、噗嗤噗嗤的水鸭、碧如蓝天的水……都一一存储在我的大脑，清晰如昨，依然鲜活如初。

令人遗憾和惋惜的是，从 20 世纪 80 年代后期开始，县城磷化工企业的浓烟黑雾，河道中的疯狂采砂，污水的大量排泄，让山城保康的母亲河，渐渐失去了往昔的秀丽。

近年来，保康县委、县政府深入践行"绿水青山就是金山银山"理念，坚持生态优先、绿色发展、民生至上，以生态文明建设为主线，以改善生态环境质量为核心，以绿色、低碳、循环发展为路径，在保护中开发，在开发中保护，把绿色优势转化为发展优势，大打蓝天碧水保卫战，实施河湖长制管理，开展堤防加固整治、河道清淤。同时在清溪河两岸建设环城路、跨河大桥、人行景观桥、橡皮坝，投入巨资打造早期楚文化公园和生态文化走廊景观带，构建了清溪河"大绿地"系统，守住了"绿水青山"，收获了"金山银山"。

"青溪胜桐庐，水木有佳色"。治理后的清溪河，逐渐恢复了往日健康的面貌。鱼儿在水底成群结队游来游去，白鹭在水面展翅翻飞嬉戏……放眼望去，只见天明水秀，鸟翔鱼跃，一派人与自然和谐相处的生态美景。

人类逐水而居，城市因水而兴。有人说保康之美在于水，县域境内，座座青山映绿水，条条秀水绕青山，生态环境保护完好，自然景观美不胜收。尤其是纵贯南北的滔滔清溪河水，万顷碧波浩浩荡荡，滋润着荆楚大地，浇灌出璀璨的城市文明与荆楚文化。

溪河溢彩照宏图，飞流吐泉绣山乡。治河、修路、增绿、扩城、聚人、兴业，"清溪河效应"的发散、裂变、聚合，衍生出的"清溪河新型经济带"正蓬勃发展，生机无限。

以花为魂，建设山花走廊。在保康至房县、谷城、南漳、宜昌、神农架五大主要出口路和麻竹、谷竹、保宜、保神四条高速公路两旁，根据地形、地质和土壤特点，遍植特色野花，一条路一个品种，一条路一种特色，打造独具匠心、令人叹服的山花走廊。满山花木成花海，满地花街连花市，满目花人念花经。山上栽花、城中育花、庭院置花、家中养花、拆墙见花、腾地栽花，使县城成为绿意盎然的生态花城。

以水为灵，打造"半城山水半城湖"。从县城三桥至土门十公里的范围内，以水为主体，投资建设若干级橡皮坝，数千块浮雕作品组成"楚文化第一长廊"，与碧绿的河水相映衬，凸显"半城山水半城湖，十里清溪绕城过"山水县城的美妙意境。让清溪河由冷点变成亮点和热点，成为市民休闲、娱乐的理想场所，彰显山城人文魅力。

以山为韵，建设"天然动植物博物馆"。对城区周边森林资源特别是官山森林公园范围内的林木实行有效保护，在植树造林过程中，以绿为底色，以花为魂魄，以动植物资源为依托，在城区两面坡，根据地形、气候、土壤特点，尽可能栽植保康的特色物种，使城区两面坡成为一个巨大的天然"动植物博物馆"。

以街为径，完善生态城市功能。以城市街道为经线，对城区主次干道内的基础设施进行配套完善。按照旅游城市的要求，加强吃、住、行、游、购、娱等城市功能建设，体现前瞻性、高起点、大建设。

以路为纬，打造近距离经济圈。依托谷竹、麻竹、保宜、保神高速公路和郑万高铁建设，逐步形成以县城为中心，环武汉、郑州、西安 3 小时经济圈，环襄阳、宜昌、神农架、十堰 1 小时经济圈，环县内各乡镇半小时经济圈。

"一水穿城过，两山相对出"。绿水青山是山城保康的先天优势，曾经的穷山恶水，如今成了看不尽的秀美山川。山城保康已被众多外地游客赞誉为"小而精，秀而特，美而雅"；踞山依水，聚宝纳瑞，精致典雅，生态宜居，已成为今日山城保康的新名片。

保康因山而美，因水而秀。山城保康的清溪河，就像一位刚刚在氤氲清泉之中出浴的少女，散发着清新怡人的甜美与超凡脱俗的魅力，正婷婷袅袅、深情款款地向你走来。

"青山一道同云雨，明月何曾是两乡"。青山含笑，绿水欢歌，欣逢盛世，河湖俱兴，流泉溢彩，泽被万代。我为山城保康的清溪河喝彩，也为祖国各地的母亲河鼓掌。

（2020 年 3 月 24 日发表于《东方散文杂志》，并被《人间美文》转载）

诗意小院我的家

儿时的记忆里，家家户户都有一个院子，或用篱笆缠绕，或用泥土夯筑，院子里有树，有花，有口井。

留存在记忆里的印象，特别是夏天的夜晚，小院凉席上，爸爸轻摇着蒲扇，讲着我喜欢的故事。妈妈坐在藤蔓下，姐姐围在身边，学着针线活儿。此情此景，定格脑海，历久弥新。所以，长大后，我一直希望拥有一个属于自己的农家小院。

农村的山好水好空气也好，从农村出来的人，心里总是忘不了老家的泥土芳香，忘不了农家小院，忘不了四季稼穑，忘不了左邻右舍，忘不了青山绿水。老家的房子，是自己永远的归宿。只要老房子还在，就有一条退路，有一个寄托。五年前，一个阳光明媚的假日，我回到乡下老家，看到老墙斑驳、摇摇欲坠的祖屋，还有破损的木门，落寞的蓑衣，废弃的石磨，搁置的风车等旧物件，忽然心血来潮，萌生建一座农家小院的想法，留待日后告老还乡，望得见山看得见水记得住乡愁。

说干就干，二月勘察选址，三月规划设计，四月破土动工，八月主体完工，十月装修装饰，元旦搬迁入住。不到十个月，一栋乡村小院，拔地而起。

望仰小院，甚是欢喜。依山而建，坐北朝南，前有小河蜿蜒而过，后有村道逶迤绵亘，左有平畴沃野，右有绿树环绕。可谓踞山依水，聚宝纳瑞。嗬，好一座精致典雅的乡村小院！

生于斯长于斯的祖屋，是我生命里最珍贵的精神所在，自己的灵魂和血脉早已与这方水土深深交融。祖屋与新居相距千米，站在祖屋的山岭上，俯瞰红瓦彩墙的新居小院，或站在新居小院仰望祖屋，仍然望得见山看得见水，乡村小院顿时成了寄托我乡愁的灵魂栖息地和思念亲人的情感驿站。

或许是近乡情更浓，工余闲暇，双休假日，我便精心打理装扮着我的乡村小院，不时种上应季蔬菜、绿植果树、古桩盆景，日积月累，整个小院逐渐变得繁花似锦，四季缤纷。每天呼吸着乡村新鲜的空气，吃着房前屋后自己种植的蔬菜水果，过着悠然自得的田园生活，身心舒爽，好不惬意。

春风盈怀，两袖花香，春姑娘来到了乡村小院。你瞧，一簇簇迎春花的枝头，缀满了黄色的花蕾，在那交错的枝条下面，长出了嫩绿的野草，随着微风，轻轻地晃着头。我爱听小院春雨的声音，它清脆透明而又干净。雨水落在花木草丛，大地一片清新，几许鲜活；雨水落在池塘、小河，沉寂了一冬的水面，泛出盈盈绿意，恰似柔滑的绸缎摊铺在那儿。春风下，村头的柳树冒出了鹅黄的嫩芽，枝条摇曳于明媚里，宛若村姑的秀发在飘逸。顽皮的燕子，倏地挣脱了冬的羁绊，呢喃着絮语情话，舒展开矫健的羽翼，盘旋于清朗的天空。

世界那么大，小院驻心间。看庭前花开花落，望天上云卷云舒，当蔷薇爬过篱笆，听清风细语，如饮清茶。闲了，陪妻儿花苑之中荡荡秋千；累了，躺在静谧的院子里打个盹儿；困了，绿树浓荫之下枕花入眠。纵然人心拥挤，世间喧闹，静坐闲庭，心无旁骛，温一壶香茗，煮一壶美酒，看一本新书，听一首老歌，花前月下，刹那芳华。

建一座房子，纳一院春光，赏一片星空，看一路风景，采菊东篱下，悠然见南山。乡村小院，身在其中，直白单纯，简单快乐。晚风轻轻吹过，带来阵阵花香，四季果木次第开花，煞是喜人。猫咪冷不丁惊叫一声，忽地爬上屋顶。月光斜照，落在地上，撒成了霜。乡村里的院子，家庭的延伸，有庭有院才美满。

枕上诗书闲处好，门前风景雨来佳。有风，有雨，有酒，有茶，有书，有闲，应该算是人生一大乐趣了。风来闭门，雨来关窗。卧听风雨，闲看落花。浊酒醉人，草木养心。

时序更迭，光阴如梭。岁月慢慢把我催老，小时候的光景似乎还历历在目，而我已是两鬓如霜。老家的房子，不只是建筑，更是思念。在外打拼的人，都想老了之后，回老家养老，种种菜，养养花，钓钓鱼，喂喂鸡鸭，喝点小酒，打个小牌。生命从这里开始，也从这里终止。子在川上曰：逝者如斯夫，不舍昼夜。而我也期盼着——

> 待我了无牵挂，从此归隐天涯。
> 乡村小院为家，了却人世浮华。
> 忙时修篱种菊，闲时小酒清茶。
> 相邀三五知己，余生共度清雅。
> 良田美眷作伴，共享一世韶华。

清平布衣当下，醉美夕阳无暇。

品茗酌酒清欢，同抚琴声喑哑。

江山秀美如画，围炉闲话桑麻。

（2020 年 4 月 28 日发表于《东方散文杂志》）

五道峡揽胜

　　五道峡，位于湖北省保康县城南 22 公里处，地处荆山主脉翠屏山南麓，以其独特的山形地貌和温和湿润的气候，孕育出秀丽迷人的奇松、秀竹、怪石、温泉、瀑布、云海等自然景观，整个峡区自然风光、民间传说、神话故事、名胜古迹融为一体，构成一幅美不胜收的巨大天然画卷。

　　仲夏之晨，我邀友人前往五道峡旅游，从县城乘车半小时即到五道峡。下车后只见一座独拱小石桥跨越两山，路左为数丈高的悬崖，崖下一片乱石荆棘，路右一片石窖里边有一个大石洞，洞口，有小径通洞底，洞口发声，洞里回应。站在洞口，只听洞里水声如鼓，波浪四溅。再往前行三十余步，又一座桥凌空飞架。桥里即是五道峡口，只见两峰对峙，直插半空；桥外是十几丈高的陡崖，桥下水落石出，清泉潺潺。

　　我伫立桥上，面对五道峡峡口，见公路下谷底十几丈高，依山处现出一线脚踏的小径，谷底不时有山雀轻巧地飞掠于藤间枝梢。我惊叹建桥人的勇敢和智慧。水声入耳，峡风扑面，我们乘兴小心攀崖前行。步入五道峡，途经五道石卡，纵观全貌，雄立群峰，峥嵘峻茂，直上青天，真是"两岸青山相对出，抬头唯见一线天"。攀上半崖，有一体两处神奇洞穴，相传清乾隆三十六年张星鹤途经此峡，惊叹此洞穴之神奇，将其命名为"祖师殿"和"娘娘庙"，并留下"万古流传"和"威震一方"之碑文。洞内面积约 1500 平方米，显现多处景点，顶端之倒水槽由内向外，欲引清泉出洞，洞内钟乳石千姿百态，有的地方清泉穿石而过，落地叮咚作响。岩壁半腰有一天险寨，洞高约 20 米，底部面积 200 余平方米，内有石桌、石柱和灶台，一方形石柱上还留有古人书写的"深山访洞"墨迹。更为奇险的是，进入天险寨要先进入"南天门"之寨门，躬腰步入第一洞道，再跨越"一步天险"明岩夹缝，步入第二道洞道，两个洞道各长 15 米，将一步天险和天险寨一线沟通，紧紧相连，真乃天工巧合。峡间南侧天生一露天宫殿，乃龙王宫。殿堂面积约 2000 平方米，正方石壁高约 180 米，下端有一"千层门"，谓龙王宫正殿。"千层门"高约 6 米，宽 2 米。岩壁顶部生一石洞，一股清泉从洞中涌出，飞瀑而泻，遮住正殿之"千层门"，形若宫廷帷幕。正殿两侧之岩壁各有一洞，对称而生。左洞中的钟乳石形若鱼虾，上行其间；右洞中的钟乳石状似龟蛇，守于洞口。左右相峙，紧紧护卫着龙王宫正殿，颇具情趣。更为奇特的是，龟洞前侧有一钟乳石玉女，身高 1.5 米，数把钟乳石扁琴置于玉女面前，其琴长短不等，经敲击，发出的乐声高低各异，优美动听。最高大的一把扁琴高 2 米，宽 40 厘米，敲之响若洪钟。我们置身于紫气缭绕的神奇洞穴，如临瑶池仙境，无不为大自然的鬼斧神工所折服。

五道峡多处名泉，数条小溪，十几处天然洞穴，二十余处风光景点。我们在岩缝上攀登，进山洞中爬越，如步芳林，妙趣横生。传说早年有一道人，来到五道峡，见山清水秀，景色迷人，有如仙境，留连忘返，便在一溶洞内盘脚而坐，修炼成仙，辟谷多日，瞑目归天。后人为纪念这位虔诚的道人，便将此洞命名为"仙人洞"。

五道峡之秀美，有诗赞曰："石韫玉而山辉，水怀珠而川媚。"最为神奇壮观的要数抱玉瀑、白龙洞和响水洞。抱玉瀑因一古迹而得名，五道峡附近的老人介绍说，据祖辈相传，春秋楚国人卞和"得玉璞楚山中"，两次献玉给楚王，都被认为虚假，先后被砍去双脚。楚文王即位，卞和"抱其璞哭于楚山之下"，王使人雕琢其璞，果得宝玉，称号"和氏玉璧"，后来卞和得玉处的这面岩就叫抱玉岩了。抱玉瀑位于抱玉岩西侧岩屋口下，泉水源于三岔河，夏季玉瀑垂崖倾注如白练悬空，似嫦娥飘带，水流激石，飞花碎玉，蔚为壮观；冬季泉水由沟中几处碗口大的洞穴潜入岩内，闻瀑不见瀑。与抱玉瀑相隔不远的白龙洞则另有一番景象，其龙口上翘，面向抱玉岩，呈含玉珠之状，洞口高约 30 米，宽约 10 米，洞内钟乳石似"九龙灯"和"双龙抱柱"，真谓"龙口藏龙"。洞底有 2 米宽的水槽，水深莫测。据说此水源于四川，终年不涸。雨季洞水向上翻滚，山洪暴发时，洪水涌出洞外，形成 3 米多高的水瀑，恰如白龙吐珠。峡间南侧另有一响水洞，一股清泉从岩石夹缝中涌出，数条白练如轻纱斜挂玉璧，呈扇形撒向沟中，飞溅 7 米之遥，水声回荡，响声如雷。置身其中，让人顿觉天地之雄伟，山河之磅礴。此泉终年飞溅，据当地群众说，洞水在正常气候下清澈透明，若见水浑，两三天内必有大雨。

五道峡海拔 600 米至 1450 米，山地落差大，地貌变化奇异。

我们清晨进峡，盘桓一日，傍晚方归。一路上曲径通幽，步步有景，景景成趣，好似大自然奉献给旅客的"系列风光片"。

有人说，五道峡是真山，真水，真景，真优美；野情，野趣，野味，惹人恋。我看，五道峡不是仙境，胜似仙境，是扩大的盆景，缩小的仙境。同去的友人则编了一段顺口溜，形容道："进入五道峡，走在画中间；五步一处景，一步一重天；早知此处风光好，何必千里去江南。"

（1994 年 8 月 14 日发表于湖北《襄樊日报》）

西行拾零

飞机从湖北宜昌起飞,不到两个小时,落地宁夏银川,开始了我向往已久的西部旅行。行踪所至,众多旖旎风景,像一幅幅精美的国画,留驻心间,难以忘怀,特撷取片段,聊作备忘。

镇北堡与张贤亮

金秋九月,站在镇北堡西部影城"土围子"上,瞭望四野,只见天空瓦蓝,白云朵朵,蓝天之下,一座座古色古香的建筑,看似无序,实则错落有致。

镇北堡西部影城,位于宁夏回族自治区银川市,是著名作家张贤亮于1993年创建的旅游地标。该影城主要景点由明城、清城、老银川一条街等多处影视拍摄景观组成。

导游告诉我,著名导演谢晋的《牧马人》《老人与狗》电影在此拍摄,获得国际大奖的影片《红高粱》多半场景取自这里;经典影片《大话西游》在这里留有多处拍摄场景。从《牧马人》到

《红高粱》，从《黄河谣》到《大话西游》，一部又一部华语经典电影作品在这里诞生，这片圣地赋予众多电影"无声的灵魂"。

镇北堡西部影城原来是明清时代的边防戍塞，即驻军的兵营。导游介绍说，在中国西北部像这样的边防戍塞从明朝到清朝大大小小修建了 500 多座，现存的还有 200 多座。"土围子"一词，指的就是这种西北地区独有的用夯土建筑方式修建的土城堡。

1961 年，张贤亮在一次赶集中，偶然发现了这座古城堡的审美价值。别人眼里破烂不堪、一堆废墟大羊圈，张贤亮却从中感受到一股不屈不挠的、发自黄土地深处的顽强生命力。后来，他把这个古城堡写入小说《绿化树》，称之为"镇南堡"，还在景物描写中着重指出它有银幕上的审美价值。

20 世纪 80 年代初期，在张贤亮的推荐和撮合下，导演张军钊带着他的摄制组，在镇北堡拍摄了电影《一个和八个》，这片荒凉之地初涉银幕。1992 年，张贤亮以宁夏文联的名义创办了宁夏华夏西部影视城有限公司，对外称"镇北堡西部影城"。

走进拍摄《牧马人》的小屋，隐约可以嗅到秸秆燃烧过的柴火味；在张艺谋《红高粱》酒作坊里还增加了传统民俗酿酒，在影城的标志建筑"百花堂"里，有几千年历史的"斗鸡"重现擂台……镇北堡西部影城，以古朴、原始、粗犷、荒凉、民间化为特色。镇北堡西部影城内，保留和复原了拍摄过部分影片的场景和道具，供游人观赏。展出的场景有《大话西游》中的城门楼和城门洞、盘丝洞，孙悟空与牛魔王打斗时的"天崩地裂"等一系列场景。《黄河谣》中的"铁匠营"，《红高粱》中的月亮门、酿酒作坊、九儿居室和九儿出嫁时乘坐的轿子、盛酒的大缸碗具等。

著名学者易中天游览后写诗赞道："旷野一堆土，居然八阵图。捉刀写世界，仗剑走江湖。大隐何妨市，立言未必书。壮哉镇北堡，真是不含糊！"著名作家张平在参观后题词："大地为纸，青山似笔／一片梦幻，几重胜迹／／载歌载舞，如诉如泣／无边风月，满目神奇／／是影视城，让史诗成为舞台／是张贤亮，让舞台成为史诗！"

腾格里与沙坡头

湛蓝天空下，大漠浩瀚、苍凉、雄浑，千里起伏连绵的沙丘如同凝固的波浪一样高低错落，柔美的线条显现出它的非凡韵致，这就是腾格里沙漠给我的第一印象。

腾格里沙漠，雄踞内蒙古阿拉善高原的东南部，面积3.87万平方公里，是我国第四大沙漠。蒙古语中，"腾格里"是"天"的意思，形容这片沙漠"像天一样高远、辽阔"。它介于贺兰山与雅布赖山之间，沙漠包括北部的南吉岭和南部的腾格里两部分，习惯统称腾格里沙漠。大部分属内蒙古自治区，小部分在甘肃省。

步行进入沙漠之中，走上沙丘最高处。沙漠上的脚痕沿着我的身影向前延伸，我情不自禁地抓起一把沙子撒向天空，让它在风中自由飞翔。这是我人生第一次与沙漠亲密接触，用逐渐远去的脚印告诉沙漠，我真的来啦。遥望远方，沙漠顺着地势柔和地起伏，一直向着天际延伸，渐渐地与蓝天融在一起，构成了一幅绝美的水墨丹青，我完全沉醉在神话般的世界里。

来到沙漠，必须体验一把滑沙的乐趣。乘坐塑料的滑沙板，从高高的沙山顶上自然下滑，下滑时随着沙山的坡度加大而下滑速度加快，顿觉两耳生风，转眼之间就冲到了山下，瞬间体味到了刺激与快感。在滑沙的同时又能领略到沙漠美丽的风光，又不用担心危险，沙子是如此的柔软，就算你不小心摔了一跤，也完全不会受到伤害。这是老少皆宜的一项运动，而且不像某些旅游景点只能玩一次，这个滑沙是不限次数的，只要你有体力，你就可以随便滑。

位于宁夏中卫市的沙坡头更是一个绝好的去处。当年王维在这里写下了千古名句"大漠孤烟直，长河落日圆"。如今的沙坡头，成了国内最著名的沙漠主题游乐场。首先，坐上羊皮筏子，在河工的黄河小曲中横渡黄河，然后来到百米高的沙丘之上，又可以体验一下百米跌落的滑沙乐趣。

沙坡头还有一个刺激又惊险的游乐项目，叫作"飞黄腾达"。所谓飞黄腾达，就是从沙坡头飞跃黄河的索道，飞黄就是飞跃黄河之意，而所谓腾达则是一种美好的愿望，所以此项目既好玩，又有好的寓意，自然备受人们喜欢。

若想去沙漠深处，可以选择骆驼、骏马、越野车、沙漠车等各种沙漠交通工具，当然一定要骑上骆驼，聆听当年丝绸之路的驼铃声，周边的沙丘绵延起伏，漫游沙海，不由升起一种莫名的感动和敬畏。

有人曾说：没去过沙漠就是人生一大憾事。毋庸置疑，腾格里和沙坡头沙漠是美的。对于这种美，每个人的感受和理解都不一样，需要人们近距离地感受它、体会它，再丰富的语言也不如到此一观。

（2022 年 5 月 19 日发表于《文学创作交流》，并入列"隆中杯散文奖"参赛作品）

夜宿大九湖

第一次去大九湖，差点儿露宿街头。大九湖是神农架林区国家湿地公园，地处渝鄂交界处。神农架林区与保康县毗邻，距离保康县城大约150公里，大九湖距离保康县城大约260公里。

我去过神农架多次，游览过燕子垭、香溪源、风景垭、板壁岩、神农顶、神农坛、金猴岭、红坪画廊……但却一次也没有去过大九湖，大九湖成了我心之向往的处女地、心驰神往的伊甸园。

2019年8月的第一个双休日，我携妻带子，邀约内弟一家四口，兴致勃勃地驱车前往保康横冲去采摘蓝莓，早上8点出发，9点到达横冲。一下车，只见整个横冲大雾弥漫，烟雾缭绕，凉风习习，能见度不到5米，气温一下子降到18摄氏度以下，个个冻得瑟瑟发抖。去蓝莓园采摘蓝莓，守门人告知暂时封园，只可参观，不可进园采摘。站在路边摘了几粒蓝莓品尝，酸涩的蓝莓入口，那滋味让我"也是醉了"。

于是，我们一行决定顺道马桥去尧治河一游。十一点半左右到达马桥，在寺岭村农家乐享受了友人的盛情款待。下午2点到达尧治河，门票买好了去尧帝峡谷游，开车到景区门口，却被守门人拦截，责令我们把车停在门口，步行入谷，或者原地等候 30 分钟以后坐景区车进谷。幸亏几日前我随同事进谷游览过，知道车程大约需要 15 分钟，步行需要 40 分钟甚至 1 小时以上。如果步行，入谷后哪儿还有精力游玩？何况我们一行拖家带口，大大小小 7 个人，而且还有一个刚刚学步的婴儿。

这时不远处驶来一辆轿车，守门人毕恭毕敬放行。我们随即上前与守门人协商，恳求驾车入谷，无奈守门人牛气哄哄，毫无商量余地。一气之下，我们返回游客中心，"恋恋不舍"而又"无可奈何"退票走人。

门票是退了，但我们慕名而来，就这样铩羽而归，还是心有不甘。尤其是内弟一家人远道而来，总还得带他们在尧治河逛逛。好的是，我是保康人，对尧治河还算是比较了解，而且也多次光顾过，旋即自当导游，开车上了老龙洞，一行人沿着老龙洞前的千步台阶，拾级而上。气喘之余，我心里想，这尧治河也够"朗瑟"的，一个名不见经转的小溶洞，竟然起了一个这么古老而又神圣的名字——"老龙宫"。

从"老龙宫"下山，我们还是真实感受到了尧治河人的富裕和先见之明。尧治河村因开采磷矿、兴建水电、发展旅游而一跃成为"中国十大最美幸福村"之一。一幢幢矗立在深山峡谷中的农家院落和粉色别墅，让我们这些"城里人"心生羡慕；一幅幅紧跟时代节拍的"红色"标语，见证了尧治河人的大手笔和精气神。

下午 4 点，我们临时转道神农架，奔赴大九湖。从马桥尧治河经阳日湾、松柏，我们一路西行，蓝天如洗，路宽景美。车窗外，葱绿的山，阡陌的田，还有一栋栋拔地而起的楼宇和厂房，从眼前掠过，让我惊奇于这个曾经以"野人"而闻名于世的神农架的惊人变化。这个变化，无须我去网上搜索，我也无意歌颂誉美神农架的"执政者"，我的直观感触是，神农架的路宽了，人富了，景区更美了。

走走停停，行行摄摄，6点多终于到达位于垭子口的神农架游客中心。垭子口素有"一夫当关，万夫莫开"之称。经垭子口进大九湖，沿途有金猴岭、神风谷（风景垭）、板壁岩、神农顶等景区，自驾入内必须等到夜晚7点方可放行。

景好不怕路遥远。我们等。关卡守门人很守时，刚到7点，就开关放车，一溜20余辆轿车、越野车、房车，登记、签字，鱼贯而入。大山里的天，黑得比山外早，7点刚过，已是雾霭沉沉。

夜幕降临，我们一路翻过金猴岭、神风谷、神农顶，行进到板壁岩时，立马被弥漫的大雾挡住了视线，能见度很低，后车只能看到前车的尾灯，几十辆车打开雾灯双闪，蜗牛般爬坡上岭，而后感觉在曲曲折折的深山峡谷中下山。随着海拔下降，漆黑的雾霭魅影渐渐消散。翻过一座小山关隘后，顿觉眼前一亮，只见一条色彩斑斓的光带，刺破深山峡谷的夜空——大九湖到了。

进入大九湖镇，已是夜晚9点半。心目中的大九湖，以为只是一个荒野小村。身入其中，顿觉走进了"小香港"。一条十里长街，流光溢彩，车喧人沸，好不热闹。

长途跋涉后，最需要的就两件事：吃饭和住宿。我们在一街两岸鳞次栉比的酒店、宾馆、客栈中穿行，逐家叩问："老板，还有房间吗？"老板们都满脸堆笑，却又满怀歉意地摇摇头："对不起，今天客满。"

打开携程网，查找"栖身之所"，也是家家"爆满"。怎么办？长夜漫浸，凉风阵阵，难道让我们露宿街头吗？

一酒店老板看到我们踯躅路边，热情地走近打招呼："先生，吃饭吗？""吃饭，但我们先要住宿，你这儿有房吗？"老板无奈地摇摇头。

也许看到我们带有 3 个小孩，这个本已进店的酒店老板又折回来问我："乡村民居，你们住不住？距离这个镇上五六公里，要不要我给你们联系一下？""好，谢谢，请帮忙联系，我们去看看。"风中凌乱的我们只能退而求其次了。

大约 3 分钟，联系妥当，还有两间房，户主发过来定位，我们驱车"按图索骥"。10 分钟后，我们按照导航的指引，来到国公坪农庄——地处大九湖镇坪阡村 2 组临路边的一户农家。女主人叫石安菊，50 岁左右。前院一楼开着副食百货日杂店，二楼住宿；后院二层小楼刚刚改装成了家庭小旅馆，每层有六个房间，约九平米一间，房间内有狭小的洗手间，无洗澡设施，每层有一个公共淋浴房，房价每晚 120 元，放置两张 1.5 米的小床后，房内再无富余之地。

找到这么一个"栖身之所"，实属不易。老板娘倒是很热情，忙前忙后，嘘寒问暖。得知我们还没有吃晚饭，马上烧水让我们泡面充饥。

阿弥陀佛，吃罢泡面，洗漱上床，已至深夜。凉爽的乡村秋夜，温度适宜，既不需要空调，也无蚊虫叮咬。不一会儿，妻儿已入梦乡。

平躺在吱吱作响的床上，睡意全无。我在想，中国的旅游之路已渐入佳境，但发展过程中仍然还有很多文章要做，比如大九湖景区随处可见"禁止放牧",但我们仍然看到了"风吹草地见牛羊"的景观;还有湖区的水仍然是黑黑的臭臭的。

有人说:"越不可越之山,则登其巅;渡不可渡之河,则达彼岸。"

"空山人去远,回首落梅花"。既然身在远方,就不要问归途。因为"彩虹总在风雨后""无限风光在险峰"。

(2019 年 8 月 8 日发表于《新时代文学》)

夷水侗乡行

夷水侗乡，是我们"五一"小长假恩施旅游的最后一站，目前这个景区还是一个对游客免费开放的景区。因此，导游很乐意带着我们去"潇洒走一回"。

抵达风情园，还没有下车，我们就看到路边山谷对面山坡上一座密檐塔式建筑高高耸立；这是侗寨的标志性建筑鼓楼；旁边山坡上四个红色大字"夷水侗乡"，十分醒目。

夷水侗乡景区是当地政府整体新建的一个以侗族文化、林业生态文化为主题的旅游景区。走进景区，屹立在我们眼前的便是高达 56 米的锦屏鼓楼，据说寓意 56 个民族。鼓楼共有 33 层，结构精巧，造型美观，是侗族最重要的建筑。侗族典记，"有侗寨必有鼓楼"。鼓楼上都悬有牛皮长鼓一面，在侗族历史上，凡有重大事宜商议，起款定约，抵御外来官兵骚扰，均由寨中"头人"登楼击鼓，以号召民众，共同御敌。平时村寨里如有重大事宜，即登楼击鼓，召众商议。若有其他侗寨发生火灾、匪盗，也击鼓呼救，一寨击鼓，别寨应声，照例击鼓，如此，一寨传一寨，信息很快传到深山远寨，鼓声所及，人们闻声而来。因此，侗家人对鼓楼、长鼓特别喜爱。鼓楼就像一个博物馆，更像一个传播侗族文化的大讲堂。各个历史时期物件分门别类整齐地摆放在塔楼的每一层，供游人参观欣赏。

一下车，当地侗族导游幺妹阿娟热情地接待了我们。我也是平生第一次遇见了侗族最有特色的迎宾仪式："拦路酒"。三个侗族小阿妹在进入寨子的门楼边设置"路障"，挡住客人，齐唱"拦路歌"——"阿妹站在寨门口，手捧一碗拦门酒。贵客你若进寨来，先对歌来再喝酒。喝下酒来是朋友，酒不喝下别想走。"热情好客的侗家姑娘在一片拦路歌的欢乐声中，手举酒杯劝来宾喝酒，这个礼仪叫作"敬喝拦路酒。"

地陪导游事前告诉我们，说宾客若亲手接过了酒杯，按当地习俗，就得把侗家姑娘敬献的拦路酒全部喝尽，这样还未进村寨，酒量小的可能就会醉倒在路口。若不用手接酒杯而让敬酒的侗家姑娘喂喝酒杯里的酒，敬酒人便会手下留情，按你的酒量适量敬酒而不会令你醉倒。正当热情好客的侗家姑娘们，大方有度地敬献拦路酒的时候，侗族小伙子已不声不响地把先前布下的路障撤个精光。至此，主客间的交往已显得十分融洽亲切，任何语言不通和初见面时的生疏和拘束，很快就解除了，主人便把远方来客引进鼓楼。

通过拦路歌，喝了拦路酒后，阿娟带我们在一个新建的侗族风格的木屋里，滔滔不绝地讲了一小时的侗乡文化，还介绍了侗族银器的很多知识，收获不小。

夷水侗乡风情园位于恩施州芭蕉侗族乡高拱桥村的林博园内，因清江古称夷水，古代湖北侗族居住在清江两岸，故有此称呼。

现在这里是芭蕉侗族乡所在地，总人口仅有 6 万多人。园内建筑以青砖、蓝瓦、红柱、翘檐、木质门窗的侗族风格建筑为主，包括一座高大的侗乡风格的鼓楼、巴蜀民族民俗博物馆、张良皋先生纪念馆。景区内有五座桥梁（富有特色的侗寨花桥、侗寨亭桥、柳家河坦拱桥、芭蕉河索桥、洗脚溪凉桥）以及半边街古民居观赏区等数个观赏区。

侗族风情寨，荫蔽在高拱桥村的林海深处。寨内有生态茶园 300 余亩，休闲景点 20 余处。山坡上大片翠绿的茶园掩映着白墙灰瓦、翘脊飞檐的侗家农居，林间溪水潺潺、低吟浅唱，侗家风雨桥、鼓楼等侗族标志性建筑十分壮观，寨内不仅有优美的自然美景和纯朴的乡村风俗，还有磨坊、榨油油坊等建筑，可让游人体验舂米、采茶、制茶、织布、垂钓、打铁、做瓦、水车汲水等农事活动。

除了山川风物四时美景，夷水侗乡还有一幢令人称道的古民居，这幢简朴陈旧、满是灰尘的古屋，虽然看起来毫不起眼，却是由珍贵的金丝楠木打造而成。

五年前，一则恩施金丝楠木老屋的网帖，曾引爆网络。经专家鉴定，房屋竟是明朝万历年间的"古董"，且全由金丝楠木建成，估价 8 亿元。有关资料显示，这栋房子木料 90% 左右为名贵的金丝楠木，整个建筑使用金丝楠木高达 100 余立方米，其中整根楠木多达 30 余根，直径最粗的 50 厘米，树龄达千年之久。

金丝楠木老屋就在夷水侗乡景区一处半山腰上。移步前往，明媚阳光照射下，老屋散发着暗黄偏黑的颜色，应该是日晒雨淋所致，浑圆的柱子结实粗糙，用手轻抚似乎都可以感受岁月的痕迹。屋子全部都是榫卯结构，无论梁、柱、枋、板、椽、檩均是木材加工而成，屋面盖青灰泥瓦，土家气息浓郁。木质的门槛约有30厘米高，两扇木门上有铜质兽面门环，正面横梁上一块牌匾写着四个鎏金大字"楠木老屋"。

屋里三间房，面积约130平方米，建筑材质明显经过了打磨处理，木头呈明黄色，触感细腻，静立片刻能闻到淡淡楠木清香。堂屋摆放了香几牌匾和桌椅，一个写着百世流芳的匾据称是原物，左边厢房有老式的床和梳妆台，右边厢房也摆有老式桌椅，两间厢房各有窗一扇。

原老屋主人并无家谱传世，据当地老人述说，主人杨氏在汴京（今河南开封）为官，明代万历年间为避战乱弃官逃避至此，于万历十年（1582年）出资修建此屋并隐居下来，因房屋外表朴实且老主人刻意隐藏才得以保存完好，距今已有400多年历史。

观赏了楠木老屋，我在景区沿夷水河边的花桥、亭桥、拱桥、索桥、凉桥自上而下走了一圈，五座桥梁各有特色，而在每座桥上看到的沿河风光也各有不同。极富侗族民族特色的风雨桥，也是侗寨特有的建筑之一。因桥上建有廊和亭及，既可行人，又可避风雨，故称风雨桥。青石桥墩上，架四五尺围大的六根连排杉木两层为梁，上面以五座不同屋顶的楼阁相间，接连构成一条长廊式走道桥面，走道两旁设长凳，供行人避雨和休息，楼阁和廊檐绘有精美侗族图案。五个石墩上各筑有宝塔形和宫殿形的桥亭，逶迤交错，气势雄浑。

短短两三小时，我们见识了侗族文化风俗、侗族鼓楼、侗族风情寨、金丝楠木老屋与风雨亭，虽说未见识到"大歌"、芦笙舞及狮舞等侗族歌舞表演，留下了意犹未尽的念想，但我相信不久的将来，我们一定会见到更加美丽、享誉中外的夷水侗乡，我为美好幸福的夷水侗乡祝福！

（2021 年 5 月 12 日发表于湖北电力《文学天地》）

印象保康

山城名曰保康，地处鄂西北荆山深处，于明弘治十一年建县，寓意保民康乐。

在我很小的时候，山城也很小。一支香烟逛全城，一只喇叭响全城，一个灯泡照全城，是山城保康的真实写照。

山城虽小，但它在我儿时记忆里，却是那么古朴典雅而又独具神韵。那青石铺筑的阡陌小巷，那灰砖建筑的城垣院墙，那原木搭建的临街商铺，甚至那"堂上打板子，河街大听见"的县衙大堂，都是那么的别具雅韵，古色古香。

从记事时起，我就向往到山城一游。那时的山城，呈不规则三角形，东街、后街、河街、南关街、顺城巷，五条街巷将蕞尔小城切割得七零八落。最繁华的河街、南关街，每逢集市也会呈现"清明上河图"的盛景。

山城与我相伴相生，我长大了，山城也在快速发育成长，宛如一个少女，女大十八变，越变越好看。如今，我已在山城生活、工作30余年。踞山依水，聚宝纳瑞，精致典雅，生态宜居，已成为今日山城保康的新名片。

山城位居襄西南，距离襄阳仅 90 分钟的车程，群山环抱，景色旖旎，林木青翠，溪河清澈，一泓溪水穿城过、十里青山半入城，许多襄阳人都把这里当成"后花园"。

山城保康，这片孕育了早期楚国的土地，既神奇又神秘，令人称羡。壮阔的荆山，无忧的沮水，无时无刻不在向世人述说这片土地的前世、今生和未来。

3100 多个大小山头，3700 多条大小沟壑，喜马拉雅造山运动和喀斯特地貌充分释放并张扬，是这片土地锻造的杰作。北纬 31 度的奇幻秘境，一步一景，移步换景，各种地质现象和地质奇观，无不充分展现着大自然的鬼斧神工。温暖湿润的亚热带季风气候，垂直分布的山地小气候，让这里森林密布，植被完好。阶梯树种广有分布，珍稀花卉俯拾即是，物种基因库绝非虚名。河谷平畴沃野，岗岭挺拔峻峭，稻作和旱作交替耕种，村庄和院落遥相呼应，四季有花草，处处见香稠。

地缘相邻古隆中、宜昌大三峡、林海神农架、圣地武当山，在博采众长、兼容并蓄中形成自己的特色，成长为厚积薄发的后发优势。新的时期新的使命，保康的决策者用时代的光辉擦亮眼睛，审视而敬畏地打量脚下这片土地，坚持生态优先、推进绿色发展、全域旅游的目标，在实战探索中被牢牢锁定，核心景区建设、风情小镇打造、乡村旅游开发等等，犹如号角吹响，凝心聚力，万箭齐发。

尧治河与神农架、十堰相接，一方山水养一代人的奋勇拼搏而为外界所知晓，目光和时光转换之间，曾经的穷山恶水化作一方人续写神话的幸福家园、今天山清水秀的明媚。五道峡地处保康南北要道，立意高远，精雕细琢，将灵动的山水和楚国早期的历史文化传说融为一体。九路寨毗邻宜昌、神农架，近百平方公里的体量，众多特品级、优良级的旅游资源，被专家设计、匠心打造，虽半露面纱却已声名鹊起。还有华中第一泉汤池小温泉，东半球唯一的野生蜡梅自然保护区蜡梅谷，道教文化养生地黄龙观，无不熙熙攘攘、人气满满，与尧治河、五道峡、九路寨等国家4A级核心景区，擎起保康全域旅游的骨架。

巧借山水胜景、本土风物的风情小镇建设，正在使众多集镇和社区脱胎换骨，调和农旅结合、互动体验、休闲度假的乡村旅游，正在让无数宅男宅女走进村庄，走向田野，迈进大自然。一镇一节、一月一节、你方唱罢我登场的旅游节会，也正在受到众多媒体的热捧和勾起无数大众的热望。

山在山边，水在山边，而看山看水看人文的路更是在山边，保宜、谷竹、麻竹、保神等四条高速公路和郑渝高铁相继建成开通，绕城路、歇百路、翁泉旅游路等县域内重点项目次第竣工，打通连接县内县外的旅游大通道，一条条方便快捷、安全舒适、景色宜人的风景线由此诞生。急速善变的还有大大小小宾馆、酒店的建成和升级换代，保康名人、大地阳光、九路寨木屋别墅、尧治河太极养生馆以及众多的农家乐、小吃店，将保康人的热情厚道和宾至如归的真诚铺满荆山南北。

民间工艺、崖柏工艺、荆山玉石，只会在楚神最初故园才会有的珍稀文玩藏品，葛粉、香菇、木耳、核桃、茶叶、蜂蜜、蓝莓等饱含天地精华、日月灵气的山货特产，蜡梅精油、香薰、葛枕，备受荆山呵护、沮水滋养的健康神品，无不暗香浮动，令人着迷。

　　这就是山城保康，这就是 3225 平方公里土地美轮美奂的呈现。保康的决策者却说，坚持生态优先、推进绿色发展，我们才迈出了万里长征的第一步，保康县第十四届党代会吹响前进的号角，决定实施"旅游＋"战略，突出运动、休闲、度假等新业态发展，深化全域联运、产业融合、机制创新和功能配套，致力构建"县域旅游服务中心、核心景区、风情小镇、美丽乡村和风景廊道"五位一体的大旅游空间布局，把保康建成鄂西生态文化旅游圈的服务中心和全国知名旅游目的地、全国生态旅游示范县。

　　到那时，保康龙坪南顶草原及古山寨群、寺坪天子湖、歇马永兴洞、沮河源头响林沟、千家坪云锦杜鹃花海等等，海量级的旅游资源将以石破天惊的响亮和炫目，呈现在世人面前。而保康整个版图就如同一座精致浓缩的山水盆景，将大自然的鬼斧神工和保康人的创新遐想，无缝对接，成就一个无与伦比的奇美世界。

　　（2020 年 3 月 3 日发表于《东方散文杂志》）

犹记拐枣故园情

　　远山初见疑无路，曲径徐行渐有村。多少次梦回老家，梦里的那条阡陌小路，缭绕着梦里老家——拐枣岭。

　　拐枣岭是荆山深处的一个小山村，曾经因为山岭上长着很多拐枣子树而得名。拐枣岭山脚下，有一条大山沟，半弧形的沟壑，从管驿沟、白果园弯曲直下渡叉河，就像王母娘娘的玉簪在这里刻画了一条长线，将巍峨的山梁一分为二，大山沟的南边叫九凰山，大山沟的北边就是拐枣岭。

　　"拐枣树，万字果，醉又甜，吃了想几年"。小时候，我家的老屋背后，有一棵高大挺拔的拐枣树。到了秋季，拐枣树的枝条上长满了弯曲怪异的灰褐色果实，其形状和颜色像极了树枝，七弯八扭、之之拐拐，样子十分独特。霜降后，是吃拐枣的最佳时间。这时候的拐枣，熟得香甜，脆生生，味如枣，甜似蜜。

　　拐枣的学名叫枳椇，果实为梗，因其形似"卐"字符，故又称万寿果，也有人称之为鸡爪果、金钩梨、弯捞捞、蜜爪爪。拐枣树属高大落叶乔木，材质细致坚硬，可做精致的工艺品、家具，我国黄河、长江流域和世界各地均有分布。《陆疏》中说："枸树山木，其状如栌，高大如白杨，枝柯不直，子着枝端，大如指，长数寸，啖之甘美如饴，八九月熟。今官园种之，谓之木蜜。"古语云："枳枸来巢，言其味甘，故飞鸟慕而巢之。"拐枣树有 500 年至 1000 万年的历史，是世界上最古老的果树之一。拐枣果实可酿酒、可生食，它有醒酒安神、治疗风湿、止渴除烦、降血压、通便的功效，是一种极具开发价值的野生果类资源。据说，当年红军长征爬雪山过草地，大部分人染上了风湿性关节炎，在经过大渡河时，彝族兄弟赠送的拐枣酒，使病情得到很大好转，也成为红军后来抵御严寒的宝药。

拐枣树喜欢生长在向阳山坡、山谷、沟边及路旁，每到秋冬之交，拐枣成熟的季节，空气里总是流动着拐枣的清甜味道，乡村的日子也变得生动起来。

拐枣岭是我的老家，也是生我养我的地方，曾经住着很多人家，罗家窝子崔家坪，李家梁子王家老屋……拐枣岭上零零落落散居着数十个院落。那时候，家家户户的孩子多，没有水果零食，拐枣无疑成了我们这些小孩子最解馋的美食了。每到初秋时节，我们便眼巴巴地期盼着拐枣的果实尽快成熟，终于等到霜降过后，我们便三五成群来到拐枣树下，捡拾从树上自然落下熟透了的拐枣，吃着、玩着、跑着、闹着，欢呼声，嬉戏声，在拐枣树下回荡。吃好玩足之后，我们便将拐枣捆成一把一把拿回家去，等到想吃它的时候，就把那些坚硬干枯的小果籽一颗一颗地扯掉，再把那肥厚曲扭的果柄放在火里烤一下，塞进口中咀嚼，那种甜甜的滋味，至今令人回味无穷。

拐枣树下，调皮的我一捣蛋，父亲就严肃地弯着两指，问：

"不听话，信不信给你俩拐枣？""好哇，啪，额头应声长出两个青包。"小时候，因为调皮没少吃父亲的"拐枣"。

儿时我曾问过爷爷，老家为什么叫拐枣岭？爷爷随口便说起了顺口溜："拐枣子岭拐枣子岭，拐枣子结果像串灯，若是肚子闹饥荒，吃一口拐枣比娘亲。"爷爷说，因为我们这片山岭上，过去长着很多拐枣子树，所以人们叫着叫着就叫成了习惯，拐枣子岭就成了我们这块的小地名。爷爷告诉我，曾经的拐枣岭，拐枣子树可多了，漫山遍野长满了拐枣子树，只是1958年大办钢铁的时候，毁林炼铁，绝大部分拐枣树都被砍掉了。幸运的是，我家老屋背后的那棵拐枣树成了"漏网之树"，也成为了我们儿时的"欢乐树"。拐枣曲里拐弯的甜，一年又一年，我们稀里糊涂地长，一岁又一岁，当一棵棵拐枣树被砍伐为柴的时候，拐枣没了，鸟也飞走了。

长大之后，吃到过很多种水果，然而却不能替代我心中那长相独特、形状怪异的拐枣。拐枣树从春天发芽、开花，到深秋果实成熟，整个过程都在隐忍的期盼里。想要将那一串串香甜的果实吃到嘴里，需要漫长而耐心的等待，第一场霜降之后，那些饱满的果实慢慢地在风霜的欺凌下渐渐风干，渐渐在酷寒之中千锤百炼，渐渐将起初生涩的果实浓缩了精华，直至最终成为一串串醇香甘甜的美味。拐枣这种奇特的果树，发育生长慢，春天发芽，夏天开花，秋天结果，冬至才成熟，从小到大，历经过数载沧桑，褪去了青春的红颜，一路疙疙瘩瘩走来，直至枯干。我对拐枣的这种特殊情感，是因为它伴随我度过了儿时那段难忘的岁月。参加工作后，假期每每回到老家拐枣岭，看着屋后那棵高大挺拔的拐枣树，我总会在树下驻足良久，仰望树枝和果实，看着它弯曲的形态，细细想来，人生的历程，就如这拐枣，只有经历了雨雪风霜，才会更加幸福甘甜。

时序更迭，物换星移。改革开放的春风送来了阳光雨露，我的老家拐枣岭也发生了翻天覆地的变化。一条村级公路宛如玉带，从山脚下直通山岭上。于是，这拐枣岭上，世世代代、走过千百年的阡陌小路变成了宽阔的水泥大路，虽盘旋陡峭，但车行上下，却也方便快捷；这拐枣岭上，祖祖辈辈肩挑背驮的日子，就这样成了历史。

路通百业旺，村美万家乐。很多人家从拐枣岭山顶上搬迁到拐枣岭山脚下，另起屋场建了新家，我家也在拐枣岭下建了新楼房。2001 年 8 月迁入新居，父母喜上眉梢，过上了"门前有田园、屋后有花园、生态有果园、生活有乐园、休闲有公园"的新生活。虽说仍然需要时时回老家拐枣岭春耕夏播秋收冬藏，但那时的父母总是"忙也快乐着，累也快乐着"。

岁月不居，时节如流。2008 年、2010 年父母相继辞世，老家拐枣岭上那棵历经百年沧桑的高大挺拔的拐枣树也在不知不觉间寿终正寝。父母在人生尚有来处，父母去人生只剩归途。三年前，老家拐枣岭空闲多年的土屋，也因"一户一宅"政策和土地平整复垦之需，在挖掘机的轰鸣声中轰然倒塌，被夷为平地。拐枣岭上相继栽种了白杨、核桃、茶树等经济果木林，村里还引进外地老板，在拐枣岭上种植了牧草，办起了羊场，拐枣岭这个小地名也逐渐被年轻后生们遗忘。

梦里老家拐枣岭，我在那里出生，我在那里成长，我从那里出发，我从那里汲取力量。那里有我最纯真的欢乐，那里有我最无邪的梦想。拐枣年年熟，岁月渐去远。老家拐枣岭上那棵高大挺拔的拐枣树，恰似一幅经久不变的丹青水墨画，永远定格在我的记忆长河里。

凡为过往，皆为序章。追寻着美好的童年，还有拐枣树下那些纯真的记忆，去年春天，我在拐枣岭下，我的那间乡村新居的后花园里，精心栽种了一排拐枣小树。爷爷曾经告诉过我，拐枣树一般三五年才开花结果，十年之后方进入盛果期。要想吃到酸酸甜甜的拐枣，真的要有足够的耐心和时间去等待。可是，我会等。春来，等你绿树环绕；夏至，等你一树繁花；秋到，等你果满枝丫；冬临，等你独傲冰雪。不管还要等多久，我都义无反顾，因为我相信，等待的最终，你一定会出现。

久违了，我的拐枣。期待我亲手种下的拐枣小树，早日萌发新枝快点长大。唯愿时光流逝，留住乡愁留住爱，留住拐枣故园情。

（2019 年 10 月 10 日发表于襄阳作协《习池春水》）

最美乡村婺源行

时光总是把昨天的荣耀暂时掩盖起来，当人们在多少年后无意中又触及了这曾经的辉煌的时候，发现它依然是美丽的，岁月会使我们体味到什么叫沧桑，也会让我们读懂什么是永远的美丽，比如说婺源。

早就听说江西省婺源县是"中国最美丽的乡村"，清明之后，借助"襄电文学社"这个平台，我走进了这个如诗如画的"世外桃源"。

有首诗，这样描述婺源："古树高低屋，斜阳远近山，林梢烟似带，村外水如环。"

车入婺源，别有洞天。车窗外一幅幅田园山水画令人目不暇接，不经意间眼前豁然一亮，一幢幢粉墙黛瓦建筑从窗外掠过，波光粼粼的河水似一条弯曲的彩带，就连融入现代元素的钢筋混凝土建筑也披上了徽派的外装。婺源的山水就像一位江南的小家碧玉，温婉素雅，玉润冰清，浑身透露出清爽高贵之美。

婺源人杰地灵。古代有朱熹、近代有詹天佑、现代有金庸等。

"郁郁层峦夹岸青，春山绿水去无声；烟波一棹知何许，鹢鶂两山相对鸣"。这是理学大家朱熹咏婺源山水的著名诗句。

这儿保存着良好的一座座古村落，是生态文明的绿宝石，是建筑艺术的博览园，是宗族制度的活化石。鳞次栉比的徽式古建筑，粉墙黛瓦，飞檐戗角，或隐现翠青山间，或倒映清溪湖面。直可让人领略小桥流水人家那天人合一、返璞归真的意境！

"斜光照墟落，穷巷牛羊归"。四通八达的巷道造就了一种奇妙氛围。在婺源的村落中，至今仍然留有一些当年的古驿道，宛如飘带一般蜿蜒在村庄与村庄之间。那些规模较大的村落更有江南风光田园诗般的意境，高高低低的树，曲曲弯弯的河，零零落落的村，好一种国画般的韵味。错落有致的古民居中有众多的巷道，在那铺着硕大的青石板的巷道中漫步，两边是高大的风火墙壁和重重叠叠的马头墙，脚下是青石板的古道，令人不由产生时光不再的感慨！

有人说，婺源，是"乌托邦"式的理想家园。这是婺源的自然风光将要向你诠释的梦。在婺源，随处都可以看到淡淡炊烟笼罩的马头墙、山间梯田抽象的线条、暮色中骑在牛背上的村童、幽静的孤舟野渡、倒映在清澈山涧里的火红的枫叶……不由得让人陡然间心静如水，恍若隔世！

车到李坑，尚未进入景区，眼前几乎被车辆占满，人流自然组成了一条彩龙，在约一米宽的青石板路上缓慢行进，形成了李坑景区一道独特的亮丽风景。

"枯藤老树昏鸦，小桥流水人家"。这是李坑魅力的真实写照。清澈见底的溪水把李坑一分为二，人流逆水而上，感受水的温柔与妩媚，体味水的力量和灵动。放眼四周，青山似锦，修竹茂林，古樟参天，杨柳婀娜，田舍错落有致，古朴的亭台楼阁，浓荫下休憩的水牛，吱呀的水车，泻雪的溪流，刚犁过的农田散发着泥土的气息，沁人心脾的舒畅早已把旅途的疲乏一扫而光，一幅世外桃源的画卷展现在面前。

"双桥叠锁留雅士，一亭迎客笑春风"。李坑不过是个拥有二百多户人家的小村庄，就架了几十座小桥，或石制或木制，如长桥卧波，似彩虹飞架。累了坐在桥旁亭子里小憩，两边风景尽收眼底，浑重的钟声从山寺传来，沿途的小贩不停地吆喝着兜售各种手工制品，六七十年代的小人书、"袁大头"银元、文房四宝、竹制玩具、油纸花伞、香樟制品、山珍果馔等应有尽有，特色小吃散发出的香味直刺味觉神经，经不起美味的诱惑尝一尝翠绿的饺子，顿感一股清香溢满唇齿。在巷道中漫步，两边是高大的风火墙，墙上是衰草枯叶，青苔苍然，脚下是青石板的古道，印痕深深，再加上"狗吠深巷中，鸡鸣桑树巅"，此时此刻，你会有一种返璞归真，飘飘欲仙的感觉。

李坑名人辈出，一千多年来，李坑村出了仕宦富贵达百人，留下传世著作二十九部，令人赞叹。登上李坑的最高点，眼前看到的是一幅大自然浑然天成的山水画，黑白分明的明清徽式古建筑飞檐翘角，在蔚蓝的天际间，勾画出民居墙头与天空的轮廓线。

李坑人秉承徽商经营理念，务农经商两不误，旅游旺季一来，纷纷洗脚上岸，以家为店，经营旅游产品，全民创业在这里得到了最好诠释。

告别了李坑，带着眷恋我们又匆匆踏上了去江湾的行程。江湾的由来想必是由江而生，因湾而名。汽车沿着一条玉带般的河流环绕而行，公路上车流不息，车流人流像赶集似的密密麻麻，场面势如稠油难以搅动。

进入江湾景区。一条挂满大红灯笼的商业街横贯镇中，迎面现出一座巨大的玉石牌坊来，状如商字，上面龙蟠螭护，玲珑凿就，由江泽民同志亲笔书写的"江湾"二字在阳光辉映下熠熠生辉。广场四周青山含黛，池边垂柳滴翠，池内菱花吐艳，粉墙环护，长廊圆亭，构成了一幅人与自然和谐共处的生动画图。人一入景区，心就豁然开朗，循着游览顺序牌，在导游的引导下，我们一步一步进入了迷宫一样的大观园，体会了一把当年刘姥姥的感觉。

江湾的民居结构类同李坑，但布局较之李坑紧凑。巷窄且长，墙砖大多刻上主人姓氏，其厚重与长城之砖相当。探古巷，进厅堂，观绣楼，品乡味，进了这家入那家，家家景物却不同。永思堂的大气恢弘，使人荡气回肠，敦崇堂的淡泊名利，让人深思警醒，三省堂的忧国忧民告诫后人怎样做人，由礼堂提倡的读耕两条正路与勤俭两条箴言至今仍是我们做事为人之根本。"修身、齐家、治国、平天下"，成为堂内主人孜孜以求的目标和理想，千百年来，儒家思想影响了一代又一代江湾人。

江湾自古文风鼎盛，人才辈出，光有名有姓的达百位之多，其中不乏名宦文人，地方名医，文坛名流。拥有万壑松涛与一湾湖水的南关亭，游人流连忘返。

李坑与江湾依托大自然的灵性而赋予了更多的人文气脉。婺源美景说不完道不尽看不够品不全，相机一架，任何一处山、水、树、民居和人都能入画，人入婺源就如融入了一幅灵动的水墨画，人因画而美丽，画因人而生动。李坑和江湾不愧是婺源的两只眼睛，透过它们可以看到如诗如画如歌如梦的婺源，婺源的美是种大美，是一种自然清新原始天成之美，是一种人与自然和谐相处之美，没有矫揉造作，没有粉饰雕塑。

"绿水绕村廓，青山日边斜"。有山有水的晓起构成了一幅美丽的图画。要看徽州的民居，不得不到晓起来。有这么一种说法，如果说，婺源是中国最美的乡村，那么晓起就是中国最美的庭院：古朴典雅的明清民居，曲折宁静的街巷，青石铺就的驿道，野碧风清的山林绿野，还有遮天蔽日的古树，天人合一的晓起，堪称中国别具韵味的古文化生态村。晓起的特色除了明清的民居和官宅以外，更有其著名的"三雕"艺术——木雕、石雕和砖雕，这在一般的大户人家的门口可以清楚地看到。三雕的代表作就是晓起的"继序堂"和"礼耕堂"。

晓起村，自古文风鼎盛，人才辈出，自晚清科举大盛，有"一门三大夫，祖孙两进士"的佳话。

"山间茅屋书声响，放下扁担考一场"。书乡婺源自古文风鼎盛，人才荟萃，历代名人遗迹较多，有"吴楚分源"界碑、春秋吴太子鸿墓、汉长沙王吴芮墓、南宋岳飞吟诗的花桥，还有李白、黄庭坚等名人游览时留下的遗迹。在婺源登山临水，访村徒步，就像行进在久违了的历史长河中，在青山里、在村道旁、在不经意中，一处年久的残垣断壁，一段弯曲的青石驿道，一棵苍翠的名木古树，一口青苔漫布的水泉深井，都有一个传说、一个典故。其中，以古文化、古建筑、古树群、古洞群为主的"四古风韵"著称。

在婺源，不论河边山上，也不论村头村尾，清风阵阵沁人心肺。这里的水，不论是河溪流淌的，瀑布泻下的，还是泉眼冒出的，都那么清澈甘美。

"清风岭上豁双眸，擂鼓峰前数九州，蟠踞徽饶三百里，平分吴楚两源头"。大鄣山卧龙谷风景区，瀑布成群，飞龙吐玉；彩池连环、交相辉映，整个景区类似九寨沟海子的彩池何止成千上万，就这样，紫色的山、绿色的树、白色的瀑布、彩色的深潭构成一幅天然泼墨山水画……

穿行婺源，脚步匆匆。虽只游览了区区三四个景点，但其美轮美奂的风景，却让人犹如来到如诗如画的"世外桃源"。婺源之美，美在人与自然和谐相处，美在文化与生态珠联璧合。走进婺源，但见蓝天、青山、碧水，小桥、流水、人家，粉墙、青砖、黛瓦，天人合一，相映成趣，被许多海内外媒体誉为"中国最美的乡村"。

（2018 年 6 月 10 日发表于《新时代文学》）

第四辑 乡风乡情

"田把式"表哥

表哥是个地道的农民，在农村种植蔬菜种出了名堂，成了远近闻名的种植大户，被人们称为"田把式"。

金秋时节，我来到表哥的种植园，眼前是一片丰收的美景：一株株长势旺盛的西红柿，顺着搭建好的藤架努力向上生长，一颗颗诱人的果实挂满枝头；一垄垄辣椒苗挨挨挤挤，红的绿的辣椒缀满枝条。而此时，表哥的脸上也洋溢着喜悦。

表哥的种植园在海拔 1200 米的高山，这里比山下凉一些。"今年已经采摘了 5 次，还能再采摘 3 次。西红柿、辣椒直接发往周边省市的各大超市，十分畅销。"他对种植园的情况如数家珍。表哥指着远处，又跟我说，他种有 40 亩蔬菜，年产西红柿、辣椒等约 30 万公斤，刨去各项成本，每年纯收入超过 30 万元。

"以前村里穷，全村只有 200 亩蔬菜、1000 亩烟叶，人均年收入只有几千元。许多村民种出来蔬菜也没有销路，索性把地种上青贮玉米做饲料。把好地荒废了，真可惜啊。"他说。

表哥觉得这样下去不行，他看别的地方搞农业专业合作社很有成效，于是决心牵头在村里成立专业合作社，发展高山蔬菜。村民和合作社签订收购协议保底价，由合作社统一收购、统一销售。在合作社带动下，全村蔬菜种植面积扩展到600亩，销路越来越广。

表哥种菜，讲究科学。他与农科院植保土肥研究所建立了合作关系，在村里设立蔬菜肥料试验点，打造高山蔬菜水肥一体化示范基地，用有机肥替代化肥，不仅改善了土壤理化性状、增加了土壤有机质含量，还提升了蔬菜质量、增加了采摘批次，产量也比以前更高了。此外，表哥还鼓励村民在青椒间套种甜玉米。

表哥说，他计划新建3个冷库，一次性可储存蔬菜5万公斤左右，还要建大棚，扩大种植规模，培育蔬菜种苗，实现育种、生产、销售一体化。

与表哥打过交道的人，都说他可不是原来那种面朝黄土背朝天的老式农民，而是有文化有想法的新时代"田把式"。不仅要管好自己的"一亩三分地"，还要带着村里的乡亲把地种好，把日子一天天往有奔头里过。这不，他和村里商量，立了两个卡通大头娃娃——"番喜妹"与"傲椒哥"在村头，"番喜妹"是红番茄，张开双臂，美丽喜人；"傲椒哥"是红辣椒，挥手致敬，憨厚可爱。进村的人看到这两个卡通娃娃都眼睛一亮、会心一笑，大家都说，这是村里的"产业形象大使"。

村里人又说，我的"田把式"表哥就像"傲椒哥"，做村里的"形象大使"，也蛮好。

（2021年10月8日发表于《精神文明报》）

爆米花

看到一首写爆米花的小诗，这样写道："两斤糯米一撮糖，炒锅百转在火膛；'呼隆'一声震天响，满院飘着米花香"，既形象生动，又活灵活现，沉睡的味蕾瞬间被激活，一下子把我拉回了童年。

爆米花是我的最爱，小时候，每到五谷粮食收割的季节，我便会悄悄抓一把藏起来，躲到无人的地方，捡来干柴，生一堆火，待烧出明火柴炭时，就把偷来的粮食放在炭火上爆烤，刚一放进炭火堆里，粮食颗粒就会发出噼里啪啦的声音，然后快速用木棍把粒粒粮食从火堆里扒拉出来，放在手掌里吹一吹、拍一拍，带着烟火味，赶紧塞进嘴里，那松脆鲜香的滋味，真是美极了。

母亲知道我爱吃爆米花，在那个惜粮如金的年代，总会想着法子给我做爆米花吃。爆米花的做法有多种，如盐爆米花，沙爆米花。那时食盐也很珍贵，做得最多的就是用沙子爆炒玉米花。母亲先将一小盆洗净晾干的沙子放进铁锅里，大火烧热，然后放入两三倍于沙子的玉米粒，用锅铲不停地翻动，待玉米粒处于干燥爆裂状态时，盖上锅盖，不停地晃动锅，使玉米粒均匀受热。这时玉米粒就开始爆花，只听玉米粒在锅内四处飞溅。当完全爆开时，要马上退火，否则会爆焦。所有玉米粒都爆裂后，铲起，趁热洒入用温水化开的糖水，并摇晃拌匀。

刚出锅的爆米花，热气腾腾，飘浮着粮食独有的诱人香味。我们姐弟在一旁叽叽喳喳，有的将手偷偷地伸向簸箕里，有的捡拾散落在外面的米花粒，一边流着鼻涕，一边往嘴里塞，兴奋得脸都涨红了。

每年春节，母亲还会用米花、麦花，与炒熟的花生、芝麻、核桃仁，加上熬好的红薯糖加工米花糖。先将红薯糖用筷子戳起许多放在锅里加热，熬到一定火候，有黏度时熄火，迅速加入米花、芝麻、花生、核桃仁等，用力搅动，米花粘在稀糖上，越粘越多，松散的爆米花就变成一大团圆球，快速放在准备好的案板上，趁着热乎劲儿将大圆球用力用木块压，挤压成四四方方的长条形，等着稍微凉透，再用刀切成一块块，就成了米花糖，放在密闭的塑料袋里，春节时拿出来，放在堂屋里，用来招待亲朋贵客和邻家小孩。除了米花糖，还有花生糖、芝麻糖和苞谷团，都是那个时节最诱人的美味。

"东入吴门十万家，家家爆谷卜年华。就锅排下黄金粟，转手翻成白玉花。"童年时的春节，爆米花是不可缺少的美味零食。如今可供选择的零食琳琅满目，爆米花连同那个贫瘠而快乐的岁月，一同慢慢走进历史深处。但每每想起爆米花，有关母亲和爆米花的记忆，便会汹涌而至，满满的温暖和甜蜜。我知道，那是母亲的味道，更是幸福的味道。

（2022 年 1 月 14 日发表于湖北电力《文学天地》）

杯中菊花香

我爱喝茶，尤爱菊花茶，堂哥进城给我捎来两罐胎菊。我喜不自胜地开罐冲泡，只见朵朵菊花，在玻璃杯中上下翻飞，汤色澄清，浅黄鲜亮，香气浓郁，轻啜慢饮，口感清甜。

我生在农村，长在乡下，见惯了漫山遍野的菊花。小时候，我和小伙伴打猪草，鲜嫩的尚未开花的野菊，便是收入篮中的上好猪草。

母亲告诉我，菊花是一种常用的中药，古人称之为"延寿客"。中医认为菊花味甘苦，性微寒，具有疏风、清热、明目、解毒的功效。每年霜降前后，野菊次第开放，母亲常常带着我，一朵一朵地采摘回家，晒干后拿到供销社卖钱。

在我的家乡，还有一个菊花仙子的故事。说是一个叫阿牛的男孩，幼年丧父，生活艰辛，其母经常哭泣，把眼睛哭瞎了。一天夜里，阿牛做了一个梦，梦见一个漂亮的姑娘对他说："西行数十里，有个野花谷，谷里有一株白色的菊花，能治眼病。这花要九月初九重阳节才开放，到时候你用这花煎汤给你母亲吃，定能治好她的眼病。"于是，重阳节那天，阿牛带了干粮，去野花谷采回白菊花，煎汤给母亲服用，不久母亲的眼睛便复明了。

又一日半夜，那位漂亮姑娘再次走进阿牛梦里，告诉他一首《种菊谣》："三分四平头，五月水淋头，六月甩料头，七八捂墩头，九月滚绣球。"阿牛梦醒后，仔细推敲，终于悟出了种菊的秘诀。他根据菊花仙子的指点去做。果然，第二年重阳节便开出了一朵朵芬芳四溢、娇媚迷人的白菊花。阿牛将种菊的技能，教给了村上的百姓，大家靠种菊花过上了好日子。

或许是受菊花仙子的启发，几年前堂哥也在乡下种植菊花，竟然种出了名堂，成了远近闻名的"菊花种植大王"。

久坐办公室，整日与电脑为伴，时常眼睛干涩，喝着堂哥送我的菊花茶，既明目护眼，又心情舒畅，真的是一种美好而难得的享受。

（2021 年 10 月 20 日发表于陕西《劳动者报》，2021 年 10 月 20 日发表于山东《广饶大众报》）

采莲船

　　"小小的船儿（哎哟），两头尖哪（呀嗬嘿），我跟乡亲们（呀儿哟），来拜年哪（划着）……"每当元宵节来临，家乡采莲船的歌声便在耳旁回响，记忆的闸门瞬间打开，将我又带回了童年。

　　小时候，最让我难忘的节日除了春节外，便是农历正月十五的元宵节了。这天我会起个大早，吃过早饭后，穿上节日的盛装，叫上邻家小朋友，如同快乐的小鸟蹦蹦跳跳，你追我赶来到村头的稻场，等待着采莲船队的到来。

　　在我的家乡，采莲船又叫"划彩船""跑旱船"。采莲船的制作别具一格。它是用竹木精扎而成。下为船形，五六尺长，上是宝塔亭阁形盖顶，船高两米左右。船身皆用各种颜色的彩纸裱糊，扶拦和亭阁上挂有彩球，船上贴有各色各样的剪纸图案。看上去，好似披红戴绿的一叶扁舟，美丽无比。

　　一般采莲船由两个人玩耍，而我家乡的采莲船却由三人组成。船中坐一年轻姑娘，化好妆，穿上彩衣，一手拿手帕，一手扶船栏，如坐船姿势；船头有一男子，一手拿竹篙，一手牵引彩船不住地摆动，又称为撑篙人；船尾加一丑角，名为"摆梢婆子"。摆梢婆子与两位主角配合，耍滑稽动作，逗观众发笑，其演出效果比两人好得多，活泼得多。

采莲船表演，先由撑篙人说四句，多是恭喜之词。是由撑篙人即兴创作而成，为开篇。然后，由撑篙人与坐船的姑娘对唱，各逞其能。所唱内容有自编的，民间爱情故事为多。有时一人唱，众人和。"和"又叫帮腔，帮腔能烘托气氛，把观众带入如痴如醉的境地。它的曲调多为地方化鼓戏腔和民间小调，表演时，船中姑娘随着锣鼓和音乐声开始踮起尖脚、扭动身体、仰面一抖，在撑篙人的竹篙牵引下翩翩起舞，时而唱，时而跑，或边唱边舞，那飘然如飞的舞姿，那情意绵绵的笑脸，那悠扬动听的唱腔，动人心魄。

除了采莲船，还有舞龙灯、玩狮子的队伍相随。玩狮子是由两人身披狮皮前蹲后伸、后蹲前伸、头摆尾摇、头滚尾翻；时而狮头腾空而起，时而狮尾半空倒立；时而耸立而行，时而伏地搔身；让我惊奇而至眩晕的就是那"耍龙"的队伍，两条龙腾空舞起，举着龙的汉子们雄武火爆，那龙时而蜿蜒时而盘旋，突然龙头向我扑来，近在眉前，忽而乘风直上，冲向云端……我跟着前行的队伍，拍着小手高声叫好。

时间就如白驹过隙，这些美好的记忆在指缝间悄悄溜走。记忆中的元宵节，到处人头攒动，锣鼓声、鞭炮声、吆喝声响成一片，精彩的节目，真是眼花缭乱，异彩纷呈，在我童年的脑海里，留下了难以磨灭的印象，至今回忆起来，仍然充满欢乐与喜庆。

（2022年2月24日发表于苏里南《中华日报》，2月15日发表于湖北电力《文学天地》）

蝶变的山村

"地无三尺平，出门就爬坡。"位于湖北省保康县西南部的两峪乡枫香坪村，过去交通不便，自然条件差，产业基础弱，是个出了名的"穷山窝"。

2015 年，国网保康县供电公司入驻枫香坪村对口扶贫，短短 5 年时间，枫香坪村便发生了翻天覆地的变化，如今的枫香坪村已经从过去的"穷山窝"变成了远近闻名的"幸福村"。

初冬时节，我跟随驻村扶贫第一书记、国网保康县供电公司副总经理徐剑，走进枫香坪村，对枫香坪村发展变化的"蝶变"之路进行了零距离探访。

从枫香坪村委会驻地出发，我们在枫香坪村党支部书记、村主任郑茂国的带领下，乘车七拐八弯地翻山越岭，大约十五分钟后，来到青山怀抱之中的枫香坪村二组的郑明忠家，只见郑明忠和儿子郑水生正在平整土地基脚，加紧建设新猪栏。

看见来人了，郑明忠停下手里的活儿，热情招呼客人进屋里坐。

"今年养殖了多少头生猪？收入怎么样？"站在场院里，我们便和郑明忠拉上了话。

"前几天，两头母猪下了 24 个小猪崽，还有 2 头母猪待产，能繁种猪和繁殖期母猪共有 25 头，还有 2 头肉猪，存栏生猪已有 51 头，今年生猪市场行情好，仅靠养猪一项，我家的收入就接近 20 万元。"

听着郑明忠的介绍，不远处的猪栏里，不时传来小猪的欢叫声。走近一看，一排十几间猪栏已爆满，20 多头小猪正在猪栏里撒欢，还不时跑进主人专门为小猪做的电暖房取暖。

"小猪崽最怕冷，幸亏两峪供电所为我们牵来了三相四线电，我们为小猪崽安装了电暖房，不然小猪崽会冻死。"问起供电服务，郑明忠连连称赞。

交谈中，郑明忠告诉我们，他于 2014 年开始养猪，当年投资 15 万元建了猪栏，由于销售行情不佳，最后 40 头肉猪被迫拉到宜昌双汇肉联厂，仅以每斤 5.30 元的价格作了处理，导致血本无归，亏损得一塌糊涂。为了还债，他不得不外出打工，先后在苏州、宜昌靠苦力挣钱，特别是在煤矿打工多年，不幸患上了尘肺病。

在外打工多年，不仅没有挣到钱，而且还患上了难治的病。2017 年，在村干部和驻村工作队的支持下，郑明忠鼓起勇气，再次筹办家庭养猪场，从养殖三五头小猪开始起步，市场行情一路看好，他的养殖规模也随之扩大。2019 年，郑明忠合计养了 19 头母猪，卖了 200 多头小猪崽，出栏肉猪 5 头，当年收入突破 10 万元。2020 年郑明忠再次扩大规模，一下子养了 51 头猪，实现了由穷变富的飞跃。

"得益于保康县供电公司的精准扶贫，在枫香坪村，像郑明忠这样由贫穷到致富的典型户还有很多。"郑茂国说，"我再带领你们看一户特殊家庭，保康县供电公司在我们这儿扶贫，真是扶在根子上，帮在困难处。"

说话间，我们来到了枫香坪村五组都正国的家。现年 51 岁的都正国原本有一个幸福的家庭，上有父亲，下有儿子，不幸的是，年仅 28 岁的儿子都成云，患上了尿毒症，让这个刚刚摆脱贫困的家庭蒙上了难以抹去的阴影。更让都正国心力交瘁的是，儿子的医药费医保报销之后，每月家里还得支付近 2000 元。

在入户走访过程中，保康县供电公司总经理张祥坤得知都正国的家庭很可能因病致贫，多次上门排忧解难，支持都正国发展袋栽香菇 3500 袋，养殖生猪 5 头，种植茯苓 320 窖。2020 年 4 月 30 日，张祥坤携驻村工作队员再次登门走访，看到都正国收获的香菇滞销囤积在家，马上帮忙联系销路，当天就帮助销售香菇500 多公斤，一下子为都正国的家庭增收近 3 万元。

要想富先修路。"以前这条路窄，晴天一身灰，雨天一身泥，出个门也不方便，现在情况好多了。"枫香坪村一组村民刘自勇指着门前新修好的水泥公路，感叹不已。

刘自勇家里三个人也是建档立卡贫困户，曾经饱尝出路不畅的苦头，如今刚刚硬化的水泥路面直通村口，让村民们告别了行路难。枫香坪村通组公路长约 38 公里，保康县供电公司积极帮助争取政策资金，目前硬化道路已达 60％。

基础设施的改善让村民发展产业更有信心，2020 年刘自勇种植香菇 1000 袋、茯苓 140 窖，养殖山羊 18 只，家庭收入 6.86 万元，人均年收入 2.07 万元。

据郑茂国介绍，枫香坪村 205 户 628 人，其中建档立卡户有 92 户 260 人。2015 年以来，在保康县供电公司的精准帮扶下，引导、鼓励、扶持贫困户种植药材、核桃、菌类、烟叶，养殖肉牛、山羊，92 户 260 人于 2018 年底全部脱贫摘帽。到 2020 年 12 月，全村已发展种植核桃 2000 亩、代料香菇 26 万袋、天麻茯苓 12850 窖、油茶 250 亩、青贮玉米 400 亩，养殖山羊 850 只。不仅如此，保康县供电公司还变"输血"为"造血"，投资 50 多万元，捐建一座装机 50 千瓦的光伏电站，每年电费收入超过 5 万元。同时，保康县供电公司还扶持该村发展 500 头规模养牛场一个，帮助招商引资投建有机化肥厂一座。预计 2020 年底，村集体经济收入可达 14.6 万元，人均纯收入 12845 元。

电力来帮扶，村民都享福。几年来，保康县供电公司投资 300 多万元，对枫香坪村的电网进行了升级改造，家家户户告别了低电压，用上了放心电。"现在家里煮饭有电饭煲，洗澡有热水器，简直太方便了。"郑茂国高兴地告诉我们，在保康县供电公司的倾力支持下，通过近几年的建设，枫香坪村共实施易地搬迁 64 户，建成易地搬迁安置点 5 处，解决了 64 户 192 人"两不愁、三保障"等方面的根本问题，配套建设了便民服务中心、文化广场、村级卫生室等公共服务设施。

郑茂国是个精明强干的好书记，不仅头脑思维灵活，做事干练踏实，而且善于办实事，办好事，在村里口碑好，威信高。他说，短短五年间，一个穷山村，化茧成蝶，保康县供电公司的持续帮扶，功不可没。下一步，枫香坪村将依托农业专业合作社，采用"合作社＋公司＋基地＋农户"的产业发展与经营模式，带领全体村民向共同富裕的小康生活阔步迈进。

　　山村的蝶变，唤醒了沉睡的大山，也印证了精准扶贫和脱贫攻坚的显著成效与丰功伟绩。如今，走进枫香坪村，一派美丽的山水田园风光映入眼帘，村容村貌焕然一新，民生设施日益完善，村庄绿树成荫、花香四溢，农家小院优雅别致、静谧祥和，村头路边景观相映成趣，乡土气息民俗风情扑面而来，乡愁古韵流淌其中，村民百姓淳朴的脸上洋溢着幸福的笑容。

　　（2020 年 12 月 8 日发表于《今日作家》、10 日发表于《今日保康报》、12 月 26 日发表于《中国电力报》，2021 年 3 月入选《今日作家》优秀文学作品集《绿肥红瘦》）

父亲的猎枪

我的父亲行伍出身，酷爱枪械，尤其是退伍回乡后，仍然对枪械痴情不改，没有了子弹枪，父亲却爱上了猎枪。

父亲的猎枪，是自制的火药枪，枪管使用的是空心熟铁管子，有一米多长，枪把是木头做的，枪身用铁皮和铆钉加以固定。枪里除装了火药还有小石子、铁弹子等，具有较强的杀伤力。

父亲自制了猎枪，便去狩猎。我的老家附近，有一个天然的狩猎场叫官山，山场面积约有一千多亩，20世纪七八十年代，山上野生动物特别多，当时国家也没有对狩猎封禁，狩猎就成了父亲劳作之余的最大乐趣。

冬天飘雪的季节，也是农闲赶山的好时节。那天，又下雪了，之前已经纷纷扬扬下了一天一夜，到处银装素裹，雪深及膝。父亲邀约三五个老哥们，叫上阿黄、黑子两只猎狗就向官山开拔。等父亲走远了，我悄悄跟了上来。因为我是家里的独子，像打猎赶山这种危险活儿，母亲是万万不会让我参加的。

嘿嘿，那次我留了个心眼，不是不让我参加嘛，好啊，我就暗中盯梢跟踪，一不留意，我就赶上了打猎赶山队伍的步伐，待父亲发现了我，已经快到官山。父亲只好叮嘱我紧跟在他的身后，不得擅自行动。

官山整个走势，就是两坡两岭夹一沟，海拔一千二百余米，光照充足，雨量充沛，林深树茂，空气温润，是野生动物的天堂。那天，我和父亲的打猎赶山队，运气出奇的好。一进入官山，就发现了野猪的踪迹。只见一串串猪脚迹向林海深处延伸，我们顺着深深浅浅的脚印，一路追踪，一会儿就撵上了两大三小五头的野猪家族。

大家屏神静气，父亲喝住两狗，悄声对打猎队进行了布防定位，分兵把守，包抄合围，约定开枪时间与暗号。我的父亲曾在部队当过十年兵，是公认的神枪手，对于打猎赶山这种事儿，在我父亲眼里就是小儿科。

父亲指挥大家按方位站定，众人抬枪瞄准；父亲手一挥，土铳齐发。我双手捂着耳朵躲藏在父亲的身后，只听"砰！砰！砰！"一阵枪声轰响，一头黝黑的大野猪应声倒地，一只黑白相间的小野猪也中弹在雪地上乱蹦乱叫，两只猎狗箭一般冲上前，对负隅顽抗的猎物进行疯狂地撕咬……

父亲爱枪如命。有一次，我偷偷拿了父亲的猎枪与火药，和小伙伴到后山尝试着放了一枪，结果被父亲逮住，罚我在搓衣板上跪了半天。

后来，政府禁枪禁猎，管控甚严，父亲主动上交了猎枪。没有了猎枪的父亲，一度很失落，但看着过去许多几乎被赶尽杀绝的野生动物又出现在大山密林里，有的还在房前屋后自由自在地活动与觅食，父亲满是皱纹的脸上，慢慢地又绽开了笑容。

（2021年7月30日发表于《首都文学》）

花姐轶事

在我供职的单位里，有一位姓谢的大姐，不仅穿戴时尚，而且喜爱养花弄草，大家称之为"花姐"。

说起这个花姐，大家对她褒贬不一。

先说大家对花姐的褒。其一，花姐喜欢花花草草，进过她家门的人，都说花姐家里就是一个花花世界，养满了各种奇花异草。不仅如此，花姐还把她的办公室内外都养满了花草，走进她的办公区，简直就是四季如春，花香四溢。其二，花姐长得漂亮，穿戴时髦，见人一脸笑，不管生人熟人，第一次见到花姐，总会有一种如沐春风的感觉。其三，花姐性格耿直，对人热心快肠，凡有急难愁事，找到花姐，一准让你心里的"石头"落地。

说了你可能不信，花姐虽然人漂亮，但绝对不是"花瓶"，办起事来，那可是一个踏实人。就说一件花姐帮扶贫困户致富的事吧。肖永江，是我们单位定点扶贫村的一个村民，前些年因一次意外事故致残，导致家庭一贫如洗。花姐在驻村入户走访中了解情况后，不几天就给肖永江送去了一头小母猪。肖永江家从一头小母猪，发展到去年最高峰时养殖 16 头生猪。从送小母猪到去年，不到 5 年时间里，这头母猪下了 11 窝小猪崽，加上出栏肉猪 20 多头，让肖永江创收 15 余万元，不仅还清了外债，还建起了新房，彻底摘掉了贫困户帽子。一头"小母猪"变成了"摇钱树"，肖永江说花姐是他家的恩人。

再说大家对花姐的贬。在单位里大到上传下达、待人接物，小到物资采购、福利发放，都是花姐跑前跑后地忙。但凡管着实物的人，大多是坚持原则、大公无私的人，也就是人们常说的"红管家"。有些想浑水摸鱼、钻空子、占小便宜的人，在花姐面前碰了壁，背后少不了风言风语，说花姐是"铁公鸡""抠搲包"。

有一句俗话，叫作"当家三年，猪狗都嫌"。有时，花姐也自我安慰地说，现在年纪大了，不愿得罪人了。但是看到破坏单位文明形象或是影响单位和谐稳定的事儿，花姐总还是喜欢站出来进行制止。这不，前几天，一个外地推销员悄悄溜进了办公大楼，逢门就进地在各个楼层办公室里推销小商品。正值疫情防控的关键时刻，花姐看到了，气呼呼地把这人赶出了办公大楼，返回后还把保安批评教育了一番才罢休。

这就是花姐，微信名叫"谢谢"。有人说她好，也有人说她坏。自古"是非自有公论，公道自在人心"。是耶非耶？拙笔辑录其轶事，是非曲直，任君评说。

（2021 年 8 月 12 日发表于湖北《襄阳晚报》，2021 年 8 月 17 日发表于湖北《襄阳日报》）

话说"吃食堂"

现如今，不少单位又建了食堂，有的供应早中晚三餐，有的供应中晚两餐，有的仅供应中午一餐，不管哪种方式，都颇受干部职工欢迎。大家在一起"吃食堂"，不仅吃出了鱼水情深的干群关系，而且吃出了其乐融融的食堂文化。

食堂，旧时指寺院或公堂中的会食之所。晋法显《佛国记》："入食堂时，威仪齐肃，次第而坐。""吃食堂"作为一个时髦的专用词，出现在 20 世纪五六十年代。"大跃进"时的集体食堂曾经红火一时，也给世人留下了深深的痛。

每每想到"吃食堂"这词儿，我的脑海里便充盈着满满的回忆。从初中一年级开始，我就在学校"吃食堂"，那时家里穷，每个星期从家里背一小袋苞谷糁交到学校换成饭票。我们乡下学生，要想吃到米饭和馒头，得用"粗粮饭票"（苞谷糁饭票），按照三比一的比例与城里同学兑换"细粮饭票"（米饭馒头饭票）。其实，食物的诱惑并不在于食物的本身，而是在于胃的饥饿程度。那时能吃到米饭和馒头，是我们乡下学生的奢望。记得当时食堂做的馒头半斤一个，我一次能吃三个。

那些年，关于吃，至今记忆犹新。因为饿，每次打饭就像一场冲锋陷阵的战斗——箭一般奔向食堂排队，绝对是哪里有插队，哪里就有愤怒和反对。

参加工作之初，我又吃了好几年食堂。那个时候，几十块钱工资，发薪后第一件事，就是马上买十块钱的饭菜票，这样一个月就踏实了。那时食堂的饭菜很便宜，一份3分、5分至1角、2角不等。

到食堂吃饭，人们通常随机组合围坐，反正要投脾气，对胃口的。时间一长，自然就形成了一个个"饭友圈"。食堂有时就是个"新闻发布会"，家长里短、民间故事、花边新闻、幽默笑话，经常"整"得大家捧腹大笑、忍俊不禁。

食堂人气最旺的时段，当属午餐。饭点时分，人们从不同的方向奔涌而来，就像小溪汇向大海一样。午餐是三餐中的正餐，或叫主餐，菜肴也最为丰盛，最为出彩。步入食堂的大门，乖乖，一股热腾腾饭菜的香气迎面扑来。

如今说起"吃食堂"，人们心里不免有许多感慨。一些单位将"吃食堂"作为一种舌尖上的福利，有的刷卡，有的刷脸，有的免费，有的实行自助餐。虽然每日午餐的品种已算是相当丰富了，却没有人觉得吃饭是一件要紧的大事，或是值得期待的事，甚至把吃饭当作累赘，觉得索然无味。回过头来想一想，大概是现如今生活条件好了、选择目标多了造成的困惑。

在我看来，"吃食堂"不仅是一种幸福，一种职业归属感，更是一种不可多得的人生之乐事。

（2021年4月7日发表于湖北电力《文学天地》）

火塘记忆

小时候，家在农村，左邻右舍都有一个地坑火塘。火塘里终年烟火缭绕，白天做饭，夜晚烤火取暖。

火塘，又叫"火垄""火坑"。简而言之，就是在室内地上挖成一米见方的小坑，四周垒上砖石，中间生火。

过去，火塘是人们在家中取暖、照明、做饭、睡卧乃至进行人际交往、聚会议事的重要场所。火塘作为一个家庭取暖及煮饭的工具，但在一座新房建成或一个小家庭从父母的家庭中分离出来，火塘的意义就已超越了作为工具的范畴，而成了一个家庭的象征。分家另立火塘，标志着家庭的分化，由一个家庭中分化出的血缘关系的家庭，便渐渐形成了一个家族。

在我的老家，从古至今都对"火"有着天然的崇敬。小时候，母亲告诉我，火塘里的火需常年不断，明火熄了，也得用草木灰捂住，以保存火种。还煞有介事地告诫我，千万不要向火焰喷水，也不准在火堆里拨撩，更不准向火塘吐唾沫、抹鼻涕以及烘烤鞋垫、裤衩之类，亦不准从火塘中央跨过。否则，将被认为对祖先不敬。

每年进入冬月，几乎每家都要把火塘的火燃起来，整个屋子便暖和起来。火塘之上，悬一横梁，挂一吊钩，钩一吊锅，既可煲汤，又可煮饭。有时还在火塘中央架一个生铁铸就的三脚架，在上面弄饭炒菜，煮食一日三餐。

火塘，除了做饭、取暖，还用它熏制腊肉、豆腐干，经过慢火轻烟熏烤出来的腊肉、豆腐干，既保质防腐，又香润可口。

"三十的火，十五的灯。"这是老家世代口口相传的民谚，意思就是，每年腊月三十除夕夜，每家每户火塘都要燃起熊熊大火，左邻右舍聚到一起，围坐在火塘旁边，男人们抽着呛人的烟草，女人们忙乎着针线活儿，或叙家常里短，或说书讲古，狐神仙怪，兵匪侠盗，忠臣良相，无所不包。

少儿时代的我，曾经多少遍地蹲在火塘旁听着《黑暗传》《杨家将》和《岳飞传》等故事。山里很多人，从未上过学堂，一字不识，甚至连自己的名字都不会写，但一讲起古来，眉飞色舞，口若悬河，镰刀也割不断。我佩服他们惊人的记忆，历朝历代，变迁更替，帝王将相，古今传奇，讲得都是那么生动感人，历历在目。我从大人们的讲古中，学到了很多知识，明白了很多道理。

随着时代变迁，越来越多的人离开火塘和故乡，走向外面的世界，而随着农村老房子不断倒下，传统民居的火塘，正在悄然隐退。如今回到农村，地坑火塘已不多见，大多改用温室烤火炉或者用电取暖。

不知不觉间，火塘已渐行渐远，但围炉夜话那种天伦之乐和在烟熏火燎中怡然自得的景象，逐渐成为人们的情感追思，永远留存在人们的记忆里。

（2021 年 12 月 31 日发表于江苏《金坛日报》，2022 年 1 月 5 日发表于湖北电力《文学天地》，2022 年 7 月 1 日发表于辽宁《锦州广播电视报》）

吉祥鸟

　　周末回到郊外的别墅小院，忽闻房前屋后鸟雀叽叽喳喳叫声一片。移步观之，发现后院一棵大树枝丫上有一个新的鸟巢，几只喜鹊上下翻飞，追逐嬉闹，甚是欢弹。我像发现了"新大陆"一样惊喜，马上大声呼叫——老婆，快来看，我家飞来了吉祥鸟！

　　小时候，妈妈告诉我，说喜鹊是"吉祥鸟"，在谁家房前屋后做窝，就表明谁家吉祥，门前枝头若有喜鹊"喳喳"叫，就是吉祥如意的好兆头，叮嘱我要保护鸟窝、爱护喜鹊，千万不要去祸害它们。

　　喜鹊，又叫客鹊、飞驳鸟、干鹊。农村乡下称之为"丫鹊子，吉祥鸟"。宋人彭乘《墨客挥犀》卷二："北人喜鸦声而恶鹊声，南人喜鹊声而恶鸦声。鸦声吉凶不常，鹊声吉多而凶少。故俗呼喜鹊，古所谓乾鹊是也。"喜鹊体长40至50厘米，头、颈、背至尾均为黑色，并自前往后分别呈现紫色、绿蓝色、绿色等光泽，双翅黑色而在翼肩有一大形白斑，尾远较翅长，呈楔形，嘴、腿、脚纯黑色，腹面以胸为界，前黑后白。

喜鹊适应能力较强，在山区、平原都有栖息，无论是荒野、农田、郊区、城市、公园和花园都能看到它们的身影。喜鹊"人缘好"，喜欢"凑热闹"，人类活动越多的地方，喜鹊种群的数量往往也就越多，而在人迹罕至的密林中则难见它的身影。

喜鹊是一种聪明的鸟，喜欢在村边或村民房前屋后的大树上筑巢。喜鹊筑巢是一个大工程，在开春的头两个月，喜鹊夫妻就开始忙碌，它们从远处的树林中不断叼来树枝每天往返数十次，大约一个月才能建成。建成的"鸟巢"远远看去像两个圆筐扣在一起，黑黑的圆圆的。喜鹊在筑巢期间很少叫唤，在窝快要建成和建成后一段期间，它们都会不断地在树枝上跳来跳去，"喳喳喳、喳喳喳……"叫个不停，仿佛人们喜迁新居那样高兴。

旧时民间传说鹊能报喜，喜鹊在中国是吉祥的象征，自古有画鹊兆喜的风俗。两只鹊面对面叫"喜相逢"；双鹊中加一枚古钱叫"喜在眼前"；一只獾和一只鹊在树上树下对望叫"欢天喜地"。流传最广的，则是鹊登梅枝报喜图，又叫"喜上眉梢"。

"劝君莫打三春鸟，子在巢中望母归"。喜鹊和其它鸟类一样，都是我们人类的朋友。希望大家爱鸟、护鸟，让我们的生活更加美好！

（2022 年 3 月 23 日发表于湖北电力《文学天地》，2022 年 7月 8 日发表于河南《郑州广播电视报》）

家乡春笋满山谷

　　我的家乡是一个山区县，境内山大林密，物产富饶，漫山遍野的大山里，山货特别多，春笋就是其一。

　　春笋自古以来就是人们喜欢的野菜，被称为"菜中珍品"。唐代白居易在《食笋》一诗中写道："此州乃竹乡，春笋满山谷。山夫折盈抱，抱来早市鬻。物以多为贱，双钱易一束。置之炊甑中，与饭同时熟。紫箨坼故锦，素肌擘新玉。每日逐加餐，经时不思肉。久为京洛客，此味常不足，且食勿踟蹰，南风吹作竹。"清代李渔称竹笋为"素食第一品"，甚至认为"肥羊嫩豕，何足比肩"。

　　春笋不但味道鲜嫩，而且营养丰富。含有丰富的植物蛋白以及钙、磷、铁等人体必需的营养成分，特别是纤维素含量极高，能帮助消化、防止便秘。春笋是高蛋白、低脂肪、低淀粉、多纤维的营养美食。它可"利九窍、通血脉、化痰涎、消食胀"等药用，现代医学认为，吃笋有滋阴、益血、化痰、消食、利便、明目等功效。

　　春笋作为食物中的瑰宝，曾经在过去饥荒的年代，扮演过十分重要的角色，为人们带来实实在在的好处。记得小时候，由于长年缺粮，遇到春荒时节，情况尤为窘迫，往往难以果腹，甚至饥不择食，只好上山去掰春笋，作为粮食的替代品，聊以填饱辘辘饥肠。当时唯一的缺憾，就是缺少油脂和肉类，所以只能清水煮春笋。

如今生活条件好了，采摘回来的春笋先剥去笋衣，然后把笋肉对半切开，放到沸水里煮一小会儿，再切成小片，炒酸菜，煸腊肉，脆香可口，味道鲜美，有着别的野菜不同的滋味。小时候，每次采摘回来的春笋，母亲总要把它们放到沸水里"洗个澡"。母亲告诉我，这是要褪去春笋里的苦涩味道。

春天来了，春笋就像破土的"地老鼠"，一根根地从土壤中探出尖尖的小脑袋，吸纳着雨露阳光，生机勃勃地生长着。憨厚的春笋不仅是那清丽的样子可人，它原生态嫩生生的美味，更能引得崇尚健康生活方式的人们的青睐。因而，每到这个季节，那些渴望归真自然的闲暇之人，尤其是小城镇清闲人士，有的骑着电动车，有的开着小汽车，集踏青、赏春、掰笋等诸多目的于一身，在春深似海的野外，一边饱览无边春色，一边收获一份原生态的野菜，享受着一举双得的喜悦。

"竹叶青青不肯黄，枝条楚楚耐严霜，昭苏万物春风里，更有笋尖出土忙。"儿时掰笋、剥笋、煮笋这些温暖而又恬静的镜头，似乎早已淡去，但又时时涌上心头。时间在悄悄地改变着一切，唯一不变的仍然是内心深处老家那淳朴的民风和浓郁的春笋味道。

（2021 年 4 月 13 日发表于湖南《武陵都市报》）

家乡的苞谷酒

俗话说，好山出好水，好水出好酒。我的家乡湖北保康，山清水秀，家家种苞谷，户户会酿酒，是个名副其实的酒乡。

家乡的酒，尤以苞谷酒受人青睐。每年冬季来临，人们就开始酿酒，沟沟岔岔、家家户户都飘荡着苞谷酒的酒香。

家乡的苞谷酒，源远流长，有着悠久的酿造历史。苞谷酒的传统酿造工艺为固态发酵法，在发酵时需添加一些辅料，以调整淀粉浓度，保持酒醅的松软度，保持浆水。常用的辅料有高粱壳、玉米芯、米糠、麸皮、淀粉渣、花生壳等。酿酒的具体工序是制曲、备料、蒸煮糊化、拌醅、入窖发酵、蒸酒。在酿造过程中，浸泡原粮、拌醅、入窖、发酵、蒸酒所用的水，有相当严格的要求。有好水才能酿出好酒，是酿酒人的共识。大凡出好酒的地方，都是山清水秀之处，山泉清冽，溪水玲珑。

家乡的苞谷酒，是真正的纯粮佳酿，有"赛茅台"之称，其酒味清香纯正，具有酒液清澈，窖香浓郁，回味悠长，饮后不口干、不上头的特点。

　　家乡保康地跨南河、沮河两大流域，有酿酒的传统，也有喝酒的习惯，男男女女、老老少少，都爱喝酒，都能喝酒。到了腊月，哪一家把酒烧出来，一定要把亲戚邻居都请来，一块儿品尝，明论浓烈，暗比高下。最妙的是用"支子壶"热着喝，在酒里加一勺蜂蜜，经过加热，满屋充盈着酒香，酒未入口，就已经"酒不醉人人自醉"了。

　　这个时候，端起酒杯，抿到嘴里，有一种绵绵的、轻飘飘的感觉，几乎感觉不到与口舌咽喉有任何摩擦，简直不是咽下去的，而是轻轻地飘逸下去的，让人想起由山顶上向山腰飘落的云雾。几杯酒下肚，走路时腿也是轻飘飘的，浑身都轻飘飘的，似乎自己身上的赘肉刹那间变成了羽毛，道路也变成了太空，你会慢慢地飘起来，飞起来，步入仙境。

　　家乡保康人，不仅勤劳、善良、纯朴，而且好客、实诚、厚道，视苞谷酒为招待客人的上品，馈赠亲友的佳品。"无酒不为敬意""无酒不成宴席""无酒不成礼仪"是家乡人约定俗成的规矩。

　　如今，家乡的苞谷酒，以其醇正柔和、绵甜爽冽的优良品质而闻名遐迩，远近载誉。在传统的酒文化中，给家乡人带来了无穷无尽的物质财富和精神营养；在沧桑巨变中，经久不衰、独领风骚。

　　（2021年2月26日发表于湖北《今日钟祥报》，2021年3月2日发表于《河南科技报》）

教太极拳的王老师

　　王老师叫王长才，退休前是一所中学的体育老师。年逾古稀的他，仍然行如风，站如松，坐如钟，卧如弓，精神矍铄，多年坚持义务教学，带出了一批又一批的太极拳爱好者。

　　王老师常对我们说，看书学不如跟光盘学，而跟光盘学不如跟人学。学会拳的大概套路以后，还应常看光盘，你会觉得每一次都会有不同的感悟。大概王老师就是这样学的吧，看他对每个动作要领掌握得那样准确，当初定是下了一番苦功夫的。

　　王老师在教拳时，无论对谁，都是尽心尽力，反复讲解每一个动作要领，耐心无人能比。每每看他教拳，就觉得他一招一式俨然张三丰再世。

　　自认识王老师后，就一直很敬重他，他只要看到我们做得不合要领，便会一刻也不耽误地走到跟前指点你，有些动作指点过多次后，倘若又发现你做错了，他仍会不厌其烦地指点。有时我会感慨，在这样一个纷繁复杂的社会里，能够像王老师这样心如止水的人太少了。

　　记得刚学会太极拳的架势时，以为太极拳不过像广场上人们跳三步、四步交谊舞那样简单。可是，自从认识王老师后，才发现当初的认识多么幼稚。热心而又低调的王老师给我指点了好多动作，如 24 式太极拳中，野马分鬃的穿掌，揽雀尾的捋，如封似闭的按等；42 式太极拳中，掩手肱捶的掩手，独立打虎的下捋和架拳，马步靠的马步打拳等，这一招一式若没有王老师掰着手教，也许我还在自我陶醉地乱打。

　　人说学太极，学一式，练一式，每练一式都有好的结果体现在练习者的身上。在王老师的指点下，一些自己看到却做不到的动作慢慢学会了，一招一式也越发准确了。

　　王老师常说，虽说好多人出于健身目的而练拳，但也要练好练正确，练得漂亮。王老师的一言一行，让我油然而生敬佩。在我心里，王老师是一个追求完美的人。

　　（2021 年 9 月 2 日发表于《首都文学》）

荆山深处茶飘香

地处鄂西北荆山深处的保康县，山清水秀空气清新，高香绿茶驰名中外。目前，保康县拥有茶园 14.2 万亩，茶叶年产值近 5 亿元，是当地农民致富的主要产业。

平地有好花，高山有好茶，云雾山中出名茶。据《保康县志》记载，保康绿茶色泽澄透且味似龙井，明目润肺，清热养颜，民间称之为"云雾仙茶"。

"五一"放假期间，我邀约好友从县城驱车 20 分钟，沿着蜿蜒的盘山公路，来到保康县城关镇九皇山村，慕名踏访云雾缭绕之中的九皇山茶园。

这里有着漫山遍野的茶树。还未走近，仅站在公路旁，就能闻到从山中飘来的清新茶香，令人陶醉不已。九皇山，村子不大，四面环山，山上是茂盛的茶树，山下是盘旋而上的公路，山中绿树红花中隐藏着一栋栋白墙红瓦的农家小院。

抬头望望，视觉立即被这"铺天盖地"的"绿"所包围。不禁感慨道：这里就是被春姑娘"眷顾"的地方，目之所及全是令人舒畅和愉悦的绿。

我的老家黄土岭村与九皇山村毗邻，两村山水相连，峰峦相望。九皇山村党支部书记陈启林与我同龄，我们从相识到相熟，相谈甚欢。他告诉我，种茶一二天，摘茶数百年。九皇山村的地理位置和自然条件决定了该村是种植茶树的"绝佳之地"。九皇山村茶叶种植历史悠久，20 世纪 60 年代初就从福建引进茶树，开始种茶，至今村里茶场已发展茶园数千亩。土地下放到农户后，村民家家户户也开始种茶，但都是零散种植，未成规模，仅有李天保的家庭茶园超过 200 亩，是名副其实的"省级示范家庭农场"。

来到九皇山村的那天，我们穿行林海，徜徉于翠绿茶园，拍照留影，流连忘返。在山顶茶园，我们巧遇保康县城关镇党委书记方东海，方见到我们"长枪短炮"地在茶园拍照采风，兴致勃勃地前来向我们介绍说，千茶万桐，一世不穷，近年来城关镇党委、政府将茶叶当作九皇山村的支柱产业、脱贫产业来打造，茶叶规模进一步扩大，家家户户的茶叶被"连接"起来，所以才逐渐形成了一片片清新脱俗的靓丽景色。

沿着环山公路前行，我们来到茶山的"怀抱"之中，娇嫩的茶叶在阳光的照耀下显得熠熠生辉。经过一季漫长与萧瑟的等待，春暖花开之时，茶山"迫不及待"地绿意盎然起来，枝丫上争先恐后露出雀舌般的新芽。

漫步在这碧绿的茶山之中，满眼都是嫩嫩的绿，忍不住采摘一枚茶尖放入口中，细细咀嚼，一股清香随即在口中散了开来，满嘴淡雅的茶香。举目四望，满眼都碧绿，就连吸入的空气，都带有绿意的清新。眼前这有些凹凸的山路蜿蜒盘旋，就像一条长长的青龙盘旋在延绵起伏的山间。远处青山与天空"相连"，闲淡的云儿在山顶舞蹈，如同天上的仙女，袅袅婀娜。

　　九皇山村地处北纬 31 度的黄金纬度带，平均海拔 800 至 1100 米，境内峰峦叠嶂，山林茂密，植被繁多，森林覆盖率高达 80％以上，常年云遮雾罩、轻烟缭绕，日照短、温差大、阴凉潮湿。得天独厚的生态环境，孕育出风格独特的九皇山绿茶，具有"色泽绿、高栗香、汤色亮、耐冲泡"等特质。俗话说，花因香而"活"，茶因香则"贵"。九皇山茶场的明前茶售价高达每公斤数千元，仍然供不应求，旺季前来购茶的人，比采茶的村姑还要多。

　　坐在天保家庭茶场的农家小院小憩，只见四周莺歌蝶舞，清香荡漾，闭上眼睛，听茶，听风，茶山春色如许。

　　从十三岁开始种茶，做了一辈子茶，年近古稀的李天保说，割不尽的麻，采不尽的茶，今年不采茶，明年茶不发。说起茶，从种茶、采茶到炒茶、品茶，从创业、发展到打品牌、拿奖杯，三天三夜说不完，他的一生与茶结下了不解之缘，也把一生交给了茶的事业。

　　放眼远望，穿梭在山中茶园的采茶姑娘，身手矫捷，手指轻柔流连于茶树之冠，轻轻一提，嫩叶飘然入篓。此情此景，采茶人与茶，似乎合二为一，成为这春色美景图中的浓墨重彩。

　　茶韵飘香九皇山，云雾缭园透芳华。若是闲不住了，还可在撩人的无尽春色中，亲自体验采摘茶叶的乐趣。那一叶叶尖尖的茶，带给我们的是苦涩中的甘甜，是宁静而致远的心境，是浓浓的乡愁，更是一种生命的灵性。

　　相传在很早很早以前，玉皇大帝云游于此，看到这里民风淳朴，百姓勤劳，满山遍野的青翠，飘来阵阵清香，顿感心旷神怡，纷杂烦恼天庭琐事，一下子抛到了脑后。于是，他收起云头，飘然而下，村民看到慈眉善目的老者（玉帝）来到村中，甚是欢喜，热情地招呼他进屋品茶歇息。这时，一位年方二八的小女，款款递上香茗一盏，玉帝看见茶盏里那碧绿的茶汤、闻到扑鼻而来的芬芳，感到十分惊奇。经慢啜细品，那清香、甘醇的韵味，一下子使他忘却疲惫，只觉陶醉，不禁啧啧称赞"好茶，好茶!"

好茶不怕细品，待客奉茶为先。九皇山绿茶汤色清澈绿亮，犹如雨后山石凹处积留的一洼春水，绿幽幽、亮汪汪的，清幽无比。冲泡九皇山绿茶以 85 摄氏度的水最为适宜，先投入适量茶叶，然后冲水润茶，此时会有幽香袭人鼻翼，如兰似蕙，惹人遐思。接着注水瀹茶，约一分钟后开汤，此时茶汤香气最为幽雅纯正，饮罢搁盏，仍觉幽香习习然，余韵不绝。

对于许多爱茶之人来说，喝茶喝的是一种心境。好茶一杯，精神百倍。九皇山绿茶茶汤不温不燥，不缓不急，纯正儒雅，意味深长。而最能体现九皇山绿茶幽韵的，当然是它的茶汤气韵了。九皇山绿茶余味浑厚，回甘持久，细啜一盏后凝神屏息，细细体味那一缕幽幽渺渺的茶息，真个是"口不能言，心下快活自省"，当那抹清新恬淡在口中化开，就能忘记烦恼，陶醉其中。

一场雨，一篓茶，一顶斗笠一幅画；一回头，一朵花，一首山歌飘天涯。或春日，或孟夏，约上三五知己，去九皇山村茶山听风、品茶、一览茶山的翠绿，将是一种高雅的极乐享受与心情释放。

（2020 年 6 月 10 日发表于《今日保康报》）

老家的香椿树

"好雨知时节，当春乃发生"。一场春雨过后，老家房前屋后的香椿树，总会先于其他树木生发幼芽，圆圆嫩嫩，绿叶紫边，紫中透绿，似翡翠玛瑙般润泽，味道特别香浓。

香椿又名香椿芽、香桩头、大红椿树、椿天等，在我的老家又有香椿、臭椿之分，人们称香椿为椿，称臭椿为樗。香椿为名贵佳肴，味美而鲜；臭椿其味怪异，不可食用。

母亲说，香椿是"树上的蔬菜"，香椿树发的嫩芽可做成各种菜肴。第一茬采摘的香椿芽，被称为"春头"。在蔬菜短缺的早春里，春头犹为珍贵。

小时候家里穷，缺衣少食，房前屋后的香椿被母亲当成宝贝一样呵护，香椿变美食也成了我的最爱。每年香椿一出来，母亲总是变着法儿让椿芽活色生香，椿芽拌豆腐、椿芽炒鸡蛋、椿芽包饺子、椿芽摊煎饼、油炸椿芽丸、椿芽捣碎泡酸萝卜，都让我唇齿生津，食之难忘。母亲摊的椿芽煎饼更是美食一绝，煎饼外焦里嫩，色泽金黄，配上肉末或鸡蛋，则有余音绕梁，三日不知肉味的感觉。

"门前一棵椿，吃菜不担心"。吃不完的香椿芽，母亲用它汆过滚水后晒干，或用盐慢慢搓软后压紧放进瓷坛里，待椿芽长成树叶的时候，拿出来又成了绝美的菜肴。

老家的香椿树，浑身是宝。其叶具有较高的医用价值，能"止泄精、尿血、暖腰膝、除心腥。"现代医学认为，香椿中含有香椿素等皮性芳香族有机物，可健脾开胃，增加食欲，有很强的抗癌效果。香椿木材黄褐色而具红色坏带，纹理美丽，耐腐力强，不翘不裂不变形，有"中国桃花心木"的美誉。

"前人栽树，后人歇荫"。老家的香椿树，是母亲栽种的子孙树。如今，母亲虽已驾鹤西去，但每当我品尝着香椿佳肴之时，心底便会油然而生对母亲的崇高敬意与深深怀念。

（2021 年 3 月 15 日发表于云南《迪庆日报》，2021 年 3 月 19 日发表于新疆《塔里木日报》，2021 年 3 月 25 日发表于安徽《芜湖日报》）

岭上开遍映山红

又到了映山红漫山遍野盛开的时节。家乡的山山岭岭，层林尽染，映山红花开之处，如火焰腾腾燃烧，似红旗猎猎招展，远远望去，一团团，一簇簇，就像一块红色的地毯，云蒸霞蔚，美不胜收。

传说子规啼血，染遍了漫山遍野，便有了红彤彤的花儿映衬着翠绿绿的叶儿的映山红。映山红是我国的传统十大名花之一，别名又叫杜鹃花、山踯躅等，素有"木本花卉之王""花中西施"的美称。

美丽的映山红生长于深山，闪烁于原野，装点于园林，自古以来就博得文人墨客、仁人志士的欢心。大诗人白居易有诗赞云："闲折两枝持在手，细看不似人间有，花中此物似西施，芙蓉芍药皆嫫母。"南唐进士成彦雄诗曰："杜鹃花与鸟，怨艳两何赊，疑是口中血，滴成枝上花。"宋代诗人杨万里写诗赞之："何须名苑看春风，一路山花不负侬。日日锦江呈锦样，清溪倒照映山红。"而近代民主革命志士秋瑾则道："杜鹃花发杜鹃啼，似血如朱一抹齐。应是留春留不住，夜深风露也寒凄。"

家乡的映山红，让我想起了小时候观看的电影《闪闪的红星》，还有那一首饱含深情的歌曲《映山红》。影片讲述了在30年代艰难困苦的环境中成长起来的少年英雄潘冬子的故事。影片插曲《映山红》是一首在黑夜里盼天明的歌曲，激励着人们在寒冬腊月里，守望春天，并坚信希望的曙色终能破晓的信念。就在潘冬子的父亲随红军撤离、"胡汉三又回来了"的境遇里，冬子和冬子妈在茅屋里点燃一碗油灯，把思念亲人和革命情怀凝成一曲《映山红》。而冬子妈在熊熊烈火中壮烈牺牲的场面，一直都深刻在我的脑海里。

满山的映山红，诉说着一段红色的历史，传唱着一个时代的经典。映山红还让我想起了中学时代读过的《我们爱韶山的红杜鹃》。作者通过反复咏赞韶山的红杜鹃，缘物寄情，热情洋溢地表达了对伟大领袖毛泽东以及其他革命先烈的无限怀念和崇敬的感情。如今读来，仍然荡气回肠，心生敬仰。

岭上开遍映山红，那是革命先烈用鲜血染红的英雄花。不忘初心，方得始终。今年，中共中央决定在全党开展党史学习教育，激励全党不忘初心、牢记使命。当那如火如霞的映山红扑面而来、竞相怒放的映山红含笑迎风时，我们不仅要知道花儿为什么这样红，而且要深深地缅怀革命先辈，发愤图强，努力工作，为实现"中国梦"贡献自己的智慧和力量。

（2021年4月7日发表于湖北电力《文学天地》）

酿酒汉刘怀坦

　　刘怀坦是个奇怪人，酿酒几十年，却从来滴酒不沾；养猪上百头，却从来不吃猪肉。

　　刘怀坦酿的酒，远近闻名，近销左邻右舍，远销广东深圳。刘坏坦养的猪，个个膘肥体壮，时有客商慕名找上门买猪，年出栏百余头，从来不愁销路。

　　见刘怀坦之前，我脑海中想象的刘怀坦是一个高高大大的壮汉。见到刘怀坦，却出人意料地大有反差，一米六几的个头，稀稀拉拉的胡须，一身简朴的普通衣着，一看就是那种精打细算会过日子的庄稼汉。

　　出生于 20 世纪 70 年代的刘怀坦，刚过天命之年。二十多年来，他与妻子一道，在农家作坊里酿酒，养猪。刘怀坦说，他本是保康县歇马镇大垭村人，从 2010 年开始，他把酿酒作坊搬迁到韩家坪村，逐水而居，便于取水，也便利销售。开始酿酒的时候，请不起师傅，他就请了个技术员指导自己操作。买不起柴，就自己上山砍柴。大垭这个偏远落后的山村，当时相当缺水。没有水，他就自己找山泉水挑回家煮酒，一天得挑三十多担水。

好水出好酒，他的酒坊取水源于大龙潭泉水，主要酿造苞谷酒、小麦酒和红高粱酒。刘怀坦说，他的酿酒作坊出的第一甑酒，乡亲们尝了都说口感好，酒不辣喉。

酒逢知己饮，诗向会人吟。后来，刘怀坦专门从重庆忠县高薪聘请了一个酿酒师坐阵酿酒。去年，他注册了"沮河醇"白酒商标，申报了商品条码证。

刘怀坦说，酿酒跟做人一样，要讲诚信。他酿的白酒品种很多，有五六块钱一斤的低档酒，也有十几块、几十块的高档酒，货真价实，从不掺假以次充好。以前酿的酒都是周边的农户过来买，现在高档酒的需求越来越大，近到保康、神农架，远到襄阳、宜昌、武汉，甚至广东、深圳，都有人慕名买他的沮河醇美酒。前不久，一个在深圳开公司的保康人，给他打来 7000 元钱，一次性买了 200 公斤苞谷酒。

刘怀坦说，他每年酿酒 50 多吨，酿酒纯收入超过 30 万元。酒糟附带养猪，年出栏 120 多头肉猪，净赚 20 多万元。

现在，国家对个体工商户有很多优惠政策，以前难办的贷款，如今审批也简单，还有贴息。刘怀坦说，这些年，感谢党的好政策，加上自己一家人的勤劳奋斗，生活越来越好，日子越来越有奔头了。

美酒酿出幸福人生。刘怀坦还打算扩大规模，再建三个酿酒车间，大批量酿造"沮河醇"系列美酒，让家乡的美酒进超市、入酒店、上淘宝，漂洋过海传播中国的酒文化。

这就是刘怀坦，一个醉心于酒的酿酒汉。

（2021 年 1 月 22 日发表于《今日作家》）

飘香的烤红薯

"卖烤红薯喽，又香又甜的烤红薯，烤洋芋，烤冰糖雪梨，烤苞谷坨儿……"在家乡保康县城的大街小巷，这个烤红薯的叫卖声，连三岁小孩都耳熟能详，也能绘声绘色地随口而出。

沿街叫卖烤红薯的，是一个年届七旬的老汉，开一辆改装成烤炉的三轮摩托车。他名叫刘冬生，出生于 20 世纪 50 年代初。

十年前，刘冬生从县饮食服务公司副总经理岗位上光荣退休。老刘说，他从 2010 年那个冬天开始走上街头卖烤红薯，当时烤熟的红薯每斤卖四块钱，每天能卖几百斤鲜红薯，除去本钱，每天净赚二三百块钱。现在生意差了很多，而且随着物价上涨，现在烤熟的红薯，每斤六块钱，每天卖出的鲜红薯还不到一百斤，除去本钱，每天净赚的钱平均只有五十块左右。

别看只是卖个烤红薯，现在也出现了激烈竞争，一个小小的县城，今年一下子就冒出了三四个卖烤红薯的生意人。老刘说，就连自己改装的三轮摩托车、烤红薯的炉子、电喇叭，还有招揽生意的叫卖声，都被竞争对手模仿了去现学现用。

　　有市场就有竞争，对此老刘想得开，每次遇到和他一样卖烤红薯的人，总是笑脸相迎，主动打个招呼，混个脸儿熟。他说大家出来混口饭吃，都不容易，与他们相比自己还有退休金，日子相对好过得多。自己卖烤红薯，不图别的，主要就想让自己的退休生活过得充实一些。

　　常年行走街头巷尾，老刘的脸上满是沧桑。乍一看，就像电影上的高仓健，也有人说他像电视里的姜文。老刘很乐观，他说刚退休那会儿，出来沿街叫卖烤红薯，家人说他丢人现眼，堂堂一个当过经理的人，干这没面子的活儿。于是，好多热心人，劝他发挥饮食管理的业务专长，去承包酒店赚钱，甚至有人愿出高薪想聘他去当大厨，或者当主管。他权衡再三，终究还是没有答应。

　　老刘说，退休了，不想再操心，而且干这烤红薯的活儿，虽说开始有点儿难为情抹不开脸面，但时间长了，也就无所谓了，再说干这活儿又不受人管束，不仅自由自在，而且还来钱快，多好的事儿啊。

　　老刘天天卖红薯，对红薯也很有研究。他说，在明朝万历十年（1582年），红薯从当时的西班牙殖民地吕宋（今菲律宾境内）引进中国试种，"甫及四月，启土开掘，子母钩连，大者如臂，小者如拳"，试种成功之后便大力推广，《农政全书》还详细记述了红薯的种植方式。李时珍的《本草纲目》载："南人用当米谷果餐，蒸炙皆香美……海中之人多寿，亦由不食五谷而食甘薯故也。"中医学认为红薯补虚乏、益气力、健脾胃、强肾阴。1995年美国生物学家发现，红薯中含有一种化学物质叫脱氢表雄酮（DHEA），可以用于预防心血管疾病、糖尿病、结肠癌和乳腺癌，并延缓衰老。

老刘说，红薯引入中国，是中国古代贸易史上最重要的成果之一。红薯易种植，产量高，传到中国以后，可是立了大功。在没有引进红薯之前，中国的人口一直很难突破 6000 万。自从红薯进入中国后，中国人口开始突破一亿人，后来到了红薯广泛种植的清代甚至达到三四亿人。清朝开始，红薯成为寻常百姓日常食物，在发生水旱灾荒的年份，更是人们救饥度荒的救命之物。老刘说，在 1959 至 1961 年严重困难时期，他刚刚十岁左右，多亏了红薯保命。

烤薯十年，栉风沐雨。街市上，学校旁，医院边，胡同里，家乡保康县城的大街小巷，处处留下了老刘的叫卖声。老刘说，刚开始卖烤红薯时，他用的是木柴炉子，车过处满街烟雾灰尘；后来他把木柴炉改为煤炭炉，虽然烟尘小了一些，但还是污染多，不环保；前年他把煤炭炉又改为液化气炉，一下子解决了污染问题，心里也就踏实多了。

踏着晨曦出门，披着星星回家。老刘早晨 7 点多出摊，晚上 6 点多收摊，冬春卖烤红薯、洋芋，夏秋卖烤苞谷坨儿，五谷杂粮瓜果吃食，只要能烤的，他都烤了卖过。除了大雨滂沱、冰天雪地，他每天都是早出晚归，已经坚持了整整十年。如今，老刘不仅身板杠杠的硬朗，而且日子过得有滋有味。

光阴含笑去，冷暖由心来。经常在街上见到老刘，我与老刘逐渐成了熟人。遇到老刘，时不时还聊上几句，顺便买一个又香又甜的烤红薯，打打牙祭。

拿着老刘递过来的烤红薯，往地上摔两下，褪去皮，大口咬着冒着油的瓤儿，薯香顺着喉咙滑下去，心灵和肠胃一起跌至最妥帖处，那个爽啊，别提有多带劲儿。

（2021 年 1 月 18 日发表于新疆《乌鲁木齐晚报》，1 月 20 日发表于《书香保康》，1 月 24 日发表于《今日作家》，2022 年 1 月发表于 2021 年第 4 期湖北电力《三弦琴》杂志）

强身健体学太极

公园里，庭院内，河堤边，经常看到或男或女，或老或少，三五成群，随着轻快的音乐，气定神闲、一招一式地操练着太极拳，心生羡慕之余，也萌生了学习太极拳的想法。

年过半百之人，大多会有"夕阳将近，廉颇老矣"之感，总想学点儿新东西，抓住梦想的尾巴，以期老有所乐，老有所趣。尤其是今年春节以来，受新冠肺炎疫情的影响，不走亲访友，不串门聚会，居家日久，逐渐发福，看着日渐隆起的"将军肚"，以及爬坡上楼气喘嘘嘘的状态，越来越感觉到需要减肥，需要锻炼，需要强身健体。

恰在这时，我看到了保康县太极拳协会举办培训班的信息，于是就毫不犹豫地报了名。开班仪式定在 6 月 23 日早晨 6 点，我把手机闹钟定在 5 点 20 分，生怕睡不醒错过了时机，一大早便从城郊农家小院赶到县城沿河公园。

莫道君行早，更有早行人。来到沿河公园一看，只见保康县太极拳协会《2020 年"百千万"保康县全民健身太极拳培训活动》大红标语下，已经黑压压站了五六十人。这些前来参加学习太极拳的人，都是小城居民，有公职人员，有企业员工，有自由职业者，有退休老同志，虽然面孔似曾相识，但大多数不认识。我站在队伍中左顾右盼，居然在人群中发现了我们一个单位的三四位同事，看来与我感同身受的大有人在。

大家在教练的指挥下，十人一排、五人一纵排好队伍，县太极拳协会会长阮绪东发表了热情洋溢的讲话。阮会长说："今天是6月23日，也是个特别的日子。因为6月23日是国际奥林匹克日，希望大家发扬国际奥林匹克精神，珍惜难得机会，贵在持之以恒，崇尚运动健身，发扬太极'国粹'。"

1894年6月23日，现代奥林匹克运动会在法国巴黎索邦诞生，1948年国际奥林匹克委员会决定将每年6月23日设为国际奥林匹克日，既是纪念现代奥林匹克运动会的诞生，也是鼓励世界上所有的人，不论性别、年龄或体育技能的高低，都能参与到体育活动中来。

说实话，我对太极拳崇尚迷恋已久，感觉太极拳高深莫测，常人难以企及，一直未敢涉足。特别是读了金庸小说《倚天屠龙记》，武当派祖师张三丰，在书中可谓高山仰止，深不可测。论武功境界，可称金庸原著所有出场人物第一人，甚至胜过《天龙八部》里那个武功超凡入圣的少林扫地僧。

《笑傲江湖》和《侠客行》的时代，武林中人已是人人皆知，张三丰可与达摩祖师并列为古往今来第一大高手，非此即彼。

历史上的张三丰，据说是龙虎山张天师后裔，生于南宋淳祐七年（1247年），卒于明朝天顺二年（1458年），活了212岁。传说他身材魁伟，大耳圆目，相貌甚奇，不修边幅，衣着邋遢，因此又被戏称"张邋遢"。他在武当山广收门徒，授以道学和武技，到了明朝永乐年间，年逾 150 岁以上，依旧精神抖擞，举止等若壮年。因此，明成祖朱棣将张三丰奉为神仙，多次派遣高官相召，欲求长生不老之术，并以"若遇真仙张有道，为言伫俟长相思"一诗赠之，表达自己的渴慕之情。而张三丰始终避而不见，出游天下，遍历山野，最后仅留"臣居草莽原无用，帝问刍荛若有情。敢把微言劳圣听，澄心寡欲是长生。"（《答永乐皇帝并书》）一诗回赠。

求仙不得的朱棣，耗费上百万资财，组织三十万民夫，在武当山大修土木，为张三丰修建了九宫九观、七十二岩庙、三十六座庵堂。此后，明朝历任皇帝对张三丰的崇敬始终不减。

张三丰精通拳术，曾单人独战数百贼寇，赤手空拳击杀百余人，余皆逃散。他创立了"以柔克刚，以静制动，后发制人，辨位于尺寸毫厘，制敌于擒扑封闭"的内家拳拳理。明末的陈王廷（1600—1680）集长拳、大洪拳、红拳等技法，以张三丰的内家拳理引导，创立了太极拳的固定拳法套路，也就是所谓"陈式太极拳"，奉张三丰为祖师。因此，金庸小说《倚天屠龙记》中，张三丰创立太极拳的说法，并非作家虚构，而是对真实历史的演绎。

阮绪东说，太极拳是以中国传统儒、道哲学中的太极、阴阳辩证理念为核心思想，集颐养性情、强身健体、技击对抗等多种功能于一体，结合易学的阴阳五行之变化，中医经络学，古代的导引术和吐纳术形成的一种内外兼修、柔和、缓慢、轻灵、刚柔相济的汉族传统拳术，故太极拳被称为"国粹"。经常练习可通经络，养气血，强筋壮骨，延年益寿。

王长才老师担任本次培训的主教练，王老师是保康县太极拳协会资深教练，年近古稀的他，仍然行如风，站如松，坐如钟，卧如弓，精神矍铄，多年坚持义务教学，德艺双馨，依托太极拳协会这个舞台，无偿为广大市民提供太极拳教学活动，带出了一批又一批的太极爱好者，已培训学员 180 多人，得到了社会各界的认可和好评。2016 年以来，共参加国家级赛事 2 次、省级赛事 3 次、市级赛事 4 次，均获得较为优异的成绩。

架势一拉开，自有韵味来。人说学太极，学一式，练一式，每练一式都有好的结果体现在练习者的身上。作为一名初学者，我的太极拳学习之路才刚刚起步，每天早晨练习一个多小时，虽然身体很累，心里却很美。

想要强身健体，不如来学太极拳吧！生命脆弱，人生无常，不累也要休息，不富也要知足，再忙也要锻炼。陶冶性情学太极，动静结合总相宜。

不管生活怎样，总有一道属于你的明媚阳光，用你的脚步，走出自己的风景。在你出发之前，永远是梦想；当你上路之后，永远是挑战。很多时候，我们不是欠缺成功的筹码，而是欠缺自信和坚持。所有的路，只有你的脚踩上去了，才知其远近和曲折。

毛泽东主席在长沙求学时曾写过一副对联，上联是：贵有恒，何必三更睡五更起；下联是：最无益，只怕一日曝十日寒。学太极，也是如此。而且，学习太极拳，我是认真的。

我相信，天道酬勤，心想之，心乐之，心恒之而倾力为之，终会有果。愿有岁月可回首，且以太极伴长路。

（2020 年 6 月 28 日发表于《新时代文学》、6 月 29 日发表于《书香保康》）

快乐的保洁小哥

我们单位机关大院里，有一个搞场区卫生保洁的小伙子。说他是孩子，因为他是一个有智障的人，智商只相当于一个八九岁的小孩子。虽说智商不高，看起来傻傻的，但他干起活儿来，却是一点儿也不马虎。

这个叫伟子的小伙子，打小因为一场疾病，落下了智障，读书到小学毕业，不得不辍学回家待业。看着伟子一天天长大，父母为其今后的生活犯了愁。

单位领导看在眼里，记在心里，待伟子年满十八周岁，主动给他安排了一份自食其力的工作，让他负责机关大院的保洁。伟子从单位领导手里接过扫帚，就像一名手握钢枪即将出征的战士，恭恭敬敬地向领导敬了一个礼。

每天清晨，伟子早早就起床，拿起扫帚和撮子，开始在机关大院的上场区清扫，从左边扫到右边，又从右边扫到左边，把地上的落叶、纸屑、杂物等垃圾拢成堆，然后用撮子收集起来，倒进垃圾集装箱。扫完上场区，大约需要一个半小时，秋冬两季落叶多时，需要两个多小时才能扫完。夏天气温高，扫完场区，他的衣服上都是汗渍。冬天干完活儿，他的衣襟上有时还挂着冰霜。

今年，单位领导把机关大院场地刷黑了。伟子逢人就说，地越来越好扫了。虽然伟子智商不高，但干活儿从不偷奸耍滑。吃罢早饭，放下碗筷，他又拿起扫帚和撮子，开始清扫下场区，把下场区扫完，就到了上午十点多。这个时候，伟子总算松了一口气。把扫帚和撮子收进工具房后，他还会逍遥自在地出去逛逛街，到人多的地方凑凑热闹，或去沿河公园的河堤上散散步。

下午上班后，他又拿着笤帚和撮子，来来回回地在上下场区转悠，扫扫垃圾，捡捡纸屑烟头，或者拔拔庭院花园里的杂草，让整个机关大院始终保持着一尘不染，清洁美观。

尽管伟子智商不高，但这个孩子懂礼貌。遇到爷爷奶奶、叔叔阿姨或是同龄人，总是率先上前甜甜地叫一声，还会自找话题，家长里短地与人搭话攀谈。遇到拎物担重的同行人，他还会主动上前分担，帮忙送到家。遇到随地丢弃纸屑烟头的人，他总是不声不响地走上前捡起来，有时弄得随意丢弃垃圾的人，都有些不好意思。时间一长，大家都养成了讲究文明形象的好习惯。

人类是劳动创造的，社会是劳动创造的。劳动没有高低贵贱之分，任何一份职业都很光荣。日复一日，年复一年，这个扫地的孩子，周而复始，做着同样的工作，劳累不言苦，简单而快乐，幸福又知足。

（2021 年 8 月 25 日发表于湖北电力《文学天地》）

山村处处果飘香

桑葚熟了，蓝莓熟了，蜜桃熟了，李子熟了……进入夏季，青山环绕、绿树拥簇、碧水掩映下的湖北保康，各种果树伸枝展叶，枝丫吐蕊，似悬珠垂球，如禽蛋破壳，次第挂果，阳光普照，夜雨浸润，惠风吹拂之下，山村处处果味飘香。

一

桑葚熟了，熟得晶莹剔透。五月底的一天，我与同事经过位于保康县城关镇二堂村的绿珍果园。恰逢周末，我们便循香觅果，跨过一条小溪，进入到一片原生态的桑林后，我一时惊呆了，只见翠绿的桑叶层层叠叠，衬着紫红的桑葚，迎风摇曳。熟透了的桑葚紫紫的丰满挂满了枝条，如玛瑙，红中溢紫，非常诱人。

初夏暖阳下，群山怀抱里的二堂村风景如画。大家一齐兴奋地扎入桑林，一边采摘，一边品尝，专挑那个大、肉厚、色紫的下手，来个先尝为快。

　　这家绿珍果园的老板名叫张锦涛，从售卖香菇、木耳、茶叶、蜂蜜等山里土特产品掘得第一桶金。伴随着生态农业兴起，这位"70后"老板，旋即成立湖北绿珍生态农业开发有限公司，从绿珍野生葛根专业合作社干起。张锦涛介绍说，"这里（二堂易地搬迁集中安置点）有81户304人，是附近最大的扶贫安置点。我是合作社负责人，大家可都指望着我呢。"通过"公司＋基地＋农户"的村企共建模式，利用村集体的荒山垦地，建立葛根种植示范基地。

　　经过多方考察，他决定结合贫困户年龄偏大、缺乏劳动技能的特点，在他打理的合作社里开设扶贫车间，发展葛根种植加工。"贫困户可以在扶贫车间做些技术含量低、强度不大的活儿，如栽苗、除草、施肥等等。"

　　合作社和科研机构合作，开发葛产品16类40多种，成功被认证为有机食品基地。张锦涛介绍，公司通过设立新零售电商销售平台，打响了绿珍葛根的品牌，产品销量快速增长。

　　除了绿珍葛根，张锦涛还在二堂租赁土地，种植草莓、葡萄、桑葚、桃子、李子等绿珍水果，开辟绿珍花木盆景园。今年68岁的姚程强是二堂易地扶贫安置点的居民，去年他在扶贫车间打工100多天收入近万元。过渡湾镇党委书记褚应康介绍说，张锦涛的扶贫车间每年为贫困户发放劳务工资超过170万元。

　　吃了桑葚，暖了心房。出生于农村的我，对于大山里涌现出来的新时代农民企业家，除了羡慕，更多的还是钦佩和崇敬。

二

蓝莓熟了，熟得蓝如玉石。刚刚跨入公历六月的门槛，同窗好友便邀约双休同去采摘蓝莓。是日，我呼儿携妻，与好友相会于官山之上的茶庵村佰蒂蓝莓采摘园。

熟透的蓝莓，浑身透着光亮，充满水分，稍不小心就会把它捏破，挤出紫汁来。我轻轻地摘下一颗放入嘴里嚼去，果汁四溢，顿觉满口生香，通过味蕾透出一种特有的清甜，丝丝滋润到心田。就这样，我们一边尽情地采摘，一边忘情地海吃，那是一种绝美的享受。

蓝莓熟了，人们便想起了"蓝莓之子"、茶庵村的"名誉村主任"邓以超，这位同样出身农村的山里人，是襄阳佰蒂生物科技股份有限公司董事长，他带领村民种植蓝莓致富的事迹，一时传为佳话。到 2019 年底，茶庵村兴建的蓝莓种植基地达到 2500 亩。一年活苗、两年长茎、三年挂果、五年遍地收黄金。佰蒂公司与湖北良品铺子、上海来伊份股份有限公司签下订单，将这里的蓝莓制成果干，为全国 1400 多家门店供货。

每年芒种前后，官山之上的茶庵村佰蒂蓝莓园就会开园，往日沉寂的山村，一下子就苏醒了，变成了大山里的闹市。但见晴空丽日之下，游人如织，前来采摘蓝莓的背包客，络绎不绝。

眼瞅着村民的日子红火起来，茶庵村党支部书记王禄磊乐呵呵地说："小小的蓝莓竟然成了村民的'致富果'，'名誉村主任'真不简单！"

在邓以超的帮助下，茶庵村办公楼建起来了，蓝莓观光采摘园建起来了，通往县城的旅游公路通车了……"这样的好事，以前想都不敢想，如今变成了现实，多亏了'名誉村主任'邓以超啊！"村民们赞不绝口。

蓝莓熟了，我心灿烂。咱们保康山区过去虽然贫困落后，但农林资源丰富，现在县里把资源优势变成了经济优势，发展就有了希望，农民致富就有了盼头。

三

蜜桃熟了，熟得鲜艳欲滴。六月的第一个双休，我呼朋唤友，携妻带儿，来到位于城关镇土门村姬家沟的桃缘山庄，只见这里桃林成片，果树成行，一栋二层"7字形"小楼独立果林丛中，假山鱼池、休憩亭阁、停车场、农家乐、吊脚楼、秋千椅，各种设施一应俱全，足见这里的主人确有先见之明。

这片桃林的主人名叫张永华，他家的280亩蜜桃进入成熟采摘期。当日，这里涌来了数十辆私家车，上百游人，提篮带篓，钻进"花果山"，当起了"美猴王"。

果树林里，只见一棵棵桃树挂满了红中带紫的果实，随风摇曳，果香扑鼻。桃林中鸟雀成群，叽叽喳喳，它们也在分享着这难得的美味，受惊吓飞离时，弹起树枝，那熟透的蜜桃，如同一阵陨石雨，纷纷坠落，砸到人身上，落入泥土中，立刻留下一个个紫红的印记。大家只能叹惜一回，继续有说有笑，挑肥拣瘦，边摘边往前走，不一会儿竹篮中已添了许多蜜桃。

看着果满枝头，听着啾啾鸟鸣，我仿佛又回到了悄然远逝却忆之犹甜的童年时光。儿时，物资匮乏、零食奇缺，对于我们这些山里孩子，最盼望的就是桃树结满了鲜红的桃子，给我们带来了解馋的机会。一晃数十年过去了，今天的小孩都已过着衣食无忧的生活，没有了我们儿时的那副馋样，更不会有我们儿时那种饥渴与贪婪般采摘蜜桃的乐趣了。

张永华介绍说，他的桃缘山庄规模化种植樱桃、蜜桃、李子、板栗等特色果品，发展乡村休闲旅游。主要做的是林果采摘和旅游观光这一块，鲜果类的有樱桃、李子、杏子、水梨、石榴、枣子、柿子等，整个覆盖 10 多个鲜果品种，能供游客们一年四季都有鲜果吃。目前，他的桃缘山庄果园里的蜜桃已可大面积采摘，李子、葡萄也将陆续成熟。真是"夏味儿"诱惑挡不住，乡村旅游耍得"嗨"！

桃子熟了，甜蜜来袭。今年全国两会期间，习近平总书记讲了一个"金扁担"的故事。当年，农民们谈起在吃饱吃好的基础上，境界更高的愿望时说，将来上山干活儿就挑着"金扁担"。

面对这成片的果林，我一时思绪万千。像张永华一样，如今广大农村越来越多的农民，正在挑上"金扁担"。

喜看今日中华大地，现代生态农业、高效农业的美丽画卷，正在徐徐展开，广大农民的日子，犹如芝麻开花，节节攀高。

（2020 年 6 月 15 日发表于《东方散文杂志》，2020 年 11 月入选《今日作家》优秀文学作品集《阑珊处》）

山路弯弯扶贫情

峰浪如涌，山峦叠翠，3100 多个山头，3700 多条沟壑，形成了既有海拔 2000 多米的峰巅、又有不足 200 米低谷的起伏山势。257 个行政村分布在 3225 平方公里的土地上，28 万人口在这片古老的土地上繁衍生息。这，就是湖北省保康县。

枫香坪、东湾、长冲是保康县两峪乡的三个贫困村，也是国网保康县供电公司的三个定点扶贫村。多年来，国网保康县供电公司扶贫工作队扑下身子，真扶贫、扶真贫，演绎了一幕幕平凡朴实而又感人至深的扶贫故事。

"土豆阿姨" 的故事

我叫肖瑞，今年 9 岁，读小学四年级，住在湖北省保康县两峪乡的东湾村。今天，我要告诉你们两件厉害的事儿：期末考试，我得了高分；村里考核，我家脱贫摘帽。这两件事儿都和"土豆阿姨"有关。

"土豆阿姨"不姓土也不叫土豆，她姓啥叫啥呢？先卖个关子。

2018年夏天，奶奶告诉我，村里来了一个供电公司的女干部，驻进我们村，带大家过上好日子。

啥是好日子呢？总有新衣服穿，总有零食吃，和其他同学一样，这也许就是好日子吧。

没有几天，来了一位漂亮的女干部，瘦瘦弱弱的样子，说话挺和气，特别是对我们这些孩子特别特别好，还给我们发漂亮的书包和好看的书呢。

有一天，这位漂亮的女干部带了几个人，专门来了我家。那天奶奶特别高兴，说话的时候一直握着他们的手。

他们聊的是土豆的事儿。我最不喜欢吃土豆了，打小时起，记忆中每天都在吃土豆。每次看到后屋成堆的土豆，奶奶都要叹口气。

去年秋天的时候，情况发生了改变。那天，村里突然来了好多人。他们把村里吃不完的土豆用大汽车都拉走了。奶奶拿着一沓红红的钞票，满脸的皱纹里都是笑意。

身有伤残，坐在轮椅上的父亲告诉我说，是供电公司的女干部跑了两个多月，才给找到了这条稳定的土豆销售渠道。东湾村成了农产品公司的合作伙伴，全村人再也不用为卖土豆发愁了。从此，大人们都管那位漂亮阿姨叫"土豆干部"，我们小孩子们开始管她叫"土豆阿姨"。

"土豆阿姨"了解到，由于交通不便、信息闭塞，村里几家贫困户种植的土豆严重滞销，她便利用回城的机会把土豆带回县城推荐给公司的同事和亲朋好友。"土豆阿姨"还利用微信和QQ平台，在朋友圈和微信群里推销村里的土豆，解决了贫困户农产品滞销问题。之后，"土豆阿姨"每年为村民销售土豆、鸡鸭猪羊和土特产数万斤，开拓了一条可靠的增收渠道。

土豆卖出去了，全村人不发愁了。可是"土豆干部"们却没停下来。

整个秋天，"土豆阿姨"都在忙。村后的茶山，在"土豆阿姨"的努力下又变成了摇钱树，村里的泥巴路变成了平坦的水泥路，现在村里一天一个样子。村委会办公点和党员群众服务中心焕然一新，阅览室、多功能室、村前文化广场成了我们的游乐园，我们常在这里读书、写字、看动画。

"土豆阿姨"非常关心我们的学习。我的学习成绩提高了。记得秋季开学前的几天，"土豆阿姨"给村里考上大学的学生们戴上大红花，发了奖学金，我特别羡慕。想着自己戴着大红花站在红旗下的样子，偷笑着就睡着了。

"土豆阿姨"就是我们东湾村的驻村扶贫第一书记魏彬，她还是国网保康县供电公司纪委书记、工会主席。

在大人们眼中，"土豆阿姨"有本事、有想法，更有一颗为大家着想的心。在我们小孩子眼中，"土豆阿姨"们可亲可敬。将来，我们也要成为像她一样的人。

"耿直男"的那些柔情事儿

性格耿直，胸怀坦荡，为人处世不喜欢曲里拐弯，人称"耿直男"。他叫徐剑，现任国网湖北省保康县供电公司副总经理。2018年初，他被保康县供电公司党委调整到两峪乡枫香坪村担任驻村扶贫第一书记，"耿直男"一下子干起了婆婆妈妈的柔情事儿。

刚到村里，许多村民认为，这个突然进村的、白白胖胖的"外来人"，来我们这儿能干吗呢？

面对疑虑，徐剑以行动作答。进村后，徐剑跟着村干部走村串户，了解村情民意，解决群众具体困难。多次同村"两委"、党员群众代表座谈，向老党员、致富带头人以及离任村干部请教，一起谈规划，共同谋发展。

走村入户让他把村里的底子摸清了，还真正了解了群众的疾苦。村里的空巢老人和留守儿童多，逢年过节，徐剑经常去探望，嘘寒问暖。

不到半年，说起村里谁家有孩子上学了，谁家有病人卧床，谁家种几亩田、几亩地，村里哪条路要整修，农业产业如何调整，村务公开如何更加透明，徐剑心里有一本"明白账"。

渐渐地，徐剑与村镇干部交上了朋友，村民也把他当作了"自己人"。

村民李为全和90多岁的老母亲宋进芳相依为命，"蜗居"在几十平方米的土坯房里。李为全是建档立卡贫困户，原来的居住条件差。村里专门在路边的集中安置点为其建了安置房。然而，李为全又因观念传统不愿搬迁。

于是，徐剑两个月内上门十余次，以拉家常方式沟通，做思想动员，并将其请到搬迁安置点参观，打消了其思想顾虑。终于，李为全签订了协议。

去年冬月初八，徐剑带领扶贫队员和村民一起帮忙将李为全搬进了新家。

搬得进、稳得住，还要能致富。李为全只种了四五亩薄地，没有稳定的收入来源。徐剑经过考察，因地制宜，长短结合，帮忙种植茯苓100窖，同时利用二荒地，准备秋季栽种3亩杉树。

枫香坪村有建档立卡贫困户92户259人。驻村后，徐剑和村"两委"干部根据贫困户实际情况，精确分析，采取一户一策的办法，分别制订了帮扶计划和增收措施，明确帮扶人员。

"村里90%的户主，他都认识。"枫香坪村党支部书记郑茂国说。驻村不到一年，村里的情况，徐剑几乎了如指掌。

贫困户王云洲家，是村里最偏远的农户，紧挨东湾村，距离村委会15公里。徐剑专门用了一天时间去入户走访。

今年初，按照政策要对粮食直补进行核实。徐剑每天天不亮就起床，和驻村扶贫工作队员骑上摩托车，一个组一个组地走，挨家挨户做工作。能骑车的骑车，不能骑车的就步行。

在完成一天的实地入户核验工作后，徐剑还拖着疲惫的身体，与负责统计、分析、录入各项入户采集指标的村干部工作到深夜。

凭着这股韧劲，他利用自身优势，争取资金20多万元，新增200千伏安的农网改造扩容项目，协调项目资金30万元，解决了30多户120余人的用电难。还为肉牛专业合作社架设一条700米的专用线路，安装了一台315千伏安的专用变压器。当地村民称赞说："导线架起连心桥，光明托起幸福花。"

发展产业是实现脱贫的根本之策。徐剑与村"两委"协商，既注重长远规划，又兼顾短期效益，引进组建养殖专业合作社，还发动群众种植烟叶、袋料香菇，养殖生猪、山羊、土鸡等，覆盖了90%的贫困户。

在徐剑和扶贫工作队的努力下，枫香坪村的发展日新月异。

如今，村里 259 户贫困户已全部脱贫出列，枫香坪村不仅如期"脱贫摘帽"，而且走上了快速发展的道路，全村人均收入从 2016 年的 2000 元提高到现在的 6000 多元。

开对"药方子"，才能拔掉"穷根子"。徐剑说："作为一名驻村扶贫第一书记，没有理由让一个贫困家庭在小康路上掉队！"

接力扶贫的"超人哥"

去年 12 月，保康县两峪乡长冲村迎来了一位新的驻村扶贫第一书记。这个书记就是国网湖北省保康县供电公司副总经理，他的名字叫付超。

有人称他是"超人哥"，驻村扶贫工作历来不好搞，付超能否超越前任驻村第一书记？

付超说，哥不是"超人"。前任驻村扶贫第一书记李从海同志已经做了大量艰苦细致的工作，李从海同志因工作调动，公司党委让他到长冲村接力扶贫，他只想脚踏实地为村里做点实事。

作为供电公司派驻的第一书记，付超出于职业敏感性，首先对长冲村电网建设情况做了深入调研。仅有的两台变压器容量太小，线路线径细，私拉乱扯严重，不仅存在"低电压"现象，而且存在严重的安全隐患。

先改变落后的用电局面。说干就干，付超立即和供电公司相关部门积极联系、协商，规划设计方案，组织施工队伍，经过十余天的紧张施工，顺利完成了在长冲村电网升级改造。

"电力能源充足，给我们村带来了脱贫希望，这都多亏了我们付书记啊！"看到刚刚安装好的崭新的变压器台区、整齐的供电线路，长冲村党支部书记辛子夕对村里脱贫攻坚工作平添了几分信心和希望。

"大爷，家里使用取暖器、电热毯一定要注意安全，出门一定要断开电源，免得引起事故。"付超在保康县供电公司分管供用电业务工作，驻村扶贫期间，他也是三句话不离本行，把安全用电抓在手里不放。

春节前，付超又一次来到长冲村，一家一家走访贫困户。作为随行人员，我问村民刘良俊，电好不好用，有没有保障？

"供电公司给我们扶贫，给家家户户安装了下户线和电表，用的是绝缘线，安装的智能电表，经常来检查，我们大家用电都有保障，真的很感谢他们。"刘良俊喜形于色地告诉我。

驻村扶贫期间，付超经常带着扶贫工作队员，挨家挨户宣传安全用电知识，特别对精准扶贫易迁户、留守老人、低保户等家中线路进行安全隐患排查，帮助他们更换老化、破损的线路。

长冲村贫困人口较多，建档立卡贫困户121户313人。不到半年，付超的足迹已经走遍了大半个村子，进村入户了解情况，因地制宜，因户施策，帮助贫困户发展袋料香菇、种植烟叶、畜禽养殖、中药材等适合当地的特色产业，加快脱贫进程。

村里饮水有困难，付超便请公司的基建专工吴德华一起去实地考察，积极推动困难饮水电力配套工程落地落实，建成了三级引水的蓄水塔，解决了100多户300多人的吃水难题。得知村里贫困户曹文成等人身体差干不了体力活儿，没有固定经济来源，生活拮据，他结合地理情况，帮忙联系购买1000株沙树苗，帮助其发展可操作易操作的家庭产业。

在付超的坚持和努力下，供电公司投资15万元，为村里建了

5 口堰塘养鱼。付超还在村里推进厕所革命，开展天蓝、水碧、地净运动，不仅村容村貌有了显著改善，村里的经济条件也越来越好，仅公司捐建的 40 千瓦光伏电站，发电收入及国家补贴每年就达 5.1 万元。全村人均收入已从过去的 2000 多元增至 5000 多元。

付超说："哪里有什么超人，只要把贫困户当亲人，用心去帮扶，就一定能让他们走出困境！"

扶贫村里的"女汉子"

6 月 4 日，国网湖北省保康县供电公司办公室干部谢尚翠冒雨来到帮扶的保康县两峪乡枫香坪村四组贫困户 94 岁老奶奶宋进芳家，给宋进芳老人送来大米和食用油，老人股股暖流涌心头。

地处鄂西北山区的保康县是国家秦巴山片区特困地区扶贫攻坚重点县、全省深度贫困县、襄阳市唯一的全山区县。

2016 年 4 月，谢尚翠从国网湖北省保康县供电公司办公室选派到该县两峪乡枫香坪村开展驻村扶贫工作。扶贫路上，她既细心又认真，十分干练，是十足的"女汉子"，在扶贫路上留下感人故事一串串。

2016 年，谢尚翠来到枫香坪村开展精准扶贫，通过走访，谢尚翠发现，村民们对于扶贫工作及相关政策都不太了解。

每次驻村结束回到公司，谢尚翠第一时间将手中的笔记重新整理一遍，"刘大娘拿不了重物，平时做饭不方便，能不能给她添置一台电饭煲。""宋奶奶家里居住条件差，生活拮据，尽快想办法帮她搬到精准扶贫安置房。"……谢尚翠将情况向公司领导反映后，公司党委积极支持，申请经费用于帮助村里的老人。每逢节假日，谢尚翠带着米、面、油等日常用品，走访慰问贫困老人。

提起谢尚翠，宋奶奶感动不已："谢尚翠帮我们办了不少好事，简直比亲闺女还亲。我以前从来没想到，还能住上这么好的新房子。"在精准扶贫工作中，谢尚翠与贫困户结下了深厚的友谊。

如今，谢尚翠走在村里，村民都会热情地和她打招呼。正是她在工作中表现出的细致和热情，赢得了村民的信任和支持。

谢尚翠说："我有一次冒雨入户走访，由于山路湿滑几次摔倒。当我满身泥泞出现在贫困户家中时，村民立马捧上热姜汤为我驱寒，这让我更加坚定了帮助大家脱贫增收的信念。"

2019 年，谢尚翠了解到，由于交通不便、信息闭塞，村里几家贫困户种植的土豆严重滞销，她便利用回城的机会把土豆带回县城推荐给公司的同事和亲朋好友。她还利用微信和 QQ 平台，在朋友圈和微信群里推销村里的土豆，解决了贫困户农产品滞销问题。之后，谢尚翠每年为村民销售土豆一万多斤、猪肉三四千斤，开拓了一条可靠的增收渠道。

在谢尚翠的努力推动下，枫香坪村将种植、养殖和务工经济相结合，大力发展家庭产业，在巩固现有 300 亩核桃基地的基础上，规划种植了 30 亩蓝莓。同时，谢尚翠积极同公司沟通协调，投资 40 多万元引入光伏发电项目，每年可为村集体带来 6 万元左右的收入。

在帮助村民致富的同时，谢尚翠十分关注村里孩子的学习情况。枫香坪村没有学校，村里的孩子要到很远的两峪小学上学。在走访了解到两峪小学门窗破旧、孩子们上学所走的路面坑洼不平的情况后，谢尚翠向公司反映，争取资金，完善两峪小学基础设施。在驻村期间，谢尚翠还积极协调公司党委举办各类爱心助学活动，为孩子们送去书包和文具 190 余套、爱国主义教育图书 200 余册。"看着村里的孩子快快乐乐地生活，我心里很舒坦。"谢尚翠说。

在谢尚翠与扶贫工作队的努力下，枫香坪村的发展日新月异。如今，村里 263 户贫困户已全部脱贫，枫香坪村不仅如期"脱贫摘帽"，而且走上了快速发展的道路，全村人均收入从 2016 年的 2000 元提高到 2019 年的 6000 多元。

精准扶贫，攻坚克难。扶贫脱困，犹如一部持续接力的连续剧，这台戏还在精彩上演。国网保康县供电公司扶贫工作队坚信，只有努力才能改变，只要努力就能改变。他们勇担重任，忠诚履责，把希望种进田野，用汗水浇灌大地，牵手乡亲奔小康；他们不忘初心，扎根田野，用奉献诠释忠诚与担当，为脱贫攻坚增添了强大正能量，让一个个贫穷落后的偏僻乡村，旧面貌换了新容颜。

（2020 年 7 月发表于湖北《荆楚报告文学》（总第 16 期））

双桂堂里月饼香

"小饼如嚼月，中有酥和饴；默品其滋味，相思泪沾巾。"这是北宋大诗人苏东坡在中秋节写下的脍炙人口的诗句。

小小月饼寓意阖家团圆，八月十五月儿圆，中秋月饼香又甜。吃着月饼，对月赏景，我沉醉在双桂堂月饼的余香里。

双桂堂月饼，是居住在鄂西北保康县城双桂堂里的邓氏家族创制的百年老字号。据邓家第三代制饼传人邓兆旭介绍，双桂堂月饼是他爷爷创制的月饼品牌，距今已有120多年历史。

双桂堂里的邓家，纯手工制作的"五仁"月饼，让我想起了我的家风家教。小时候，家里比较穷，每年吃一次月饼都是奢望。记得那时候每到中秋，家里总会想方设法，提前集攒凑齐做月饼的食材，请人做"五仁"月饼，我总会悄悄跟着去，闻着空气里那阵阵香甜的气味，看着油亮亮的月饼，恨不得马上吃到嘴里，一解馋瘾。母亲看着我的馋样，忍俊不禁，拿起一个还在冒着热气的月饼给我："尝尝吧，看看今年的五仁馅的月饼好不好吃？"长大后，有一次和父母聊天，他们才告诉我，为什么小时候家里尽管十分贫穷，但每年还要坚持做五仁月饼，因为"五仁"代表了"仁慈、仁爱、仁心、仁厚、仁德"，他们把"五仁"教诲融入在那个小小的五仁月饼中，传承给我们兄弟姐妹。参加工作后，每年中秋节来临之前，我总会买几份五仁月饼送给父母和长辈，里面包裹着我们这些儿女后辈们对父母长辈的孝敬、尊敬、感恩、回报和思念。

双桂堂月饼，吃着绵柔香醇，满口生香。双桂堂月饼工艺的传承，也是一部辛酸与坚守的创业史。邓兆旭女儿究雪告诉我，她父亲 26 岁从部队复员后，就从她爷爷手中接过做月饼的手艺，每做好一批月饼，她父亲就用扁担和箩筐挑着在小县城走街串巷叫卖："卖月饼喽，双桂堂里的月饼，又香又甜的月饼……"街坊邻居对双桂堂月饼情有独钟，都会争相购买，一箩筐月饼一会儿就会卖完。当时凡是有些富裕一点儿的人家，都会在中秋节前预订，然后送货上门，留下很好的声誉。

双桂堂月饼，做饼先做人，实在又诚信。慢慢地，邓兆旭手里有了余钱，就买了一辆自行车，把一个箱子固定在自行车后座上，推着自行车卖月饼，这样既省力又快捷，月饼卖完后，就骑着自行车，飞奔回家，赶制第二批月饼，这样保证了月饼随卖随做，既可口又新鲜。

靠做双桂堂月饼，一年又一年，邓兆旭手里一点一点地有了积蓄，月饼作坊也逐步扩大，添置了烘烤设备，雇请了制饼工人，制作月饼的品种也扩大到 10 个单品，并注册了商标。前些年，家里盖了新楼房，买了一辆小轿车，日子过得红红火火。

如今，经济条件越来越好，琳琅满目、花样百出的各色月饼，纷纷摆上了各大超市和商铺卖家的货架，但双桂堂的月饼仍然畅销不止。固定的老客户多年始终如一，新增的客户接连络绎不绝，县内超市和商家不断前来订货，并延续发展到县外，而且还有远在广东和海南的保康家乡人打来电话，订购双桂堂月饼。中秋月圆之夜，一家人沐浴在皎洁的月光下，喝着桂花酒，品尝着家乡月饼的"老味道"，话家常、谈变化、说未来，其乐融融，总能为节日增添一份喜悦与亮色。

又到丹桂飘香时，八月十五月儿圆，碧空如洗，圆月如盘。老友宋进潮聚集了一帮民间艺术家，"相邀双桂堂，品月话诗章"，现场观摩双桂堂月饼制作工艺，然后齐聚"官山人家"吟诗作对，把酒言欢，为传承双桂堂月饼文化倾尽"绵薄之力"。有诗为证：明月高照双桂堂，宾朋满座话诗章；祖传制饼好手艺，传承百年美名扬。

双桂堂里月饼香，海上生明月，天涯共此时，让我们对着当空皓月、如水月光，为远在北国南疆、天涯海角的保康家乡人送去真挚的问候和祝福。

（2019 年 9 月 15 日发表于《新时代文学》）

谈古说今话"喝茶"

中国是茶的故乡，也是茶的原产地。从历史上来看，上至帝王将相、文人墨客、诸子百家、佛道僧尼，下至贩夫走卒、平民百姓，无不以茶为好。

"七碗受至味，一壶得真趣。空持百千偈，不如吃茶去。"古时候，人们只"吃茶"，不"喝茶"。中国四大名著，尤其是《水浒传》和《红楼梦》当中，出现"吃茶"的字眼不在少数。这是为什么呢？认真探究，古人叫作"吃茶"跟我们现在所说的"喝茶"，原因就在于方法不同。

我们都知道，神农尝百草，其中就有"茶"，也就是现在的茶。茶最早是作为药物和食物出现在人们的生活中的，而不是饮品，以茶入菜或做羹更是常有之事。

唐朝以前，茶的称谓很多，用得最多、最普遍、影响最深的是"荼"字。中唐时，陆羽在对茶有着众多称呼的情况下，在其著作《茶经》时，将"荼"字减去一画改成"茶"字，使"茶"字从"荼"字中独立出来，演变成特定的专称，一直沿用至今。

　　唐宋时期，茶都是用来煮的。到了明清时期，开始变成冲泡。其实以前煮茶，煮出来的是茶汤；泡茶，泡出来的是茶水。我们现在喝的茶，基本都是冲泡出来的茶。所以后来我们基本都说"喝茶"，而不说"吃茶"了。

　　当然，现在南方也有很多地方，依然还是有"吃茶"（恰茶）的叫法。据说，南方产茶区，当时的人如果将茶叶喝进去是不会吐出来的，而是直接嚼碎吞下去。换句话说，他们是将茶叶当作食物。也就是说，茶最初是药用、后来为食用、最后才成为饮品的。所以，古时人们多以"吃茶"称之，现在的人则是说"喝茶"。

　　爱喝茶，是中国人的传统。无论是南方还是北方，都有着源远流长的茶文化。以茶待客是中国人的习俗，在缭绕的茶雾中叙谈家长里短、生意贸易，结交朋友，广施善缘。正所谓"淡中有味茶偏好，清茗一杯情更真"。

　　茶品即人品，茶道即人道。因为在茶中，能够悟出天地自然，洞见人格秉性。有趣的是，"喝茶"在当代，又赋予了新的引申含义，将被"约谈"称为被请去"喝茶"。

　　（2021 年 4 月 17 日发表于贵州《黔东南日报》）

文化引领铸村魂

"昨天靠精神，今天靠发展，明天靠文化"。文化石、宣传栏、道德墙、文化长廊……走进保康县尧治河村，令人耳目一新的，不仅是一栋栋整洁美观的乡村别墅，还有扑面而来的文化春风。

这个地处鄂西北荆山深处的小山村，过去是保康县有名的贫困村。到 1988 年，全村仍然是"吃的供应粮，穿的烂衣裳，点的煤油灯，住的破草房"。全村人均粮食不足 300 斤，人均年收入不足 300 元，既不通路，也不通电。

从 1988 年起，村党委一班人带领全村群众向恶劣的生存环境挑战，凭着愚公移山的毅力，发扬"自力更生、团结奋斗、和谐创业、科学发展"的尧治河精神，劈山修路、炸石开矿、筑坝办电、改田建园、兴工办厂。经过 30 多年的艰苦创业和快速发展，终于甩掉了贫困的帽子，创造了贫困、边远、高寒山村的发展奇迹，一跃而成为中国山区新农村建设的典范、中国十大幸福村庄和全国文明村。全村 169 户村民全部住进了别墅，家家户户拥有小汽车，人均年收入高达 6 万多元。

　　山村嬗变，文化铸魂。尧治河拥有绮丽山水景观，民间文化遗存底蕴深厚，民俗民风民情古老淳朴。尧治河民歌、故事、小曲小调众多，许多尧治河的村民，拎起篮子打猪草，放下篮子打火炮，提起锄头会种地，放下锄头能表演。

　　村民胡国玉，目不识丁，却能独自演唱100多首民歌。年逾不惑的她，打小喜爱民歌，跟着爷爷奶奶学，跟着父母姐妹学，跟着山村歌师学，别人唱一遍，她听一遍就记下了，然后就能像模像样地唱起来。家人知道她爱唱歌，也都很支持她。丈夫从别处淘来歌本，一字一句念给她听，两三遍她就会一字不漏地唱出来。尧治河村民中，像胡国玉这样的"泥腿子"歌师还有很多。村里因势利导，成立了火炮协会和文化旅游劳动服务公司（协会），设立了尧帝大舞台，组建了一个30多人的文化艺术团队，自编自演文艺节目，竟然搞得热火朝天，别有韵味。

　　文化引领，清风扑面。尧治河既有源远流长的文化根脉，又有生生不息的文化血液，处处呈现出浓郁的文化氛围。大型假日，节庆活动，红白喜事，贵宾来访，《欢迎您到尧治河》《尧治河稀奇多》《十唱尧治河》《薅草锣鼓歌》《月亮闹五更》《卖饺子》《我拿菜盘话节俭》《过去的那些话》《对花》《接亲》等文艺节目久演不衰，深受村民、游客和来宾喜爱。《十唱尧治河》获得保康县首届山歌大赛二等奖，《欢迎您到尧治河》《尧治河稀奇多》等民俗歌舞分别参加省文化旅游节、第二届全市社会文艺团队展演，受到现场观众和社会各界的一致肯定和好评。

　　"我们不能让村民群众口袋富了，脑袋空着。"全国人大代表、省党代会代表、全国劳动模范、尧治河村党委书记孙开林带领大家共同富裕的同时，也在努力探索用先进文化影响塑造一代新农民，一直致力于"文化兴村"，把提高村民法律意识、道德修养、文化素质放在和发展经济同样的高度来抓。

"用行动为党争光""孝，不是明天的事，是今天的事，是现在的事""党员能吃苦，党员能吃亏，党员能奉献""牢记乡愁，不忘记祖训"……这些朴实无华的话语，被镌刻在来自自然的大石块上，摆放在村庄各处，让党员干部随时想到自己的责任，让村民尊敬老人、孝敬老人。文化石成为尧治村独有的风景，也陶冶着民风民心。

"不仅要让群众的口袋鼓起来，还要让群众的脑袋富起来"，孙开林说，"实施乡村振兴战略，文化建设要先行。乡村振兴，必须发挥文化润物细无声的作用，守住乡村底蕴，激发村民内生动力，铸好乡村之魂。"

传承乡村文脉，留住乡情乡愁。村里成立了尧文化传播研究院，建设了尧子书院、新时代文明实践站、磷矿博物馆、农耕文化博物馆、尧文化广场、文化大礼堂、尧帝大舞台……经济发展的同时，尧治河村没忘记文化发展。

村里组织专班深入挖掘、整理、保护和传承"尧帝治水"传统文化，已收集2000多部、一百多万字的《尧治河民歌与民间文学》。在此基础上，村里还以尧文化传播研究院和文化旅游服务协会为载体，以打火炮、尧帝大舞台文艺演出为平台，以"开林宣讲室""福利院成长课堂""十个一文化进农家""文明储蓄所"为形式，对民俗文化作进一步深入研究、探讨、提炼和升华，打造出尧治河村独特的艰苦创业吃亏文化、集体经济奉献文化、共同富裕红色文化、绿水青山生态文化和组织建设品牌文化。

"只有用文化凝聚灵魂，才能把软实力变成硬支撑。"湖北省民间文艺家协会主席鄢维新在尧治河村开展民间文艺资源和"民间艺术之乡"创建工作考察调研时强调，尧治河要发挥富有传说传奇色彩和丰厚历史底蕴的"尧治河"地名这一先天优势，深入挖掘、传承和创新"尧文化"，把"尧文化"打造成为尧治河村的一张名片。要通过对民间文艺资源的有效利用，达到"打起尧治河锣鼓，唱起尧治河歌曲，讲好尧治河故事，演好历史人文角色"的效果与目的，实现人民群众对历史文化和优秀传统文化的传承与渴求。

"山幽花寂寂，水秀草青青"，枕着溪水入睡，伴着鸟叫醒来。现在的尧治河村，不仅是一幅"自然山水画"，更是一张"人文山水图"。秀美的山水景观是大自然给予尧治河的恩赐，灿烂的尧帝文化是历史留给尧治河的宝贵财富。厚重的文化、厚道的村民、厚朴的民风，这些都是宝贵的文化资源。民间文艺让来到这里的人们不仅能享受到绿水青山，还能从带着泥土芬芳的精神食粮中不断获得身心愉悦。

乡村文化是中华民族的根和脉，唯愿尧治河村充分利用"创建省级、国家级民间文艺之乡"这个契机，在发掘中保护、在利用中升华，传承经典，以文聚魂，齐心奏响民间文艺与乡村振兴的美妙乐章。

（2020 年 6 月 5 日发表于《东方散文杂志》）

一袋核桃暖心窝

　　下班回到家，看到客厅放了一大袋核桃，忙问老婆咋买了这么多核桃？老婆喜滋滋地告诉我，这核桃是乡下表弟送来的。我顿时疑惑了，表弟哪儿来的核桃？

　　说起这个表弟，我记忆犹新，表弟比我小两岁，家有年迈的父母，兄弟姐妹五人，小时候一家人穷得叮当响，吃了上顿没有下顿，穿着的衣服也是补丁摞补丁。有一年春节，表弟来我家拜年，被邻居家的恶狗扑上屁股咬了一口，把一条旧棉裤撕咬破了，表弟泣不成声，离开我家时，母亲把我的一条棉裤送给他，表弟才破泣为笑。

　　"穿的烂衣裳，住的土坯房，喝的野菜汤，吃的糊涂饭"，是表弟家的真实写照。就在贫困压得人们直不起腰的时候，表弟从山外回到村里，不久后就挑起了村主任的重担。

　　表弟家住矿区，是闻名遐迩的"磷矿之都"，人们住在"金山"上，却"端着金饭碗讨饭吃"。走马上任后，表弟带领全体村民劈山炸石，先修路、再开矿，硬是在悬崖峭壁上修筑了一条长达数十公里的矿区公路，然后把磷矿运出去，换回一沓沓鼓舞人心的钞票。

日复一日，年复一年，挖矿不止，一条条山梁被挖空，一座座青山变滩涂，村庄的空气不再清新，河流不再清澈，长期毫无节制地"吃山"，杀鸡取卵式的发展，让葱绿的山体变得伤痕累累。每逢下大雨，山顶的泥水便肆意淌下来，不仅冲了农田，还毁了仅有的几条下山路。看着满目疮痍的村庄，表弟的心情就像支离破碎的山岭，变得像灌了铅一样沉重。

"但存方寸地，留与子孙耕"。表弟暗下决心，不能"吃祖宗饭，砸自己碗，断子孙路"，村里靠磷矿开采起步，矿产资源总有枯竭的一天。"传统产业要提升，接续产业要跟上，要让子孙有饭吃。"

着眼于村庄的美好未来，村里聘请专业规划团队，通过矿坑回填、土地复垦等措施对矿山进行生态修复。表弟带领村委一班人，经过多年接续奋斗和恢复治理，建起占地200多亩的生态园区，栽植各类苗木18万株，种植草皮250余亩，建设高山度假民宿、群众文体活动中心、研学旅行基地、农业休闲等项目，将废弃矿山建成特色旅游景区，实现了"矿山变景区"的"绿色转身"。

前不久，表弟欣喜地告诉我，5年前村里栽植薄壳核桃3500亩，今年丰收核桃5万斤，所产核桃肉厚壳薄仁香，深受广大消费者青睐，在省农博会上成为抢手货。"还是靠山吃山，以前吃的是子孙饭，是搞透支，现在靠山吃的是生态饭、旅游饭、文化餐，再也不是竭泽而渔了"。

"天地与我并生，而万物与我为一。"只有像保护眼睛、对待生命一样爱护自然，坚持绿色发展，中华大地才能天更蓝、山更绿、水更清、景更美。

　　吃着表弟送来的核桃，我的心里暖流如涌。村还是那个村，人还是那里的人，日子已经不是当年的日子了。

吟诗赋词写乡情

　　小沟是一个美丽的乡村，也是一片开发的热土。初夏时节的一个周末，赋闲在家，无所事事，忽然接到县民协主席宋进潮的电话，邀约共赴美丽小沟，帮忙为保康县小沟村新建的景观景点吟诗赋词冠名，于是欣然前往。

　　从云溪沟口西进约千米，然后靠右，顺柏油马路逶迤而上，便是藏于万年山南麓、清溪河西岸的小沟村。

　　在小沟村委会，我们见到了恭候已久的保康县城关镇党委宣传委员宋祖青、小沟村党支部书记袁顺芝和景区开发负责人严安潮。落座小憩片刻，说明此行意图之后，我们一行五人便在主人的引导下，驱车直达云溪山庄停车场。

　　"这条柏油马路，贯穿小沟全境，直通道教圣地万年山，希望各位老师给命个名。"宋祖青开门见山。

　　"此路直通白云间，步步登高乐悠闲；不觉已至万年顶，原来斯峰胜九天。"保康本土作家、资深史志编审余正安说，"我看这条路就叫'万年路'吧！"大家齐声说好。

停车场正前方，一亭高耸山顶，直插云端。袁顺芝说："这个山岭上新建的亭子，烦请各位老师给起个名。"

"我们上亭楼去看看吧。"宋进潮说。于是，大家依次沿着一条宽约三米、坡度近60度的陡峭土路上山，不到十分钟，大家气喘吁吁，抵达山顶。

站在亭楼之上，极目四顾，群峰拥耸，满眼苍翠，巍巍壮观。

"乘兴登高望，清风融满亭；目极尽是绿，怀拥一片云。"宋进潮说，"这个亭楼就叫'望云亭'吧。"大家齐声称好。

"大家看，这个即将竣工的轻钢大楼，兼作游客接待中心和旅游酒店，也请各位老师给冠个名。"严安潮手指左下方说，"原本想叫云溪山庄或云溪间酒店，感觉都不怎么满意。"

楚智传媒公司董事长、县民协副主席张天堂接过话茬："我看就叫小沟大酒店，有小有大有所指，通俗易懂，大家说怎么样？"还没等大家发话，我就大声说："好，闲来呼朋唤佳人，悠哉游哉乐此行；千秋大业一壶酒，醒来已是万年春。"大家齐声称："妙，大小恰到好处，就叫'小沟大酒店'。"

伫立山岭亭楼，凭栏临风，看山光水色，观云卷云舒，听莺歌燕舞，身边凉风习习，耳旁松涛阵阵，眼前青山翠谷，置身其中，宛如世外桃源。

驻足盘桓良久，大家欣然下岭。从云溪山庄到万年驿站，途经一泓淙淙清泉，只见泉池里两头栩栩如生的塑雕水牛正静卧其间，悠然自得。泉池周围，怪石嶙峋，垒叠成峰，颇有意境。宋祖青说，"这池清泉碧水之处，还要烦请各位老师给取个雅名。"

大家四顾，发现路右竖立一块巨石，石刻"静心"两个苍劲大字。"有了，前有静心巨石，后有一池碧水，这个地方就叫静心泉吧。有诗为证：山间一泓泉，源里孕诗篇；闲坐半睁眼，静观云中天。"县史志专家马宗佑一语中的，美诗佐证，大家齐声称："妙，就叫'静心泉'。"

沿着万年路漫步，我们来到万年驿栈前方一个庭院，这里又有一番新景色。只见数栋吊脚木屋错落有致，亭台楼阁、轩榭廊舫遥相呼应，房车雅居，泳池荡波，舒心惬意。"这里已建成五栋吊脚木屋，还有房车小屋、书斋、茶室、烤吧、冷库、游泳池、奇趣乐园，特别是这一排吊脚休闲木屋，请各位老师起个雅致的名字。"严安潮说。

"叫翠谷舞榭吧！"宋进潮说，"五栋吊脚木屋地处柳林溪谷，草长莺飞，推窗见绿，听涛赏月，温馨浪漫。"大家齐说："好一个'翠谷舞榭'，请老宋同志即兴赋诗一首赞之。"

"三四五座吊脚楼，六七八个好朋友，忙里偷得半日闲，来此听涛枕风眠。"宋进潮七步成诗，语惊四座，虽为打油诗，却也让人耳目一新。

行吟至此，诗意正浓。主人打开一栋吊脚木屋，我们围坐茶台，一边品尝香茗，一边吟诗赋词，将尚未命名的亭台楼阁、轩榭廊舫，逐一吟诗冠名，怡然自得，陶醉而归。

为文不打谎语，以上所述非虚，现列举冠名诗词五首，以飨读者朋友赏读。

步云路（张天堂）

樱桃谷中，峻秀小沟；
雾里看花，曲径通幽。

舒心阁（宋进潮）

书声疑为松涛声，提笔蘸墨洗吾心；

万物悉数皆由定，舒眉展颜笑乾坤。

松云路（余正安）

平和心自宁，信步似闲庭；

松枝轻风绕，依林逐云尘。

柏峰包（马宗佑）

远看一山峰，近看还山峰；

不看不山峰，看了乐其中。

小沟村（崔道斌）

亭台楼阁卧峻岭，轩榭廊舫遥相应；

仙境小沟任君行，万年美景如画屏。

（2020 年 6 月 6 日发表于《荆山民间文艺》）

犹记儿时上学季

　　二宝开学了，看着背着小书包，蹦蹦跳跳、满脸喜悦、快快乐乐去上学的二宝，我的脑海里儿时上学的那些事儿，便会汹涌而至，满满的温馨与甜蜜。

　　那时候的农村的学校，水泥地面很少，任何地方都适合杂草生长，一个暑假过完，教室前后、操场……全部被杂草占领。

　　开学时第一节课，便是打扫卫生，除草、清理水沟。除草，老师会安排一些离家近的同学，从家里带来锄头、铁锨等工具，男生女生一起劳动。那时劳动虽然很累，但是也抵挡不了同学们很久不见的喜悦，大家边聊天边劳动，留下一幅难忘的画面。

　　开学第一天发新书，我最先看的就是语文，一口气翻完语文书，那漂亮的图画和崭新的墨香，就像一坛打开的老酒，总会让人沉醉良久。晚上回到家，会用报纸或者挂历包书皮。还要在铁皮文具盒内盖里写上乘法口诀和课程表。

　　选座位时，总是渴望和自己喜欢的人坐一起，不过老师会把同学们的座位编排好，不能随意挪动，个子矮的、学习好的坐前面，大个的坐后面。我们会学鲁迅在桌子上刻上"早"字，遇到不喜欢的邻座，还会在课桌中间拉一条"楚河汉界"。

我们还会在破旧的课桌下缠绕上绳子，放上自己的书本、书包和当作午饭的红薯、窝窝头、馒头等干粮。有时，我们还会从家里带一些辣椒面、盐、味精、花椒粉，自己制作类似方便面调料一样的调料，夹在馒头里和小伙伴一起享用。吃罢干粮，我们趴在课桌和长凳上睡觉午休。

课间休息时，男生会拿着石片、木板当球拍或者自制的粗糙球拍，在两块水泥板上打乒乓球。不会打球的，在地下打弹珠。还有，捡三个小石头，在地上划个"凹"字格，两人面对面地下"狗蛋子"棋。有时，两个男生抱起右脚，单腿跳着相互碰撞"斗鸡"。女生三五一伙，跳橡皮筋、踢毽子、跳房子。玩得最火的，就是七八个男生女生一起，选一个"老鹰"和"母鸡"，"小鸡"抓着"母鸡"后衣襟，一个个连起来，风风火火地玩"老鹰抓小鸡"的游戏。

放学了，我们会排好队，唱着歌，雄赳赳气昂昂地走出校门，没有校车、没有人接，三五成群各自回家。

那时的童年，没有手机、没有空调，没有电脑、没有互联网，没有 Wi-Fi，没有零花钱，甚至吃不饱穿不暖，放学后还要放牛羊、打猪草、上山砍柴……那时的生活虽然艰苦，但那个时候的日子，现在回想起来，每天都是快乐的，每一个画面都让人记忆犹新。

油菜花开润心田

  家住小城郊外，四周被绿水青山与农田沃壤环绕。晚饭后，去户外走走，眼前是一片广阔的田野，田野里到处都盛开着油菜花，那金黄的颜色，好像是农家大户晾晒的一块又一块彩色的花布。

  油菜是农村广泛种植的一种农作物，秋冬播种育苗，次年五六月收割。油菜虽说名字里有一个菜字，但并不是直接拿来食用的蔬菜。人们攫取的只是它成熟后的种子，一种小米粒般大，黑油油圆滚滚的籽粒，好像一颗颗饱满的、乌亮的袖珍珍珠，藏在狭长的荚壳里，最终被敲打出来，榨成富含营养的菜籽油。

  乘着晚风，我信步来到一簇油菜花前，闻着浓郁的花香，轻抚那金黄的花瓣。恍惚中，似乎有一种时空穿越的感觉，儿时记忆瞬间被激活。

  小时候，正处农村大集体劳动年代。那时的农村，经济条件十分落后，有许多人家每到青黄不接的时候便揭不开锅，只好去野外寻找一些野菜野果充饥；有许多孩子因为贫穷而上不起学，只好辍学在家，或当放牛娃，或参加集体劳动，挣取少得可怜的工分，换取口粮。

相比之下，我还算是比较幸运的，因为至少我还在上学。当时，父母为了供我们姐弟 4 人上学，只好全家都勒紧裤带，每餐吃着粗粮，过着缺盐少油的日子。

每到油菜花开的时候，我便看到笑容慢慢地爬上了母亲的脸庞。此时的母亲，好像是一株盛开的油菜花。但我知道，母亲并不是被那金黄的油菜花所陶醉，而是从自留地的油菜花里，看到了收成与希望。

每年油菜成熟的时候，母亲就会把收获的油菜籽，一部分拿到油坊榨成菜籽油，供全家食用；剩下的一部分卖钱，这便是我们姐弟书本费与学杂费的一个重要来源。

在那些艰难的日子里，是油菜花的果实——油菜籽，资助了我们的生活，成全了我们上学的心愿。

如今不少城里人，因为看惯了牡丹花的雍容华贵，就觉得油菜花太卑微和低贱；因为看惯了玫瑰花的红灼迷人，就认为油菜花太普通与平凡。其实，人世间真正的高贵往往出自于卑微与低贱，真正的伟大也离不开普通和平凡。

"黄花烂漫满田头，画里春光眼底收"。阵阵晚风吹来，满地的油菜花都在翩翩起舞，我看见一片金色的波浪，正在不断地向我涌来。冥冥暮色中，我仿佛看到了母亲那张像油菜花一样的笑脸。

最是人间好时节，油菜花开润心田。油菜花啊，你就是我心中最美丽的花！

（2021 年 3 月 19 日发表于重庆《綦江日报》）

又到春茶飘香时

　　一场雨，一篓茶，一顶斗笠一幅画；一回头，一朵花，一首山歌飘天涯。

　　春天来了，茶山如画。一垄垄、一排排错落有致的茶树，阡陌纵横，长势喜人，就像是大地的指纹，让人赏心悦目。

　　漫步茶山，满眼都是嫩嫩的绿，就连吸入的空气，都带有绿意的清新。举目四望，茶园与远山相接，层峦叠嶂，碧空如洗，山青，水绿，雾韵，茶香……好一幅春日画卷，让人心旷神怡。

　　我的家乡地处山区，位于北纬 31 度黄金纬度，境内山大林密，常年云雾缭绕，这里盛产茶叶，尤以高香云雾绿茶久负盛名。

　　"茶叶是个时辰草，早采三天是个宝，晚采三天变成草。"母亲说，清明前后，是一年之中最佳的采茶时节，这个季节制成的茶叶特别醇香。

　　记得小时候，每到采茶季节，山野还沉浸在乳白色的晨雾里，母亲就带领我们姐弟上山采茶。茶树刚刚吐绿，一片片嫩叶绿中带紫，叶瓣含着滴滴露珠，晶莹剔透，煞是好看。

采茶是个技术话，手工采茶是传统的采摘方法。母亲说，采茶时要根据树型树况，采用提手采、分朵采，切忌一把撸。若是矮茶树，还可以坐在小板凳上，随心所欲地慢慢采。若是高茶树，只能躬着腰站着采，时间久了，就会腰酸背痛，腿僵脖硬。母亲说，茶叶采摘的好坏，不仅关系到茶的质量与产量，还关系到茶树日后的生长发育。所以，初学采茶，母亲总会手把手地示范，指导我们做到既二者兼顾，又手疾眼快。

相比采茶，炒茶才是绝活。鲜叶采摘回来了，得先晾干，之后就是炒茶。炒茶不仅讲究火候，还要动作敏捷。待铁锅烧得通红了，一簸箕晾干的茶叶入锅，发出清脆的噼啪声，一阵清香扑鼻而来。这时，只见母亲的一双巧手伸入滚烫的铁锅中，顺时针不停翻炒，片刻茶叶起锅，炒蔫的茶叶盛在簸箕里用力均匀地揉，揉皱之后再回锅。母亲告诉我，这叫杀青，目的是去除水分和涩味，如此反复三五次即可。最后一道工序是烘干，就是除去明火，把经过几次炒揉的茶叶慢慢地翻炒，双手不停地在铁锅中来回搅拌，直至烘干，新茶就制成了。

茶叶是植物中的精灵，吸天地日月精华，享清风雨露滋润。春茶上市，酽酽地泡一杯，一股氤氲茶香便会温暖地沁入心扉。细品一口，恍惚之中，我的脑海里又浮现出了母亲在茶园里辛勤劳作与采茶的背影。

如画茶山今犹在，慈母驾鹤已远去。茶园于母亲，只是一个劳动的场所；茶田里的母亲，宛如一朵流动的云，随着季节的风悠悠地飘呀飘……每当我品尝着这飘香的春茶之时，我的心底便会油然而生对母亲的崇高敬意与深切怀念。

（2021年4月9日发表于河南《许昌日报》）

紫薇吐蕊满庭芳

别墅小院有一棵古桩紫薇，每当盛夏开花的时候，它就露出绯红的笑容，远远望去，像火一样地热情奔放，像霞一样地绚丽多彩，更像少女一样娇羞甜美。

"盛夏绿遮眼，此花红满堂"。徜徉在紫薇树下，静看一树繁花，恍惚间仿佛穿越时空走进了紫薇的神话世界。

相传远古时代，有一位美丽的小仙子叫紫薇，她有一个愿望，就是让大地变成美丽的仙境，因为那时的大地缺乏生机，没有鲜花、没有小草、没有蝴蝶和蜜蜂，也没有小兔小猫那些可爱的小动物们。她不忍心再这样下去，于是她去求万花仙子，万花仙子答应施以魔法，让大地重新充满生机，可条件是让她被变成一株花。她一咬牙，坚定地说：为了让大地变成仙境，我心甘情愿做一朵花！

为了纪念小仙子紫薇，人们就叫这种花为紫薇花。传说如果你家周围开满了紫薇花，紫薇仙子将会眷顾你，给你带来一生一世的好运、平安和幸福。

紫薇花开，花开荼蘼，美丽了整个夏天，细数每一个清晨和午后，漫步于紫薇树下，无需刻意去闻，便有一股淡淡的清香弥散在周围。放眼望去，淡紫色，浅粉色，紫红色，一树树，一团团，一簇簇，繁花满树，艳如云霞，真应了那句"花团锦簇"。

爱美之心，人皆有之。古代诗人也因紫薇花之美而留下了许多佳诗名作。唐代诗人白居易年轻时甚至自名"紫薇郎"，年老时则自称"紫薇翁"。他写道："紫薇花对紫薇翁，名目虽同貌不同。独占芳菲当夏景，不将颜色托春风。"白居易29岁中进士，一生为官，虽然仕途有坎坷，最后却也做到刺史，四品官员。他曾以紫薇为题，表达自己恪尽职守、忠心报国的决心，他写道："丝纶阁下文书静，钟鼓楼中刻漏长，独坐黄昏谁是伴，紫薇花对紫薇郎。"

白居易一生钟情于紫薇花，也隐喻着他自己那个凄美的爱情故事。白居易有个青梅竹马的邻家女孩叫湘灵，小他四岁，活泼可爱，长到15岁时，已经容貌出众，"娉婷十五胜天仙，白日嫦娥旱地莲"，19岁的白居易情窦初开，与之私订终身。但是白家是宦官家庭，湘灵家门第不及，因此遭到白母的百般阻挠。白居易一直抗争了18年，直到母亲以死相逼，才违心与母亲订下的女人成婚，而湘灵则终身未嫁。后来白居易偶然与湘灵相遇，两人抱头痛哭，依依惜别。直到白居易54岁时，他还回乡探望湘灵，可湘灵已经远走他乡，不知所终。白居易终于没能冲破封建礼教，在爱情婚姻上痛苦一生，因此写下了《长恨歌》《琵琶行》并流传千古。

白居易善饮，一生豪放，结交了很多诗友酒友，据说他做了1000个饭袋和酒囊，挂在船的两侧，与朋友在船上饮酒作诗，不多日，竟然吃掉了 800 个。与他最知心的人，是同样为官的诗人元稹。元稹英年早逝，白居易写紫薇花念之："一丛暗淡将何比，浅碧笼裙衬紫巾。除却微之见应爱，人间少有别花人。"

斯人已去，紫薇尤在。当历史前行的时候，我们更加珍惜古人创造出来的宝贵文学财富，读之思之，让我们在盛开的紫薇树下，流连感叹，求思追索。

生在山里，长在山里，对山里的花儿司空见惯。小时候贪玩，经常与小伙伴们跑到山上采摘迎春花、映山红、蜡梅花、野桃花、野桂花，甚至山茶花，却不记得采摘过紫薇花。那时也不知道这极不起眼的野花，竟有这么诗意的一个名字。

紫薇，象征富贵、吉祥，1986 年襄阳市将其确定为市花。襄阳市下辖的保康县是紫薇的重要发祥地，2013 年 6 月保康县被中国野生植物保护协会授予"中国紫薇之乡"。这里紫薇物种分布面积广、株树多，全县 11 个乡镇皆有紫薇分布，面积达到 2 万亩，约 55 万株，其中 300 年以上的古蔸紫薇有 5 万株，在全省最多，在全国也位居前列。保康紫薇从品种看，有紫薇、南紫薇、小花紫薇、川黔紫薇 4 个原种和翠薇、银薇 2 个变种；从花色看，有水红、大红、紫红、浅紫、深紫、纯白、白绿等七个品种花色。从树形看，有古蔸紫薇、古桩紫薇、悬根紫薇。

保康县委、县政府非常重视野生紫薇资源的保护与研究，于1999 年开始在城东兴建集生态博览、园艺欣赏、植物研究和旅游休闲于一体的大型古桩紫薇林园——中华紫薇林。园内汇聚紫薇精华品种，百年树龄以上的古桩紫薇达 4983 株，其中最大的一棵紫薇，树龄已达 1400 多年，繁花覆满枝头，美得凌厉丰盈。

紫薇属千屈菜科、落叶乔木，花期长，盛花期从 6 月持续到

9月，故又名"百日红"。宋代诗人杨万里有诗云："似痴如醉弱还佳，露压风欺分外斜。谁道花无红十日，紫薇长放半年花。"

盛夏时节，走进保康中华紫薇林，园中180亩紫薇竞相开放，犹如走进"紫薇王国"，到处都是"红霞覆树"的奇观，花簇如瀑布般堆叠在一起，呈现出一片姹紫嫣红的花海。

红、紫、白是紫薇花最常见的三种颜色，花朵大多六瓣，花瓣边沿有许多不规则的缺口，手摸上去能摸到清晰的褶皱痕迹，花瓣皱缩，像是一粒小球，花心有须和蕊，娇嫩得仿佛一震就破碎，一簇树枝丫上有数不清的紫薇花，堆叠在一起，真是"千朵万朵压枝低"。

保康中华紫薇林是一座以"紫薇"为主角的园林，却又不仅有紫薇。整座紫薇林以古桩紫薇为主体，辅之以牡丹、蜡梅、女贞、月季等多种植物配景，广植草坪，四季绿意葱茏。紫薇林的建造者匠心独运，采取传统的园林构思和现代艺术相结合的方法，巧妙搭配自然与人文景观，园内曲径、花溪、亭台、水榭相连，有"凤来仪""花神广场""静心塘""紫薇雅舍""紫薇花溪""牡丹园""穹顶湖"和"观瀑台"等八大景点，体现出古朴幽雅、和谐顺畅的园林风格。

"晓迎秋露一枝新，不占园中最上春。桃李无言又何在，向风偏笑艳阳人。"紫薇花是娇美而又顽强的花，不管阳光如何的炙热，大地如何干渴，植被们如何无精打采，它总是那样昂着首，挺着胸，自由自在地随性而开放着，毫无惧日之感，热烈而奔放，红的像火，紫的如烟，白的似雪，独成其景。

紫薇生命力极强，即使生长在贫瘠的土地上，任凭风吹雨打，依然顽强地绽放着绚丽的花朵，时经百日，花开不败。紫薇虽然没有牡丹的雍容华贵、没有梅花的国色天香、没有菊花的华丽娇艳、没有兰花的高洁清雅，依然举起簇簇花朵，点缀着秋天的美丽。

"紫薇花最久，烂漫十旬期；夏日逾秋序，新花续放枝"。又是紫薇花开时，田埂上，山脚下，小河边，紫薇仙子翩翩起舞，把美丽带给人间。紫薇开在夏秋少花季节，姿态优美，花色艳丽。它还吸收二氧化碳，清新空气。紫薇还可作为药用，浑身是宝，是通经活血、清热利湿、解毒消肿的良药。

紫薇吐蕊满庭芳，不羡百花争春闹。当春天烂漫的芳菲沉淀成昨日的记忆，当盛夏火辣的骄阳狂舞着肆虐纵横，那葳蕤蓊郁的紫薇却生机盎然。愿所有的生命，都像盛夏里的紫薇，蓬勃昂扬，恣意怒放；愿所有勤劳的人们，都在这金色的秋天里，收获果实，收获幸福。